ULEGŁOŚĆ

MICHEL HOUELLEBECQ
ULEGŁOŚĆ

PRZEŁOŻYŁA BEATA GEPPERT

Styczeń 23, 2016

ydawnictwo
W.A.B.
two

I

Nagły zgiełk sprowadził znów Durtala do Saint-Sulpice; chór wychodził; wkrótce zamykano kościół. „Powinienem był spróbować się modlić – skarcił się w duchu. – Wartałoby to więcej, niż bujać myślami w obłokach, siedząc tu na krześle, ale modlić się?… Wcale nie mam ochoty; katolicyzm mnie przyciąga, odurza swoją atmosferą, przesyconą wonią kadzideł i wosku; krążę wokół do łez wzruszony jego modlitwami, do szpiku kości przejęty psalmodiami i pieśniami. Własne życie do cna mi już zbrzydło, i sam siebie mam dość… ale od tego do rozpoczynania nowej egzystencji daleka jeszcze droga! A poza tym… poza tym… jeśli nawet w kościołach gnębi mnie niepokój, zaledwie z nich wyjdę, staję się znów obojętny i oschły. W gruncie rzeczy – stwierdził, wstając i ruszając za kilkoma osobami, które szwajcar przynaglał do wyjścia – w gruncie rzeczy serce mam już skamieniałe, osmaliło się w rozpuście, i jestem do niczego".[*]

J.K. Huysmans, W drodze

---

[*] Oryg. En route – powieść z 1895 roku; wyd. pol.: przeł. Zofia Milewska, Instytut Wydawniczy „PAX" 1960 (wszystkie przypisy pochodzą od tłumaczki).

Przez wszystkie lata mojej smutnej młodości Huysmans był mi jedynym towarzyszem i wiernym przyjacielem; nigdy w niego nie zwątpiłem, nigdy nie odczułem pokusy, aby go porzucić lub zwrócić się w innym kierunku; i wreszcie pewnego popołudnia w czerwcu dwa tysiące siódmego, po długim oczekiwaniu i wahaniach dłuższych, niż to powszechnie przyjęte, stanąłem przed komisją Sorbony Paris IV i obroniłem doktorat pod tytułem *Joris-Karl Huysmans, czyli wyjście z tunelu.* Następnego dnia rano (a może jeszcze tego samego dnia wieczorem, nie jestem pewien, wieczór po obronie spędziłem w samotności, z dużą ilością alkoholu) zrozumiałem, że pewien etap mojego życia właśnie się zakończył i prawdopodobnie była to jego najlepsza część.

W naszych jeszcze zachodnich i socjaldemokratycznych społeczeństwach tak właśnie wygląda sytuacja tych, którzy kończą studia, choć wielu spośród nich nie od razu zdaje sobie z tego sprawę, tak bardzo są zaślepieni dążeniem do pieniędzy czy może pragnieniem konsumpcji w wypadku osobników najbardziej prymitywnych, mocno uzależnionych od pewnych produktów (ci stanowią mniejszość; większość, bardziej myśląca i stateczna, ulega prostej fascynacji pieniędzmi, tym „Nieznużonym Proteuszem"), a jeszcze bardziej zahipnotyzowani marzeniem, by się sprawdzić, zdobyć pozazdroszczenia godne miejsce w świecie, o którym sądzą lub spodziewają się, że jest konkurencyjny, zelektryzowani uwielbieniem dla najróżniejszych ikon: sportowców, dyktatorów mody, twórców portali internetowych, aktorów lub modelek.

Z różnych względów psychologicznych, których nie będę tu analizować z braku zarówno kompetencji, jak i chęci, wyraźnie odszedłem od tego schematu. Pierwszego kwietnia tysiąc osiemset sześćdziesiątego szóstego roku Joris-Karl Huysmans w wieku osiemnastu lat rozpoczął karierę zawodową jako urzędnik szóstej kategorii w Ministerstwie Spraw Wewnętrznych i Kultu. W siedemdziesiątym czwartym własnym sumptem wydał swój pierwszy zbiór poematów prozą, *Szkatułka z bakaliami**, który nie spotkał się ze zbyt żywym oddźwiękiem – z wyjątkiem nadzwyczaj ciepłego artykułu Théodore'a de Banville'a. Jak więc widać, startu nie miał olśniewającego.

Życie Huysmansa w administracji płynęło swoim torem, podobnie jak jego życie w ogóle. Trzeciego września tysiąc osiemset dziewięćdziesiątego trzeciego otrzymał Legię Honorową za zasługi w służbie cywilnej. W dziewięćdziesiątym ósmym odszedł na emeryturę po przepracowaniu ustawowych trzydziestu lat, z uwzględnieniem wszelkich urlopów okolicznościowych. W międzyczasie udało mu się napisać kilkanaście książek, które sprawiły, że ponad sto lat później

---

* Oryg. *Le Drageoir aux épices* – zbiór poematów prozą, nietłumaczony dotąd na polski.

mogłem go zaliczyć do grona przyjaciół. Wiele, może nawet zbyt wiele napisano dotychczas o literaturze (jako naukowiec specjalizujący się w tej właśnie dziedzinie uważam się za bardziej uprawnionego od innych do zabierania głosu w tej sprawie). A przecież specyfika literatury, n a j w a ż n i e j s z e j z e s z t u k kończącego się na naszych oczach Zachodu, nie jest aż tak trudna do zdefiniowania. Podobnie jak literatura, również muzyka może służyć do opisania niezwykłego przeżycia, emocjonalnej przemiany, najwyższego smutku lub ekstazy; podobnie jak literatura, również malarstwo może budzić zachwyt lub otwierać nowe spojrzenie na świat. Lecz jedynie literatura jest w stanie wywołać poczucie kontaktu z umysłem innego człowieka w jego integralności, z jego wzlotami i upadkami, z jego ograniczeniami, małością, obsesjami, przekonaniami, z tym wszystkim, co go porusza, ciekawi, podnieca lub budzi wstręt. Jedynie literatura pozwala nam na kontakt z umysłem osoby nieżyjącej w sposób bardziej bezpośredni, pełny i głęboki niż rozmowa z najbliższym przyjacielem; choćby ta przyjaźń była najgłębsza i najtrwalsza, nigdy w rozmowie nie zwierzamy się tak całkowicie jak wobec pustej kartki papieru, pisząc do nieznanego adresata. Tak więc w przypadku literatury piękno stylu czy melodia zdań mają oczywiście swoje znaczenie, nie wolno też lekceważyć głębi refleksji autora i oryginalności jego myśli, ale autor jest przede wszystkim istotą ludzką, obecną w swoich książkach, a czy pisze bardzo dobrze, czy bardzo źle, to w sumie bez znaczenia; najważniejsze, że w ogóle pisze i jest w swoich książkach obecny (dziwne, że tak prosty, pozornie mało znaczący warunek okazuje się w rzeczywistości tak ważny, przy czym ten oczywisty, łatwy do zaobserwowania fakt był dotychczas w tak mizernym stopniu wykorzystywany przez filozofów wszelkiej maści; ponieważ wszystkie istoty ludzkie, nie posiadając takiej samej jakości istnienia, posiadają w zasadzie taką samą jego ilość, tak więc w zasadzie są mniej więcej w takim samym stopniu o b e c n e; a przecież po upływie kilku wieków nie sprawiają takiego wrażenia i zbyt często, czytając kolejne strony, które wyglądają, jakby bardziej podyktował je duch epoki niż osobowość autora, widzimy rozsypywanie się istoty niepewnej, coraz bardziej złudnej i anonimowej). Książka, którą lubimy, to przede wszystkim taka, której autor budzi naszą sympatię, mamy ochotę ponownie się z nim spotkać, spędzać kolejne dni. Przez siedem lat pisania pracy doktorskiej żyłem w towarzystwie Huysmansa, w jego niemal nieustannej obecności. Urodzony przy ulicy Suger, mieszkający przy Monsieur i Sèvres, Huysmans zmarł przy Saint-Placide, a pochowany został na cmentarzu Montparnasse. Niemal całe jego życie prywatne upłynęło w granicach szóstej dzielnicy Paryża, a ponadtrzydziestoletnie życie zawodowe – w biurach Ministerstwa Spraw Wewnętrznych i Kultu. W czasie pisania doktoratu ja również mieszkałem w szóstej dzielnicy, w wilgotnym i zimnym pokoju, do tego wyjątkowo ciemnym; okna wychodziły na maleńkie podwórko, niemal studnię, od rana więc trzeba było palić światło. Byłem biedny i gdybym miał wziąć udział w jednym z tych sondaży, które regularnie starają się „mierzyć nastroje wśród młodzieży", swoje warunki życia opisałbym zapewne jako

„stosunkowo trudne". Jednak nazajutrz po obronie pracy doktorskiej (a może jeszcze tego samego dnia wieczorem) zakiełkowało we mnie poczucie, że utraciłem coś bezcennego, czego już nigdy nie odzyskam: wolność. Przez wiele lat ostatnie reszki dogorywającej socjaldemokracji pozwalały mi dzięki stypendium, rozwiniętemu systemowi zniżek i ulg społecznych oraz kiepskim, ale tanim obiadom w stołówce uniwersyteckiej spędzać czas na działalności, którą dobrowolnie sobie wybrałem: na swobodnych spotkaniach intelektualnych z przyjacielem. Jak słusznie zauważa André Breton, Huysmans ma jedyne w swoim rodzaju, niesłychanie wielkoduszne poczucie humoru, które czytelnikowi daje pewien atut, zapraszając go do wyśmiewania autora i jego płaczliwych, przerażających lub komicznych opisów. Z tej szczodrości potrafiłem korzystać lepiej niż ktokolwiek inny, kiedy pobierałem swoje porcje smażonego dorsza z ziemniakami i surówki z selera, podawane na jednej z tych metalowych szpitalnych tac, na których stołówka uniwersytecka Bullier serwowała obiady swoim nieszczęsnym użytkownikom (tym, którzy najwyraźniej nie mieli dokąd pójść, zostali wyrzuceni ze wszystkich przyzwoitych stołówek uniwersyteckich, ale nadal posiadali legitymację studencką, której nikt nie był w stanie im odebrać), wspominając przymiotniki z lubością używane przez Huysmansa: ż a ł o s n y ser, p r z e r a ź l i w a sola, i wyobrażając sobie, jak Huysmans – nigdy niemający z nimi do czynienia – potraktowałby te więzienne tace; dzięki temu w stołówce uniwersyteckiej Bullier czułem się odrobinę mniej nieszczęśliwy, odrobinę mniej samotny.

Lecz to wszystko już się skończyło; mówiąc bardziej ogólnie, skończyła się moja młodość. Wkrótce (i to bardzo wkrótce) czekało mnie wejście w życie zawodowe. Co mnie w najmniejszym stopniu nie cieszyło.

Jak wiadomo, studia uniwersyteckie w dziedzinie literatury prowadzą właściwie donikąd i tylko przed najzdolniejszymi studentami otwierają drogę do kariery wykładowcy akademickiego w tejże dziedzinie; w gruncie rzeczy mamy do czynienia z dość rozkosznym systemem, którego jedynym celem jest odtwarzanie samego siebie ze wskaźnikiem odpadów powyżej dziewięćdziesięciu pięciu procent. Studia te nie są jednak szkodliwe, a nawet mają pewną marginalną użyteczność. Dziewczyna, która szuka pracy w butiku Céline'a czy Hermèsa, musi oczywiście przede wszystkim zadbać o swoją powierzchowność, ale licencjat lub magisterium w dziedzinie literatury nowożytnej może stanowić dodatkowy atut, gwarantujący pracodawcy, że kandydatka – mimo braku jakichkolwiek użytecznych kwalifikacji – posiada pewną bystrość intelektualną pozwalającą myśleć o dalszej karierze; oprócz tego literatura od zawsze łączy się z pozytywnymi konotacjami w sektorze artykułów luksusowych.

Miałem świadomość, że należę do wąskiego marginesu „najzdolniejszych studentów". Wiedziałem, że napisałem dobrą pracę doktorską, i spodziewałem się dobrej oceny, mimo to jednogłośne gratulacje ze strony komisji przyjemnie mnie zaskoczyły, zwłaszcza kiedy przeczytałem znakomite, niemal dytyrambiczne recenzje; wyglądało na to, że jeśli tylko zechcę, mogę otrzymać stanowisko adiunkta. Swoją przewidywalną jednostajnością i nijakością moje życie coraz bardziej przypominało życie Huysmansa półtora wieku wcześniej. Pierwsze lata dorosłego życia spędziłem na uniwersytecie; zapowiadało się, że również tam spędzę ostatnie, może nawet na tej samej uczelni (w rzeczywistości wyglądało to nieco inaczej: magisterium i doktorat zrobiłem na Sorbonie Paris IV, a stanowisko dostałem na Paris III, uczelni trochę mniej prestiżowej, ale także znajdującej się w piątej dzielnicy Paryża, zaledwie kilkaset metrów dalej).

Nigdy mnie nie ciągnęło do dydaktyki; piętnaście lat później ten brak zamiłowania w pełni się potwierdził. Kilka korepetycji udzielonych w nadziei poprawy standardu życia szybko mnie przekonało, że skuteczne przekazanie wiedzy jest zazwyczaj niemożliwe, a różnice w poziomie inteligencji skrajne, i tej fundamentalnej nierówności nic nie jest w stanie zatrzeć czy choćby złagodzić. Co gorsza, zdecydowanie nie lubiłem młodych ludzi; nigdy zresztą ich nie lubiłem, nawet wówczas, kiedy mogłem uchodzić za jednego z nich. Wydawało mi się, że młodość powinna się wiązać z entuzjastycznym podejściem do życia lub z postawą buntowniczą, plus choćby lekkie poczucie wyższości w stosunku do poprzedniego pokolenia; żadnych takich cech u siebie nigdy nie zauważyłem. A przecież w młodych latach miewałem przyjaciół lub przynajmniej kolegów, z którymi bez wstrętu mogłem wyjść na kawę lub piwo w przerwie między zajęciami. No i miewałem kochanki czy też – jak się to w owych czasach nazywało (a może i nazywa do dzisiaj) – d z i e w c z y n y, mniej więcej jedną rocznie. Związki te rozwijały się według zawsze tego samego schematu. Zaczynały się na początku roku akademickiego przy okazji wspólnych zajęć, wymiany notatek czy też innych okoliczności towarzyskich, tak częstych w życiu studenckim, których zniknięcie przy wejściu w życie zawodowe pogrąża większość istot ludzkich w samotności równie porażającej, co radykalnej. Trwały przez cały rok akademicki, z nocami spędzanymi na przemian u nich i u mnie (przede wszystkim u nich, gdyż posępna, wręcz niezdrowa atmosfera panująca w moim pokoju słabo korespondowała z nastrojem m i ł o s n e j s c h a d z k i) i odbywającymi się wówczas aktami seksualnymi (jak ośmielam się sądzić, ku obopólnej satysfakcji). Po wakacjach, czyli na początku nowego roku akademickiego, związek kończył się, niemal zawsze z ich inicjatywy. Podczas wakacji p r z e ż y ł y c o ś w a ż n e g o, jak mi tłumaczyły, najczęściej bez szczegółów; niektóre, mniej dbające o to, by mnie oszczędzić, precyzowały, że k o g o ś p o z n a ł y. No i co z tego? Ja też byłem k i m ś. Z perspektywy czasu te faktograficzne wyjaśnienia wydają mi się niewystarczające; nie wątpię, że istotnie k o g o ś p o z n a ł y, ale to, co sprawiało, że nowej znajomości przypisywały wagę dostateczną, by zakończyć nasz związek i zaangażować się w kolejny, wynikało jedynie z odwzorowywania potężnego, acz ukrytego modelu zachowań męsko-damskich; tym bardziej potężnego, im bardziej pozostawał ukryty.

Według modelu zachowań dominującego w latach mojej młodości (a nic nie wskazuje, by cokolwiek się w tym zakresie zmieniło) od młodych ludzi oczekiwano, że po krótkiej włóczędze seksualnej w okresie dojrzewania wejdą w ekskluzywny związek męsko-damski w połączeniu ze ścisłą monogamią, dotyczącą nie tylko czynności seksualnych, ale też społecznych (wieczory, weekendy, wakacje). Takie związki nie musiały jednak mieć charakteru definitywnego – były uważane za naukę stosunków męsko-damskich, coś w rodzaju s t a ż u (co również było coraz powszechniej stosowane w życiu zawodowym, w którym staże stanowiły etap wstępny przed pierwszym zatrudnieniem). Związki męsko-damskie o różnym czasie trwania (zaobserwowany przeze mnie jeden rok był uważany za w pełni dopuszczalny) i w różnej liczbie (między dziesięć a dwadzieścia można uznać za rozsądną średnią) miały następować jeden po drugim i kończyć się apoteozą w postaci związku ostatniego, który miał mieć charakter małżeński i definitywny, prowadząc poprzez spłodzenie dzieci do założenia rodziny.

Doskonała bezsensowność tego schematu miała mi się objawić znacznie później, prawdę mówiąc, dopiero ostatnio, kiedy w odstępie kilku tygodni przypadkowo natknąłem się na Aurélie, a potem na Sandrę (z tym że jestem głęboko przekonany, iż spotkanie Chloé lub Violaine nie zmieniłoby znacząco moich konkluzji). Gdy tylko przekroczyłem próg baskijskiej restauracji, do której zaprosiłem Aurélie na kolację, natychmiast pojąłem, że czeka mnie upiorny wieczór. Mimo dwóch butelek białego Irouléguy, które praktycznie wypiłem sam, odczuwałem coraz silniejszą, wkrótce nieprzezwyciężalną trudność, aby podtrzymać sensowny poziom ciepłego, życzliwego kontaktu. Choć nie potrafię sobie tego do końca wyjaśnić, od razu wydało mi się, że wracanie do wspólnych wspomnień byłoby niedelikatne lub wręcz nie do pomyślenia. Jeśli chodzi o chwilę obecną, widać było jak na dłoni, że Aurélie nie udało się wstąpić w związek małżeński, przypadkowe przygody budzą w niej rosnący niesmak, zaś jej życie uczuciowe zmierza ku pełnej i bezpowrotnej katastrofie. A przecież próbowała, przynajmniej raz – tak wywnioskowałem z jej licznych aluzji – i do dzisiaj nie podniosła się z doznanej porażki; gorycz i rozczarowanie, z jakimi wspominała swoich męskich kolegów (z braku laku zaczęliśmy rozmawiać o jej życiu zawodowym – pracowała jako specjalistka do spraw komunikacji w stowarzyszeniu producentów win bordoskich, w związku z czym dużo podróżowała, zwłaszcza po Azji, promując francuskie osiągnięcia winiarskie), z okrutną jasnością pokazywały, że nieźle d o s t a ł a p o t y ł k u. Zdziwiłem się, kiedy wysiadając z taksówki, zaprosiła mnie „na drinka"; musi być naprawdę na dnie rozpaczy, pomyślałem, i jeszcze zanim zamknęły się za nami drzwi windy, wiedziałem, że nie zdarzy się nic, nawet nie miałem ochoty zobaczyć jej nago, wolałbym tego uniknąć, a jednak stało się i tylko potwierdziło moje przeczucia: nie tylko w życiu uczuciowym d o s t a ł a p o t y ł k u, ale również jej ciało poniosło nieodwracalne straty, jej pośladki i piersi przypominały wychudzone, skurczone, zwiotczałe i obwisłe placki; nie mogła już i nigdy nie będzie mogła uchodzić za przedmiot pożądania.

Kolacja z Sandrą przebiegała z grubsza według takiego samego schematu z kilkoma drobnymi wariacjami (restauracja serwująca owoce morza, stanowisko asystentki dyrektora w międzynarodowym koncernie farmaceutycznym), a jej zakończenie też było niemal identyczne, tyle że Sandra, bardziej pucołowata i wesoła, pozostawiła po sobie mniej przemożne wrażenie totalnego osamotnienia. Jej smutek był rozpaczliwy i nieuleczalny; wiedziałem, że w końcu zaleje całe jej życie; podobnie jak Aurélie była niczym innym jak p t a k i e m u w i ę z i o n y m w m a z u c i e, ale zachowała – jeśli mogę się tak wyrazić – większą zdolność do poruszania skrzydłami. Za rok, dwa porzuci wszelkie ambicje matrymonialne, nie do końca wygasła zmysłowość popchnie ją do poszukiwania towarzystwa młodych chłopców, a ona sama stanie się tym, co za czasów mojej młodości określano słowem *cougar*; potrwa to zapewne kilka, w najlepszym razie kilkanaście lat, zanim sflaczenie jej ciała, tym razem definitywne i nieodwracalne, doprowadzi ją do całkowitej samotności.

Kiedy miałem dwadzieścia lat, kiedy mój kutas stawał pod byle pretekstem albo nawet i bez pretekstu, kiedy stawał niejako w p r ó ż n i, tego typu związek, bardziej satysfakcjonujący i lukratywny niż korepetycje, mógłby mnie skusić; w tamtych czasach zapewne potrafiłbym s p r o s t a ć, ale teraz rzecz jasna nie mogło już o tym być mowy: moje coraz rzadsze i coraz bardziej przypadkowe erekcje wymagały ciała jędrnego, sprężystego i bez żadnych wad.

Moje własne życie seksualne w pierwszych latach po otrzymaniu stanowiska adiunkta na Paris III nie uległo głębszej ewolucji. Nadal sypiałem ze studentkami ze swojego wydziału, a to, że teraz byłem ich wykładowcą, wiele nie zmieniało. Różnica wieku między nami była na początku dość nieznaczna i dopiero z czasem pojawiło się uczucie transgresji, bardziej związane ze zmianą mojego statusu akademickiego niż z moim faktycznym lub pozornym starzeniem się. Można powiedzieć, że w pełni korzystałem z podstawowej nierówności płci, która sprawia, że starzenie się mężczyzny bardzo powoli zmniejsza jego potencjał erotyczny, podczas gdy u kobiety upadek następuje z porażającą gwałtownością, w ciągu kilku lat, a niekiedy miesięcy. Jedyna zauważalna różnica w stosunku do moich studenckich lat polegała na tym, że teraz to zazwyczaj ja kończyłem znajomość na początku roku akademickiego. Nie ze względu na swoje skłonności do donżuanerii czy rozbuchany libertynizm; w przeciwieństwie do mojego kolegi Steve'a, tak jak ja wykładającego dziewiętnastowieczną literaturę dla pierwszego i drugiego roku, nie rzucałem się od pierwszego dnia zajęć do przeglądu n o w e j d o s t a w y studentek (ze swoimi bawełnianymi bluzami, tenisówkami Converse i z lekka kalifornijskim stylem Steve zawsze mi przypominał Thierry'ego Lhermitte'a w *Opalonych*, jak wychodzi ze swojego bungalowu na oględziny nowego damskiego narybku przyjeżdżającego do ośrodka na wakacje). Jeśli zrywałem znajomość, to raczej na skutek zniechęcenia czy zmęczenia; nie miałem już siły na podtrzymywanie związku i chciałem uniknąć rozczarowania, utraty iluzji. W trakcie roku akademickiego na skutek czynników zewnętrznych – zazwyczaj chodziło o kolejną spódniczkę – znowu zmieniałem zdanie.

Po jakimś czasie to również się skończyło. Pod koniec września przestałem się spotykać z Myriam, była już połowa kwietnia, rok akademicki zbliżał się do końca, a ja ciągle nie znalazłem jej następczyni. Otrzymałem stanowisko profesora nadzwyczajnego i moja kariera uniwersytecka dochodziła tym samym do szczytu, ale to chyba nie miało żadnego związku. Wkrótce po rozstaniu z Myriam natknąłem się na Aurélie, potem na Sandrę, ale zacząłem dostrzegać między nimi jakieś niepokojące, niemiłe i niewygodne podobieństwa. Bo rozmyślając nad tym wszystkim, musiałem w końcu zdać sobie sprawę, że moje b y ł e i ja jesteśmy sobie znacznie bliżsi, niż nam się wydawało; dorywcze relacje seksualne, niewpisane w perspektywę trwałego związku, budziły w nas porównywalne poczucie żalu za utraconymi złudzeniami. Tyle że w przeciwieństwie do nich nie miałem się komu zwierzyć, gdyż rozmowy o życiu intymnym nie należą do tematów akceptowanych w męskim gronie; zgodnie ze swoją naturą faceci rozmawiają o polityce, literaturze, rynkach finansowych lub sporcie, ale o swoich związkach męsko-damskich milczą jak zaklęci.

Czy wraz z wiekiem padłem ofiarą jakiejś andropauzy? Trudno wykluczyć, więc żeby mieć czyste sumienie, postanowiłem spędzić parę wieczorów na Youpornie, który z biegiem lat stał się najbardziej znaną stroną pornograficzną. Początkowo rezultat okazał się nadzwyczaj kojący. Youporn odpowiadał na fantazje seksualne normalnych facetów mieszkających pod różnymi szerokościami geograficznymi, a ja, jak się od pierwszych chwil okazało, należałem do facetów modelowo normalnych. W końcu nie było to oczywiste, większość życia spędziłem na studiowaniu twórczości autora, który powszechnie uchodził za d e k a d e n t a, a jego seksualność wcale nie była jasna. W każdym razie z tej próby wyszedłem mocno podniesiony na duchu. Filmy na Youpornie, niektóre wspaniałe (kręcone przy współpracy ekipy z Los Angeles, z oświetlaczem, wózkarzami i szwenkierem), niektóre żałosne, ale za to *vintage* (kręcone przez niemieckich amatorów), opierały się na kilku prawie identycznych, bardzo przyjemnych scenariuszach. W jednym z najpopularniejszych mężczyzna (młody? stary? co kto lubi) bezmyślnie pozwala swojemu penisowi drzemać wewnątrz kalesonów lub szortów. Dwie młode kobiety, rasy dowolnej, dowiadują się o tym jakże niestosownym pomyśle i ruszają do boju, by uwolnić nieszczęsny organ z jego tymczasowego schronienia. Chcąc go doprowadzić do szaleństwa, obsypują go najbardziej wymyślnymi pieszczotami, wszystko w duchu koleżeństwa i damskiej przyjaźni. Penis przechodzi z ust do ust, języki krzyżują się jak trasy śmigających w powietrzu, nieco zaniepokojonych jaskółek, latających po ciemnym niebie na południowych obrzeżach departamentu Seine-et-Marne w oczekiwaniu na porę wylotu do ciepłych krajów. Mężczyzna, oszołomiony i wniebowzięty, wypowiada tylko jakieś urywki zdań, w wypadku Francuzów nadzwyczaj skromne w treści: „O kurwa!" albo „O kurwa, zaraz się spuszczę!" – mniej więcej tyle daje się usłyszeć z ust przedstawicieli narodu królobójców; u Amerykanów, o ileż bardziej żarliwych w wierze, znacznie ładniejsze i bardziej intensywne: *„Oh my God!"*,

„*Jesus Christ!*", brzmiące jak rozpaczliwy apel, aby nie lekceważyć darów boskich (seks oralny, pieczone skrzydełka kurczaka), no, w każdym razie siedząc przed dwudziestosiedmiocalowym ekranem iMaca, ja też miałem w takich momentach niezłe erekcje, więc wszystko było w najlepszym porządku.

Od czasu, gdy zostałem profesorem, zmniejszona liczba godzin dydaktycznych pozwoliła mi na zgrupowanie wszystkich zajęć na uniwersytecie w jednym dniu tygodnia, w środę. Najpierw od ósmej do dziesiątej wykład o dziewiętnastowiecznej literaturze dla drugiego roku; w tym samym czasie w sąsiedniej sali Steve wygłaszał analogiczny wykład dla pierwszego roku. Od jedenastej do trzynastej seminarium magisterskie o dekadentach i symbolizmie, a od piętnastej do osiemnastej seminarium, na którym odpowiadałem na pytania doktorantów.

Lubiłem wsiadać do metra parę minut po siódmej, napawając się ulotnym złudzeniem, że należę do tej Francji, która „wstaje o świcie", Francji robotników i rzemieślników, ale chyba byłem w tym zamiłowaniu dość osamotniony, bo poranny wykład wygłaszałem przed niemal pustą salą – nie było nikogo oprócz zbitej grupki zatrważająco poważnych Chinek, które niewiele rozmawiały ze sobą, a z kimkolwiek innym po prostu wcale. Od przyjścia włączały smartfony i w całości nagrywały wykład, co im w najmniejszym stopniu nie przeszkadzało w skrzętnym robieniu notatek w dużych kołonotatnikach. Nigdy mi nie przerywały, nie zadawały żadnych pytań i po dwóch godzinach wykładu miałem

wrażenie, że nawet nie zacząłem. Wychodząc z sali, spotykałem Steve'a, który swój wykład prowadził przed dość podobnym audytorium, tyle że do niego zamiast Chinek przychodziły Arabki z Maghrebu z zakrytymi twarzami – równie
poważne i równie nieprzeniknione. Prawie zawsze proponował mi drinka; zazwyczaj szliśmy na miętę do herbaciarni
w pobliskim meczecie. Nigdy nie lubiłem mięty ani Wielkiego
Meczetu, niespecjalnie też lubiłem Steve'a, ale godziłem się
na jego towarzystwo. Chyba był mi za to wdzięczny, gdyż
wśród kolegów nie cieszył się szczególnym szacunkiem; nie
wiadomo, jakim cudem otrzymał stanowisko adiunkta, skoro niczego nie opublikował w żadnym czasopiśmie naukowym, choćby drugorzędnym, tylko jakąś mętną rozprawę
doktorską o Rimbaudzie, typowy p s e u d o t e m a t; jak mi
wyjaśniła Marie-Françoise Tanneur, koleżanka z wydziału,
uznana specjalistka od Balzaka, na temat Rimbauda napisano tysiące prac na wszystkich uniwersytetach we Francji,
w krajach frankofońskich i nie tylko, Rimbaud jest najbardziej międlonym naukowo pisarzem na świecie, może poza
Flaubertem, wystarczy więc przejrzeć kilka starych doktoratów bronionych na prowincjonalnych uczelniach i trochę je
zmiksować; nikt nie ma fizycznej możliwości sprawdzenia,
nikt nie ma ani środków, ani ochoty przedzierać się przez
setki tysięcy stron, które pozbawieni osobowości studenci
niestrudzenie wypisują na temat wielkiego w i z j o n e r a.
Swoją całkiem zacną karierę uniwersytecką, wciąż według
Marie-Françoise Tanneur, Steve zawdzięczał wyłącznie temu,
że m i z i a ł b o b r a s t a r e j D e l o u z e. Było to całkiem

możliwe, choć zaskakujące. Ze swoimi szerokimi ramionami, szpakowatymi, ostrzyżonymi na jeżyka włosami i pracą niewzruszenie ukierunkowaną na gender studies zajmująca stanowisko rektora Sorbony Paris III Chantal Delouze wyglądała mi na stuprocentową lesbijkę, ale mogłem się mylić, może po prostu żywiła do wszystkich mężczyzn urazę, którą wyrażała poprzez fantazje dominacyjne, a możliwość zmuszania Steve'a, grzecznego chłoptasia o ładnej, bezbronnej buzi i miękkich, kręconych, nieco przydługich włosach, żeby klęczał między jej krępymi udami, dawała jej rozkosz całkiem nowego rodzaju. Tak czy siak owego poranka, siedząc w herbaciarni meczetu i patrząc, jak Steve ssie ustnik obrzydliwej fajki wodnej o smaku jabłkowym, nie mogłem się opędzić od tych myśli.

Jego słowa jak zwykle dotyczyły nominacji i przebiegu kariery kolegów i nie sądzę, żeby kiedykolwiek z własnej woli poruszył inny temat. Tego poranka zajął się głównie nominacją na stanowisko adiunkta młodego faceta, dwudziestopięciolatka, autora pracy doktorskiej na temat Léona Bloy, który według Steve'a „utrzymywał kontakty z ruchem identytarystycznym". Zapaliłem papierosa, żeby zyskać na czasie, zastanawiając się, co go to w gruncie rzeczy obchodzi. Przeleciało mi nawet przez głowę, że w chłopaku budzi się l e w i c o w i e c, potem jednak do mnie dotarło: ukryty w Stevie lewicowiec spał jak suseł i żadne wydarzenie o wadze mniejszej niż polityczne przesunięcie władz uczelni w tę lub ową stronę nie mogło go z tego snu obudzić. Może to znak, ciągnął, zwłaszcza że Amar Rezki, znany ze swoich prac na

27

temat antysemickich autorów początku dwudziestego wieku, został właśnie mianowany na stanowisko profesora. Z drugiej strony, Steve nie dawał za wygraną, na ostatniej konferencji rektorów podjęto decyzję o przyłączeniu się do bojkotu wymiany naukowej z akademikami izraelskimi, który to bojkot został zainicjowany przez grupę uniwersytetów brytyjskich.

Korzystając z tego, że skoncentrował się na fajce wodnej, która nie chciała porządnie ciągnąć, dyskretnie zerknąłem na zegarek i stwierdziłem, że jest dopiero wpół do jedenastej, nie mogę więc oddalić się pod pretekstem następnych zajęć; po chwili przyszło mi do głowy, na jaki temat mogę bez większego ryzyka przewekslować rozmowę. Od kilku tygodni mówiło się o wznowieniu projektu sprzed czterech, pięciu lat, dotyczącego wzniesienia repliki Sorbony w Dubaju (a może w Bahrajnie? albo w Katarze? – zawsze mi się myliły). Podobny projekt był właśnie rozważany w Oksfordzie; najwyraźniej szacowny wiek obu uczelni oczarował jakąś monarchię petrodolarową. Zapytałem, czy w tej sytuacji, z pewnością finansowo bardzo obiecującej dla młodego adiunkta, Steve ma zamiar dołączyć do grona afiszującego swoje antysemickie pozycje. I czy uważa, że ja również powinienem przyjąć taką samą postawę.

Rzuciłem na Steve'a ostre, badawcze spojrzenie; chłopak nie był nadmiernie błyskotliwy, łatwo go było zdestabilizować i moje spojrzenie odniosło natychmiastowy skutek.

– Jako specjalista od Léona Bloy – wymamrotał – zapewne masz sporą wiedzę na temat ruchów związanych z identytaryzmem i antysemityzmem...

Westchnąłem. Bloy nie był antysemitą, a ja kompletnie się
na nim nie znałem. Zdarzało mi się oczywiście wspominać
jego osobę przy okazji badań nad Huysmansem, a w mojej
jedynej pracy, która wyszła drukiem, *Oszołomieniu neologizmami* – zapewne stanowiącej ukoronowanie moich intelektualnych wysiłków na tym padole, nagrodzonej znakomitymi
recenzjami w czasopismach „Poetyka" i „Romantyzm", której
prawdopodobnie zawdzięczałem stanowisko profesora – prze-
prowadziłem analizę porównawczą ich podejścia do języka.
Prawdę mówiąc, większość dziwacznych słów występujących
u Huysmansa nie jest neologizmami, tylko rzadko używany-
mi wyrazami zapożyczonymi z języków różnych korporacji
rzemieślniczych lub z regionalnych dialektów. Huysmans –
i taka była moja teza – do końca życia pozostał naturalistą,
pragnącym wpleść w swoją twórczość autentyczną mowę
ludu; w pewnym sensie nigdy nie przestał być tym socja-
listą, który w młodości bywał na wieczorach medańskich
u Zoli, a jego rosnąca pogarda dla lewicy nigdy nie zdusiła
jego młodzieńczej awersji do kapitalizmu, pieniędzy i wszystkiego, co się wiąże z wartościami burżuazyjnymi; w gruncie
rzeczy był unikalnym przypadkiem c h r z e ś c i j a ń s k i e g o
n a t u r a l i s t y, podczas gdy Bloy, nieustannie głodny finansowego lub towarzyskiego sukcesu, swoją upartą pogonią
za neologizmami pragnął się jedynie wyróżnić, uzyskać status prześladowanej duchowej pochodni, niedostępnej dla
zwykłych śmiertelników; właśnie dlatego zajął mistyczno-
-elitarną pozycję w literackiej socjecie swojej epoki, a potem
nie przestawał się zdumiewać swoją porażką i całkowicie

zasłużoną obojętnością wobec jego złorzeczeń. Jak pisze Huysmans, był „człowiekiem nieszczęśliwym, o zgoła diabelskiej pysze i niezmierzonej nienawiści". Od początku Bloy robił na mnie wrażenie prototypu n i e d o b r e g o k a t o- l i k a, którego wiara i żarliwość znajdują zaspokojenie tylko wówczas, gdy swoich rozmówców może uważać za potępionych. Kiedy pisałem doktorat, utrzymywałem kontakty z ludźmi z rozmaitych kręgów lewicowo-katolicko-monarchistycznych, którzy stawiali Bloy i Bernanosa na piedestale, machając mi przed oczyma jakimiś rękopisami, aż w końcu się zorientowałem, że nie mają mi absolutnie nic do zaoferowania, żadnego dokumentu, którego z łatwością sam bym nie mógł znaleźć w archiwach powszechnie dostępnych dla studentów i pracowników uniwersytetu.

– Na pewno wpadłeś na interesujący trop. Przeczytaj jeszcze raz Drumonta – odpowiedziałem Steve'owi, chcąc chyba sprawić mu przyjemność, a on spojrzał na mnie pokornym i naiwnym wzrokiem potulnego dziecka.

W drzwiach sali wykładowej (tego dnia miałem zamiar mówić o Jeanie Lorrainie) stało trzech dwudziestolatków, dwóch Arabów i jeden Murzyn, którzy blokowali wejście; nie mieli broni, wyglądali dość spokojnie, w ich zachowaniu nie dostrzegłem niczego groźnego, jednak ktokolwiek chciał wejść do sali, musiał się obok nich przeciskać; sytuacja wymagała interwencji. Stanąłem naprzeciw nich; na pewno dostali zalecenie, żeby unikać wszelkich prowokacji i traktować wykładowców z szacunkiem, przynajmniej taką miałem nadzieję.

– Jestem profesorem tego uniwersytetu i za chwilę mam tutaj wykład – oznajmiłem stanowczym tonem, kierując słowa do całej grupy.

Odpowiedział mi Murzyn, rozciągając usta w uśmiechu:

– Nie ma sprawy, proszę pana, przyszliśmy tylko odwiedzić nasze siostry.

Uspokajającym gestem pokazał na audytorium. Względem domniemanych sióstr dostrzegłem tylko dwie dziewczyny z Maghrebu, siedzące obok siebie w głębi sali po lewej, obie w czarnych burkach i z siateczką na oczach. Wedle mojej oceny zachowywały się absolutnie bez zarzutu.

– No dobrze, więc je zobaczyliście – powiedziałem dobrodusznie. – Teraz możecie już odejść.

– Nie ma sprawy, proszę pana – odpowiedział z jeszcze szerszym uśmiechem Murzyn, odwrócił się na pięcie i ruszył, a za nim jego dwaj towarzysze, którzy nie odezwali się ani słowem. Po trzech krokach odwrócił się w moją stronę i dodał z lekkim ukłonem: – Pokój z tobą, bracie.

Nieźle poszło, pomyślałem, zamykając drzwi, tym razem nieźle poszło. Szczerze mówiąc, nie wiem, czego się spodziewałem; krążyły pogłoski o napaściach na wykładowców na uniwersytetach Mulhouse, Strasbourg, Aix-Marseille i Saint-Denis, ale dotychczas nie spotkałem żadnego kolegi, który stałby się przedmiotem agresji, i nie do końca w to wszystko wierzyłem. Zresztą według Steve'a zostało podpisane porozumienie między ruchem młodych salafitów a władzami uniwersyteckimi, co jego zdaniem potwierdzał fakt, że z okolicy uczelni kompletnie znikli dilerzy i chuligani.

Czy porozumienie zawierało punkt zakazujący organizacjom żydowskim wstępu na uczelnię? Na ten temat również krążyły trudne do sprawdzenia pogłoski, niemniej fakt jest faktem: od początku roku akademickiego Związek Żydowskich Studentów we Francji nie miał już swoich przedstawicieli na żadnym kampusie w regionie paryskim, natomiast młodzieżówka Bractwa Muzułmańskiego wszędzie otworzyła swoje komórki.

Wychodząc z wykładu (z jakiego powodu Jean Lorrain, obrzydliwy pedał, który sam siebie nazywał a n t r o p o j e b c ą, zainteresował obie dziewice w burkach? czy ich ojcowie wiedzieli, co właściwie ich córki studiują? literaturę łatwo oskarżyć o wszelkie grzechy), wpadłem na Marie-Françoise, która mi zaproponowała wspólny obiad. Dzień miał więc upłynąć pod znakiem życia towarzyskiego.

Zdecydowanie lubiłem tę starą megierę, wielką miłośniczkę plotek; długi staż na stanowisku profesora i pozycja w różnych komitetach doradczych nadawały jej plotkom znacznie więcej wagi i treści, niż miały te, które mogły docierać do uszu mało znaczącego Steve'a. Wybrała restaurację marokańską na ulicy Monge, czyli mój towarzyski dzień miał również upłynąć pod znakiem halal.

– Stara Delouze – rzuciła Marie-Françoise w chwili, gdy kelner przyniósł nasze dania – jest na wylocie. Krajowa Rada Szkół Wyższych, która zbiera się na początku czerwca, prawdopodobnie mianuje na jej miejsce Roberta Redigera.

Rzuciłem okiem na swój tadżin z jagnięciną i karczochami, po czym na wszelki wypadek uniesieniem brwi okazałem zdziwienie.

– Wiem – dodała. – To brzmi dość sensacyjnie, ale to już nie są tylko plotki, słyszałam bardzo konkretne komentarze.

Przeprosiłem i oddaliłem się do toalety, żeby dyskretnie zerknąć do smartfona; w dzisiejszych czasach wszystko można znaleźć w internecie; zaledwie dwuminutowe poszukiwanie pozwoliło mi ustalić, że Robert Rediger, słynący ze swoich propalestyńskich poglądów, był jednym z inicjatorów bojkotu izraelskich uczelni; starannie umyłem ręce i wróciłem do stolika.

Mój tadżin zdążył niestety wystygnąć.

– Nie będą z tym czekać do wyborów? – zapytałem po przełknięciu pierwszego kęsa, uznwszy to pytanie za właściwe.

– Wyborów? A co do tego mają wybory? Co one mogą zmienić?

Najwyraźniej moje pytanie nie było tak właściwe, jak mi się wydawało.

– No nie wiem, w końcu za trzy tygodnie są wybory prezydenckie…

– Przecież świetnie wiesz, że wszystko już pozamiatane, będzie jak w dwa tysiące siedemnastym, Front Narodowy wejdzie do drugiej tury i znowu wygra lewica, naprawdę nie rozumiem, po jaką cholerę Rada miałaby czekać na wyniki wyborów.

– Jest jeszcze Bractwo Muzułmańskie, którego wynik pozostaje wielką niewiadomą; jeśli przeskoczą symboliczną granicę dwudziestu procent, to może wpłynąć na stosunek sił…

Miałem świadomość, że palnąłem kompletną głupotę; dziewięćdziesiąt dziewięć procent wyborców Bractwa

Muzułmańskiego przeniesie swoje głosy na kandydata socjalistów i niczego to nie zmieni w końcowym rezultacie, ale słowa s t o s u n e k s i ł zawsze robią dobre wrażenie w rozmowie, człowiek wychodzi na oczytanego w Clausewitzu i Sun Tzu, a i z s y m b o l i c z n e j g r a n i c y też byłem dość zadowolony; w każdym razie Marie-Françoise pokiwała głową, jakbym właśnie powiedział coś niezwykle mądrego, po czym długo, wysilając swoją kombinacyjną inteligencję, rozważała wpływ ewentualnego wejścia Bractwa Muzułmańskiego do rządu na skład uczelnianych organów kierowniczych, ale słuchałem tylko jednym uchem, obserwując, jak kolejne hipotezy odbijają się na jej starej, kanciastej twarzy; w końcu czymś trzeba się w życiu interesować, pomyślałem, zadając sobie pytanie, czym mianowicie ja mógłbym się zainteresować, gdyby się okazało, że faktycznie moje życie męsko-damskie przestało istnieć; może mógłbym zrobić kurs enologii albo zacząć zbierać modele samolotów.

Popołudniowe zajęcia były dość męczące, wszyscy doktoranci byli zresztą dość męczący, dla nich to jedno z pierwszych wyzwań w życiu, ale dla mnie jakiekolwiek wyzwania przestały już istnieć z wyjątkiem decyzji, które danie hinduskie odgrzać sobie wieczorem w mikrofalówce – chicken biryani? chicken tikka masala? chicken rogan josh? – podczas oglądania debaty politycznej na France 2.

Tego wieczoru zaproszono do studia kandydatkę Frontu Narodowego, która zapewniała o swojej miłości do Francji

(„ale jakiej Francji?" – pytali bez większego sensu centro-lewicowi komentatorzy), a ja zastanawiałem się, czy moje życie męsko-damskie faktycznie przestało istnieć, co nie było takie znowu pewne, przez dłuższą część wieczoru roz-ważałem ewentualność zadzwonienia do Myriam, miałem wrażenie, że nie znalazła żadnego następcy na moje miejsce, parokrotnie spotkałem ją na wydziale i zawsze rzucała mi spojrzenia, które można by uznać za płomienne, chociaż jej spojrzenia zawsze były płomienne, nawet gdy chodziło o wy-bór odżywki do włosów, nie powinienem więc się nakręcać, może lepiej bym zrobił, gdybym się zaangażował w działal-ność polityczną, zwolennicy różnych formacji przeżywali w okresie wyborczym niezwykle gorące chwile, podczas gdy ja – nie da się ukryć – rozmieniałem się na drobne.

„Szczęśliwi ci, którym życie przynosi satysfakcję, którzy się bawią, którzy są zadowoleni", tymi słowami Maupas-sant rozpoczyna swój artykuł w czasopiśmie „Gil Blas" po-święcony powieści *Na wspak**. Historia literatury była za-zwyczaj surowa wobec naturalizmu, Huysmansa noszono na rękach za to, że zrzucił z siebie jego jarzmo, ale przecież artykuł Maupassanta jest daleko głębszy i trafniejszy niż napisany w tym samym czasie tekst Bloy, który się ukazał w „Le Chat Noir". Nawet obiekcje Zoli, kiedy się im bliżej przyjrzeć, wyglądają dość sensownie; nie da się ukryć, że diuk des Esseintes jest psychologicznie taki sam od pierw-szej strony do ostatniej, nic się w tej książce nie dzieje,

---

* Oryg. *A rebours* – powieść z 1884 roku, przełożona na polski przez Juliana Rogozińskiego (Czytelnik 1976).

a nawet nie może dziać, żadna akcja właściwie nie istnieje; nie da się również ukryć, że Huysmans nie mógł napisać dalszego ciągu *Na wspak*, a samo arcydzieło okazało się ślepym zaułkiem, ale czyż nie tak właśnie jest w przypadku wszystkich arcydzieł? Po takiej książce Huysmans nie mógł dalej być naturalistą, jak słusznie zauważył Zola, natomiast Maupassant, większy od niego artysta, przede wszystkim analizował samą książkę. Przedstawiłem te refleksje w krótkim artykule dla „Przeglądu Dziewiętnastowiecznika", co przysporzyło mi kilkudniowej rozrywki, znacznie lepszej niż obserwowanie kampanii wyborczej, ale w najmniejszym stopniu nie przeszkodziło w dalszym rozmyślaniu o Myriam.

W nie tak znowu odległych czasach swojego dorastania musiała być czarującą nastolatką, zanim zmieniła się w piękną dziewczynę z klasą, o czarnych, równo przyciętych włosach, bardzo jasnej skórze i ciemnych oczach; z klasą, ale też dyskretnie seksowną, z nadwyżką dotrzymującą obietnic, jakie niósł ze sobą jej subtelny seksapil. U mężczyzny miłość nie jest niczym innym jak wdzięcznością za otrzymaną rozkosz, a nikt nie dał mi więcej rozkoszy niż Myriam. Potrafiła dowolnie zaciskać pochwę (raz delikatnymi, powolnymi skurczami, którym trudno się było oprzeć, to znowu krótkimi i psotnymi); z nieskończoną gracją kręciła swoim ślicznym tyłeczkiem, zanim mi go oddała we władanie. Jeśli chodzi o seks oralny, czegoś takiego nie przeżyłem nigdy przedtem; za każdym razem zabierała się do obciągania, jakby to było jej pierwsze w życiu i jakby miało być ostatnie. Każda z jej pieszczot była warta życia mężczyzny.

W końcu, po kilku dniach wahań, zadzwoniłem i umówiliśmy się na wieczór.

Z b y ł y m i   d z i e w c z y n a m i człowiek nadal jest na ty, ale pocałunek zastępuje się b u z i a k i e m. Myriam miała na sobie krótką czarną spódniczkę i czarne rajstopy; zaprosiłem ją do siebie, bo nie miałem ochoty iść do knajpy; rozejrzała się ciekawie po pokoju, po czym usiadła na kanapie; spódniczkę miała naprawdę bardzo krótką, twarz umalowaną; zapytałem, czy chce się czegoś napić, a ona poprosiła o burbona.

– Coś tu zmieniłeś – powiedziała przy pierwszym łyku – ale nie wiem co.

– Zasłony.

Zawiesiłem podwójne pomarańczoworude zasłony w lekko etniczne wzory. I kupiłem dobraną kolorystycznie tkaninę, którą rzuciłem na kanapę.

Odwróciła się i przyklękła, żeby lepiej się przyjrzeć zasłonom.

– Ładne – oznajmiła. – Nawet bardzo ładne. Zawsze miałeś dobry gust. Przynajmniej jak na macho – dodała i z powrotem usiadła na kanapie naprzeciw mnie. – Nie masz mi za złe, że cię uważam za macho?

– Nie wiem, może to prawda, chyba faktycznie jestem czymś w rodzaju macho; nigdy nie byłem przekonany, że kobiety powinny mieć prawa wyborcze, dostęp do tych samych kierunków studiów, do tych samych zawodów co mężczyźni i tak dalej. Cóż, przywykliśmy do tego, ale czy to naprawdę był dobry pomysł?

Zaskoczona zmrużyła oczy i przez kilka sekund miałem wrażenie, że naprawdę się zastanawia nad moim pytaniem; i nagle, przez krótką chwilę, ja też zacząłem się nad nim zastanawiać, zanim zrozumiałem, że na tak postawione pytanie nie znam odpowiedzi, nie bardziej niż na jakiekolwiek inne.

– Jesteś za powrotem patriarchatu, prawda?

– Nie jestem z a niczym, przecież świetnie wiesz, ale patriarchat miał przynajmniej tę zaletę, że istniał. Chodzi mi o to, że jako system społeczny trwał w swoim istnieniu, były rodziny z dziećmi, które odtwarzały z grubsza ten sam schemat i jakoś ten świat się kręcił, a teraz nie ma żadnych dzieci, czyli wszystko z głowy.

– Taaak… W teorii jesteś bez wątpienia macho. Ale masz wyrafinowany gust literacki: Mallarmé, Huysmans, to cię oczywiście odróżnia od typowego macho. Do tego dochodzi czysto kobieca, u faceta nienormalna wrażliwość na tkaniny dekoracyjne. Natomiast ubierasz się nadal jak kmiot. Macho w stylu grunge może mieć jakąś wiarygodność, ale ty nie lubisz ZZ Top, zawsze wolałeś Nicka Drake'a. Krótko mówiąc, masz paradoksalną osobowość.

Zanim jej odpowiedziałem, dolałem sobie burbona. Agresja często skrywa chęć uwodzenia, czytałem u Borisa Cyrulnika, a Boris Cyrulnik to waga ciężka, facet, którego nie wyrolujesz, kuty na cztery kopyta, w pewnym sensie Konrad Lorenz ludzkości. Zresztą, czekając na moją odpowiedź, Myriam lekko rozchyliła uda, a to był język ciała, czyli witamy w realu.

– Nie ma tu żadnego paradoksu, po prostu twoja wiedza psychologiczna nie wykracza poza poziom magazynów kobiecych, które zajmują się typologią konsumentów: ekowrażliwy yuppie, burżujka typu show-off, klubowiczka gay-friendly, satanic geek, techno-zen, co tydzień wymyślają coś nowego. A ja niekoniecznie pasuję do którejkolwiek z tych kategorii, to wszystko.

– Może moglibyśmy… skoro znowu się spotkaliśmy, w ten jeden wieczór mówić sobie tylko miłe rzeczy, co ty na to?

Jej głos zadrżał i zrobiło mi się trochę głupio.

– Jesteś głodna? – zapytałem, żeby rozproszyć niezręczny nastrój, ale nie, nie była głodna, chociaż zawsze w końcu coś jedliśmy. – Masz ochotę na sushi?

Oczywiście zgodziła się, ludzie zawsze się godzą na sushi, zarówno najwytrawniejsi smakosze, jak i kobiety najbardziej dbające o linię; wokół tego nijakiego zestawienia surowej ryby i białego ryżu panuje jakiś rodzaj powszechnego konsensusu; miałem ulotkę dostawcy sushi, której sama lektura była śmiertelnie nużąca; nie miałem pojęcia, co się kryje pod słowami wasabi, maki i salmon roll, ani najmniejszej ochoty, żeby to zrozumieć; wybrałem zestaw B3 i zadzwoniłem, żeby złożyć zamówienie; może jednak trzeba było po prostu pójść do knajpy; odłożyłem słuchawkę i puściłem Nicka Drake'a. Nastąpiło długie milczenie, które głupawo przerwałem pytaniem, jak jej idą studia. Spojrzała z wyrzutem i odpowiedziała, że nieźle, miała zamiar robić magisterium z edytorstwa.

Z ulgą mogłem przejść do bardziej ogólnego tematu, który zresztą był związany z jej planami zawodowymi; chociaż gospodarka francuska rozpada się na kawałki, wydawnictwa dają sobie radę, a ich zyski rosną, to nawet zaskakujące, jakby wobec wszechobecnej beznadziei ludziom nie pozostało nic poza czytaniem książek.

– Ty też nie wyglądasz, jakby ci dobrze szło. Ale prawdę mówiąc, zawsze robiłeś na mnie takie wrażenie – powiedziała bez cienia wrogości, nawet z pewnym smutkiem.

I co tu odpowiedzieć, trudno przeczyć faktom.

– Zawsze wyglądałem jak człowiek w depresji? – zapytałem po chwili ciszy.

– Nie, nie w depresji, w pewnym sensie jeszcze gorzej; zawsze byłeś chorobliwie uczciwy, niezdolny do kompromisów, które zwykłym ludziom pozwalają żyć. Załóżmy na przykład, że w sprawie patriarchatu masz rację, że to jedyny możliwy model. Ale przecież ja skończyłam studia, zawsze się uważałam za odrębną jednostkę, wyposażoną w zdolność refleksji i umiejętność podejmowania decyzji w stopniu nie mniejszym niż mężczyźni, więc co ze mną ma być? Nie nadaję się do niczego?

Najsłuszniej byłoby odpowiedzieć twierdząco, ale się powstrzymałem, chyba nie jestem aż tak uczciwy. Sushi ciągle się nie zjawiało. Nalałem sobie kolejną szklaneczkę burbona, już trzecią. Nick Drake nadal śpiewał o czystych dziewczętach i o dawnych księżniczkach. A ja wciąż nie miałem ochoty mieć z nią dziecka, dzielić się obowiązkami domowymi ani kupować nosidełka. Nie miałem nawet ochoty się z nią przespać, to znaczy miałem trochę ochotę się z nią przespać, ale równocześnie miałem trochę ochotę umrzeć, w gruncie rzeczy sam nie wiedziałem, czego chcę, zaczynało mnie z lekka mdlić, co oni, kurwa, wyprawiają w tym Rapid'Sushi? W tym właśnie momencie powinienem ją poprosić o loda, może to dałoby drugą szansę naszemu związkowi, zamiast tego pozwoliłem, żeby niezręczna atmosfera trwała, a nawet narastała.

– No dobrze, może powinnam już pójść… – powiedziała po prawie trzyminutowej ciszy.

Nick Drake przestał jęczeć i zaczęła się czkawka Nirvany. Wyłączyłem dźwięk i powiedziałem:

– Skoro tak uważasz…

– Przykro mi, bardzo mi przykro, że doszedłeś do takiego stanu, François – rzuciła w drzwiach, wkładając płaszcz. – Chciałabym jakoś ci pomóc, ale nie wiem jak, nie dajesz mi żadnej szansy.

Na pożegnanie daliśmy sobie znowu buziaka; nie sądziłem, że kiedykolwiek wyjdziemy z tego impasu.

Sushi przybyły kilka minut po jej wyjściu. Było ich zdecydowanie za dużo.

II

Po wyjściu Myriam przez ponad tydzień siedziałem kompletnie sam; po raz pierwszy, od kiedy zostałem profesorem, nie
czułem się na siłach, żeby poprowadzić środowe zajęcia. Intelektualne szczyty mojego życia przypadły na pisanie doktoratu i publikację książki; od tego czasu minęło ponad dziesięć
lat. Intelektualne szczyty? Czy po prostu szczyty? W każdym
razie wówczas czułem, że moje życie m a   s e n s. Od tego
czasu pisałem tylko krótkie artykuły do „Przeglądu Dziewiętnastowiecznika", czasami do „Magazynu Literackiego", o ile
zdarzało się coś, co miało związek z moją dziedziną. Moje
artykuły były ostre, cięte i błyskotliwe, a redakcje bardzo je
sobie ceniły, zwłaszcza że nigdy nie zawalałem terminów. Ale
czy to wystarczy, żeby życie miało sens? I dlaczego w ogóle życie ma mieć sens? Wszystkie zwierzęta i miażdżąca większość
ludzi żyje bez najmniejszej potrzeby sensu. Zgodnie ze swoim
rozumowaniem żyją, bo żyją, ot i wszystko; zapewne umierają, bo umierają, i na tym się kończy ich analiza. Jako specjalista od Huysmansa czułem się w obowiązku pójść nieco dalej.

Kiedy doktoranci pytają, w jakiej kolejności powinni pod-
chodzić do twórczości autora, któremu postanowili poświę-
cić swoją pracę, zawsze im proponuję porządek chronologicz-
ny. Nie żeby życie autora miało jakiekolwiek znaczenie, ale

kolejność jego dzieł układa się w pewną biografię intelektualną, podlegającą własnej logice. W przypadku Jorisa-Karla Huysmansa problem pojawiał się szczególnie ostro przy książce *Na wspak*. Kiedy napisało się dzieło tak oryginalne, tak wyjątkowe w historii literatury powszechnej, jak można później napisać cokolwiek innego?

Pierwsza odpowiedź, która przychodzi do głowy, brzmi oczywiście następująco: z najwyższą trudnością. I faktycznie można to zaobserwować u Huysmansa. Napisana po *Na wspak* powieść *Z prądem** jest książką rozczarowującą; nie mogło zresztą być inaczej, a jeśli negatywne wrażenie, poczucie stagnacji i powolnego upadku nie odbierają całkowicie przyjemności z lektury, to jedynie dlatego, że autor wpadł na błyskotliwy pomysł: w książce, która siłą rzeczy musiała rozczarować, opisuje historię pewnego rozczarowania. Spójność między tematem a sposobem jego potraktowania przeważa nad wartościami estetycznymi; krótko mówiąc, trochę się nudzimy, ale nie przerywamy lektury, choć czujemy, że nie tylko bohaterowie płyną z p r ą d e m podczas swego smętnego pobytu na wsi, ale też sam Huysmans. Mogłoby się niemal wydawać, że autor próbuje powrócić do naturalizmu (w jego wersji niechlujno-wiejskiej, gdzie chłopi okazują się jeszcze bardziej odrażający i pazerni niż paryżanie), gdyby od czasu do czasu nie pojawiały się wątki oniryczne, które sprawiają, że cały tekst staje się niezgrabny i niepodlegający żadnej klasyfikacji.

---

* Oryg. *En rade* – powieść z 1887 roku, nietłumaczona dotąd na polski.

To, co Huysmansowi pozwoliło wyjść z impasu już przy następnej książce, to prosta, wielokrotnie sprawdzona formuła: powołanie do życia głównej postaci będącej rzecznikiem autora, której ewolucję możemy śledzić z książki na książkę. Wszystko to jasno wyłożyłem w swojej pracy doktorskiej; dopiero później zaczęły się kłopoty, gdyż centralnym punktem ewolucji Durtala (i samego Huysmansa) – od *Tam** *, w którym od pierwszych stron autor żegna się z naturalizmem, poprzez *W drodze* i *Katedrę*** *, po *Oblata**** * – jest nawrócenie na katolicyzm.

Rzecz jasna ateiście z trudem przychodzi mówienie o książkach, których głównym tematem jest nawrócenie, podobnie jak człowiekowi, który nigdy nie był zakochany, dla którego miłość jest uczuciem całkowicie obcym, byłoby bez wątpienia niełatwo zainteresować się powieścią poświęconą tej właśnie namiętności. Z braku autentycznego zaangażowania emocjonalnego okazuje się, że uczuciem, jakie budzi się u ateisty wobec duchowych przemian Durtala, wobec naprzemiennego znikania i wybuchu łaski, stanowiących główny wątek trzech ostatnich powieści Huysmansa, jest niestety uczucie nudy.

Na tym właśnie etapie moich rozważań (dopiero co się obudziłem i akurat piłem kawę w oczekiwaniu na poranek) przyszła mi do głowy bardzo niemiła myśl: podobnie jak *Na wspak* było szczytowym momentem życia literackiego Huysmansa, Myriam była zapewne szczytowym momentem

---

* Oryg. *Là-bas* – powieść z 1891 roku, nietłumaczona dotąd na polski.
** Oryg. *La Cathédrale* – powieść z 1898 roku, nietłumaczona dotąd na polski.
*** Oryg. *L'Oblat* – powieść z 1903 roku, nietłumaczona dotąd na polski.

mojego życia męsko-damskiego. Jak zdołam przezwyciężyć utratę kochanki? Odpowiedź brzmiała nadzwyczaj prosto: zapewne wcale.

W oczekiwaniu na śmierć pozostał mi „Przegląd Dziewiętnastowiecznika", którego kolejne zebranie redakcyjne zaplanowano na następny tydzień. A także właśnie trwająca kampania wyborcza. Wielu ludzi interesuje się polityką i wojną, ale ja niezbyt sobie ceniłem te źródła rozrywki; pewnie szkoda, ale byłem równie upolityczniony jak ręcznik kąpielowy. Nie da się ukryć, że za czasów mojej młodości wybory były potwornie nudne, a mierność o f e r t y p o l i t y c z n e j mogła wręcz zdumiewać. Najpierw kandydat centrolewicy w zależności od osobistej charyzmy dawał się wybrać na jedną lub dwie kadencje, gdyż jakieś niepojęte względy nie pozwalały mu na startowanie po raz trzeci; następnie naród odczuwał znużenie zarówno tym konkretnym kandydatem, jak i całą centrolewicą i następowało zjawisko d e m o k r a t y c z n e j w y m i a n y e l i t: wyborcy przerzucali głosy na kandydata centroprawicy, również na jedną lub dwie kadencje, w zależności od jego osobistych przymiotów. Co ciekawe, państwa zachodnie były nadzwyczaj dumne z tego systemu wyborczego, który przecież nie był niczym innym jak podziałem władzy między dwa rywalizujące gangi; czasem wręcz wywoływały wojny, żeby narzucić ów system krajom niepodzielającym ich entuzjazmu.

Późniejsze sukcesy skrajnej prawicy uczyniły debatę nieco ciekawszą, wnosząc do niej zapomniany dreszczyk faszyzmu, ale sprawy zaczęły naprawdę nabierać rumieńców dopiero w dwa tysiące siedemnastym, w czasie drugiej tury wyborów prezydenckich. Osłupiała prasa zagraniczna przyglądała się gorszącemu, ale arytmetycznie nieuniknionemu spektaklowi ponownego wyboru lewicowego prezydenta w kraju coraz bardziej otwarcie prawicowym. Przez kilka tygodni po zakończeniu wyborów nad Francją wisiała dziwna, ciężka atmosfera. Duszące, dramatyczne poczucie beznadziei z pojawiającymi się gdzieniegdzie przebłyskami buntu. Wiele osób zdecydowało się wówczas na emigrację. Miesiąc po ogłoszeniu wyników drugiej tury Mohammed Ben Abbes obwieścił powstanie Bractwa Muzułmańskiego. Pierwsza próba utworzenia ugrupowania islamistycznego w postaci Partii Francuskich Muzułmanów spaliła na panewce z powodu żenującego antysemityzmu jej przywódcy, który doprowadził go wręcz do nawiązania kontaktów ze skrajną prawicą. Wyciągnąwszy wnioski z tej porażki, Bractwo Muzułmańskie skrupulatnie trzymało się pozycji umiarkowanych, nie przesadzając ze wsparciem dla sprawy palestyńskiej i utrzymując serdeczne stosunki z żydowskimi władzami religijnymi. Zgodnie ze wzorcami partii muzułmańskich działających w krajach arabskich, z których to wzorców korzystała już zresztą Francuska Partia Komunistyczna, działania ściśle polityczne były wspierane przez gęstą sieć organizacji młodzieżowych, instytucji kulturalnych i stowarzyszeń charytatywnych. W kraju, w którym bieda z roku na rok zajmowała coraz to nowe obszary, taka polityka musiała przynieść owoce, a Bractwo Muzułmańskie powiększyło grono swoich zwolenników dalece poza ramy ściśle wyznaniowe, odnosząc wręcz druzgocący sukces: według ostatnich sondaży partia istniejąca zaledwie od pięciu lat mogła liczyć na dwadzieścia jeden procent głosów, plasując się tuż za Partią Socjalistyczną, na którą zamierzało głosować dwadzieścia trzy procent wyborców. Tradycyjna prawica nie przekraczała czternastu, Front Narodowy zaś ze swoimi trzydziestoma dwoma procentami wciąż zajmował zdecydowanie pierwsze miejsce na francuskiej scenie politycznej.

David Pujadas, w ostatnich latach uznany za ikonę świata mediów, w końcu trafił do b a r d z o z a m k n i ę t e g o k l u b u dziennikarzy politycznych (Cotta, Elkabbach, Duhamel i paru innych), których poziom powszechnie uznawano za wystarczający, aby mogli prowadzić debaty wyborcze między pierwszą a drugą turą; poprzedników zdeklasował stanowczością, uprzejmością i spokojem, a zwłaszcza umiejętnością ignorowania zniewag i wybuchających co chwila awantur, którym potrafił nadać pozory godnej, demokratycznej konfrontacji. Kandydatka Frontu Narodowego i kandydat Bractwa Muzułmańskiego zgodzili się, żeby właśnie on był arbitrem w ich debacie, bez wątpienia najbardziej oczekiwanej ze wszystkich, które miały się odbyć przed pierwszą turą, gdyż jeśli kandydat Bractwa Muzułmańskiego – jak wskazywało rosnące od początku kampanii poparcie dla niego w sondażach – zdoła wyprzedzić kandydata socjalistów, nastąpi najbardziej osobliwa druga tura w historii, o zgoła nieprzewidywalnym wyniku. Mimo ciągłych, coraz bardziej natarczywych nawoływań ze strony głównych dzienników i tygodników Partii Socjalistycznej jej zwolennicy wzdragali się przed przeniesieniem głosów na kandydata muzułmańskiego; natomiast coraz liczniejsi zwolennicy prawicy, mimo stanowczych deklaracji liderów swojej partii, wyglądali na gotowych do przełamania tabu i zagłosowania w drugiej turze na kandydatkę narodowców, która tym samym miała przed sobą zapewne najważniejszą batalię życia.

Debata odbywała się w środę, co nie ułatwiało mi sprawy; poprzedniego dnia kupiłem zestaw dań hinduskich do odgrzania w mikrofalówce i trzy butelki czerwonego wina. Pod wpływem antycyklonu masy ciepłego powietrza zawisły nad częścią Europy od Węgier po Polskę, nie pozwalając niżowi znad Wysp Brytyjskich na przemieszczenie się nad kontynent; nad resztą Europy utrzymywała się pogoda sucha i zimna, niezwykła o tej porze roku. Po południu doktoranci dali mi niezły wycisk swoimi bezsensownymi pytaniami w rodzaju: dlaczego przeciętni poeci (Moréas, Corbière i tak dalej) uchodzą za przeciętnych i co sprawia, że nie uchodzą za wybitnych (w pierwszym przybliżeniu Baudelaire, Rimbaud, Mallarmé, a potem szybki skok do Bretona). Ich pytania nie były bezinteresowne; chodziło o dwóch chudych, złośliwych doktorantów, z których jeden chciał pisać pracę o Crosie, drugi o Corbièrze, ale jednocześnie dobrze widziałem, że nie chcą się narazić i czekają, co im odpowiem jako przedstawiciel uczelni. Zrobiłem unik i zaproponowałem, żeby się zajęli twórczością Laforgue'a, który się plasuje gdzieś w pół drogi.
Podczas samej debaty trochę mi się pochrzaniło, a właściwie nie tyle mnie, ile mikrofalówce, która zaczęła działać

w nowatorskim trybie (płyta kręciła się na pełnych obrotach, wydając jakieś kosmiczne dźwięki, ale niczego nie podgrzewając), musiałem więc podgrzać hinduskie dania na patelni i umknęła mi większość argumentów w dyskusji. Z tego co usłyszałem, kandydaci na najwyższy stołek rozmawiali z niemal przesadną uprzejmością, wymieniając się wyrazami wzajemnego szacunku, deklarując niesłychaną miłość do Francji i w ogóle zachowując się tak, jakby prawie na każdy temat mieli identyczne zdanie. A przecież w tym samym mniej więcej czasie wybuchły zamieszki w Montfermeil, w których starli się aktywiści skrajnej prawicy z grupą młodych Afrykanów nienależących do żadnego ugrupowania politycznego; od tygodnia na terenie gminy dochodziło do sporadycznych incydentów w związku ze zbeczeszczeniem miejscowego meczetu. Nazajutrz na stronie internetowej identytarystów znalazła się informacja, że zamieszki były bardzo gwałtowne, a kilka osób poniosło śmierć, tyle że Ministerstwo Spraw Wewnętrznych natychmiast zdementowało tę wiadomość. Jak zawsze w takich sytuacjach kandydatka Frontu Narodowego i kandydat Bractwa Muzułmańskiego wydali niezależnie od siebie komunikaty, w których zdecydowanie odcinali się od tych przestępczych zachowań. Dwa lata wcześniej, podczas poprzednich zamieszek z użyciem broni, media nakręciły parę sensacyjnych reportaży, ale teraz mówiło się o tym coraz mniej, jakby tego typu wydarzenia uległy trywializacji. Przez wiele lat, a nawet dziesięcioleci, „Le Monde" i gazety centrolewicowe (czyli praktycznie wszystkie) natrząsały się z k a s a n d r wieszczących wojnę domową między muzułmańskimi imigrantami a rdzenną ludnością Europy Zachodniej. Jak mi wyjaśnił kolega wykładający literaturę grecką, to odwołanie do mitu Kasandry wyglądało nieco dziwnie. W mitologii greckiej Kasandra to piękna dziewczyna, „o urodzie złotej Afrodyty", jak pisze Homer. Zakochany w niej Apollo ofiarowuje wybrance dar wieszczenia w zamian za przyszłe igraszki miłosne. Kasandra przyjmuje dar, ale odmawia Apollinowi swych wdzięków; ten, wściekły, spluwa na jej usta, sprawiając, że nikt nie będzie rozumiał jej słów ani w nie wierzył. Kasandra przepowiada porwanie Heleny przez Parysa, później wybuch wojny trojańskiej, ostrzega rodaków przed greckim podstępem (słynny „koń trojański"), który umożliwi im zdobycie miasta. Kończy życie zamordowana przez Klitajmestrę, przewidziawszy zarówno swoją śmierć, jak i zabójstwo Agamemnona, który nie chciał wierzyć w jej ostrzeżenia. Mit Kasandry pokazuje, że pesymistyczne przepowiednie wciąż się spełniają; wyglądało na to, że centrolewicowi dziennikarze są równie zaślepieni jak Trojanie. Takie zaślepienie nie jest w historii niczym niezwykłym: to samo można było zaobserwować w latach trzydziestych u intelektualistów, polityków i dziennikarzy, powszechnie przekonanych, że Hitler „w końcu odzyska zdrowy rozsądek". Ludzie żyjący w określonym systemie społecznym prawdopodobnie nie potrafią sobie wyobrazić punktu widzenia tych, którzy niczego od systemu nie oczekując, planują jego zniszczenie.

Prawdę mówiąc, postawa centrolewicowych mediów od kilku miesięcy ulegała zmianie: sprawę przemocy na przedmieściach i zamieszek międzyetnicznych zamieciono pod dywan, przestano nawet drwić z k a s a n d r, które ze swojej strony w końcu zamilkły. Większość ludzi wyglądała na znużonych tematem, a w moim środowisku owo znużenie nastąpiło wcześniej niż w innych; zgodnie z powszechnym odczuciem uznano: „co ma być, to będzie". Idąc następnego dnia wieczorem na wydawany raz na trzy miesiące koktajl „Przeglądu Dziewiętnastowiecznika", wiedziałem już, że zamieszki w Montfermeil wzbudzą niewiele komentarzy, nie więcej niż ostatnie debaty przed pierwszą turą wyborów prezydenckich, a na pewno mniej niż ostatnie nominacje profesorskie. Koktajl miał miejsce na ulicy Chaptal, w wynajętym na tę okoliczność Muzeum Życia Romantycznego.

Zawsze lubiłem plac Saint-Georges i jego cudowne fasady z czasów belle époque; zatrzymałem się na chwilę przed popiersiem Gavarniego, po czym ulicą Notre-Dame-de-Lorette pomaszerowałem na Chaptal. Spod numeru szesnastego odchodziła krótka, brukowana, obrośnięta drzewami alejka wiodąca do muzeum.

Było ciepło, więc podwójne drzwi wejściowe szeroko otwarto na ogród; wziąłem kieliszek szampana i ruszyłem spacerkiem między lipami, gdy nagle dostrzegłem Alice, specjalistkę od Nervala, zajmującą stanowisko adiunkta na uniwersytecie Lyon III; miała na sobie lekką sukienkę w kwiaty, zapewne koktajlową; prawdę mówiąc, nie odróżniam sukienki koktajlowej od wieczorowej, ale byłem pewien, że Alice jest ubrana stosownie do okoliczności i zachowuje się równie stosownie, a jej towarzystwo będzie jak zwykle bardzo przyjemne, tak więc bez wahania podszedłem się przywitać, chociaż była pogrążona w rozmowie z młodym facetem o pociągłej twarzy i bardzo jasnej cerze, ubranym w niebieski blezer, T-shirt w barwach Paris Saint-Germain i jaskrawoczerwone tenisówki, co wbrew pozorom tworzyło dość eleganckie zestawienie; nazywał się Godefroy Lempereur.

– Jestem pana nowym kolegą – powiedział, odwracając się w moją stronę, co pozwoliło mi dostrzec, że pije whisky bez wody. – Dostałem właśnie stanowisko adiunkta na Paris III.

– A tak, słyszałem. Jest pan specjalistą od Léona Bloy, prawda?

– François nie znosi Bloy – wtrąciła lekkim tonem Alice. – Jako specjalista od Huysmansa stoi oczywiście po drugiej stronie barykady.

Lempereur uśmiechnął się do mnie zaskakująco ciepło i szybko dodał:

– Znam pana, rzecz jasna. Gorąco podziwiam pańskie prace na temat Huysmansa.

Zamilkł, szukając słów i nie przestając mi się przyglądać; miał tak intensywne spojrzenie, jakby był umalowany, byłem wręcz pewien, że musiał przynajmniej podkreślić rzęsy tuszem; odnosiłem wrażenie, że zaraz mi powie coś niesłychanie ważnego. Alice spoglądała na nas wzrokiem ciepłym i lekko ironicznym, jak zwykle kobiety słuchające męskiej rozmowy, dziwnego zjawiska w pół drogi między pederastią a pojedynkiem. Nagły podmuch wiatru poruszył liśćmi lipy nad naszymi głowami. W tej właśnie chwili z bardzo daleka i bardzo niewyraźnie usłyszałem głuchy odgłos przypominający eksplozję.

– To ciekawe – podjął w końcu Lempereur – jak bliscy nam pozostają ci autorzy, którym się poświęciliśmy na początku kariery zawodowej. Można by sądzić, że po stu lub dwustu latach emocje wygasają, a my jako naukowcy osiągamy rodzaj literackiego obiektywizmu. Otóż nic z tych rzeczy. Huysmans, Zola, Barbey, Bloy znali się, byli złączeni więzami przyjaźni lub nienawiści, sprzymierzali się ze sobą, kłócili, a historia ich stosunków to historia literatury francuskiej; my zaś, ponad sto lat później, odtwarzamy te same relacje, zawsze pozostając wierni naszym bohaterom, dla nich gotowi się lubić, kłócić i walczyć za pośrednictwem naszych artykułów.

– Ma pan rację, ale to dobrze. To dowodzi przynajmniej, że literatura jest sprawą poważną.

– Nikt się nigdy nie kłócił z biednym Nervalem… – wtrąciła Alice, ale Lempereur chyba nawet jej nie usłyszał; nadal intensywnie się we mnie wpatrywał, jakby zatopiony we własnych słowach.

– Zawsze był pan poważnym człowiekiem – ciągnął. – Czytałem wszystkie pańskie artykuły w „Przeglądzie". Ze mną rzecz się przedstawiała inaczej. Kiedy miałem dwadzieścia lat, byłem zafascynowany Léonem Bloy, jego nieugiętością, gwałtownością, mistrzostwem w pogardzie i znieważaniu, ale w dużym stopniu była to również kwestia mody. Bloy był idealną bronią przeciw dwudziestemu stuleciu, jego przeciętności, zaangażowanej głupocie i plugawemu humanitaryzmowi, przeciw Sartre'owi, Camusowi i innym zaślepionym pajacom, również przeciw budzącym wymioty formalistom, nowej powieści i innym tego rodzaju absurdom niemającym najmniejszego znaczenia. Teraz mam lat dwadzieścia pięć, wciąż nie znoszę Sartre'a, Camusa i wszystkiego, co związane z nową powieścią, ale mistrzostwo Bloy zacząłem uważać za uciążliwe; muszę przyznać, że duchowy i uświęcony wymiar, którym Bloy nie przestaje się upajać, stał mi się doskonale obojętny. Z większą przyjemnością wracam do Maupassanta czy Flauberta, nawet do Zoli, a przynajmniej do niektórych jego książek. No i oczywiście do arcyciekawego Huysmansa…

Podoba mi się jego piętno p r a w i c o w e g o i n t e l e k- t u a l i s t y, pomyślałem, będzie jakaś odmiana na wydziale. Cóż, można ludziom pozwolić na długie przemowy, każdy uwielbia słuchać własnych słów, ale choćby od czasu do czasu trzeba ich wspomóc drobną zachętą. Bez cienia iluzji rzuciłem okiem na Alice, skrajną miłośniczkę *Frühromantik*, wiedząc, że ten okres kompletnie jej nie interesuje. Omal nie zapytałem Lempereura, czy jest raczej katolikiem, raczej faszystą, czy wszystkim po trochu, ale się zmitygowałem; zdecydowanie straciłem kontakt z prawicowymi intelektualistami i nie wiedziałem, jak się do nich zabierać. Nagle z oddali dobiegła dłuższa seria wybuchów.

– Co to jest waszym zdaniem? Jakby strzały… – powiedziała z wahaniem Alice.

Zamilkliśmy, a ja zdałem sobie sprawę, że wszystkie rozmowy w ogrodzie ucichły; znowu dał się słyszeć szum wiatru wśród liści i ostrożne kroki na żwirowanej ścieżce; część gości wychodziła z sali, w której odbywał się koktajl, i poruszała się cicho między drzewami, jakby na coś czekając. Koło mnie przeszło dwóch wykładowców z uniwersytetu Montpellier; włączyli smartfony, które trzymali poziomo jak czarodziejskie różdżki.

– Nic… – szepnął jeden niespokojnym tonem. – Wciąż mówią tylko o G20.

Jeśli sądzą, że kanały informacyjne będą mówić o tym, co się tam dzieje, to dawno się tak nie pomylili, pomyślałem.

Tak samo jak o ostatnich zamieszkach w Montfermeil – głucha cisza.

– Pierwszy raz walnęło w Paryżu – zauważył obojętnym tonem Lempereur.

W tej samej chwili znowu dobiegły nas odgłosy strzelaniny, tym razem wyraźniejsze i chyba bliższe, potem nastąpiła dużo głośniejsza eksplozja. Wszyscy goście natychmiast obrócili się w tamtym kierunku. Nad budynkami unosiła się chmura dymu, jakby z okolicy placu Clichy.

– Cóż, nasza mała i m p r e z k a skończy się chyba przedwcześnie… – rzuciła niefrasobliwie Alice.

Rzeczywiście, wielu gości próbowało dzwonić, niektórzy zaczęli zmierzać do wyjścia, ale powoli, jakby chcieli pokazać, że nad sobą panują i nie poddają się żadnej panice.

– Jeśli macie ochotę, możemy kontynuować rozmowę u mnie – zaproponował Lempereur. – Mieszkam przy Cardinal Mercier, dwa kroki stąd.

– Muszę być jutro w Lyonie na zajęciach, o szóstej mam pociąg – powiedziała Alice. – Chyba będę wracać.

– Jesteś pewna?

– Tak. Dziwna rzecz, ale wcale się nie boję.

Spojrzałem na nią, zastanawiając się, czy nie powinienem nalegać, ale, o dziwo, też się nie bałem; bez cienia powodu byłem przekonany, że zamieszki nie wyjdą poza bulwar Clichy.

Alice zaparkowała swoje renault twingo na rogu ulicy Blanche.

– Nie jestem pewien, czy to rozsądne – powiedziałem i pocałowałem ją w policzek. – Zadzwoń, jak dojedziesz.

Skinęła głową i ruszyła.

– Niezwykła kobieta – rzucił Lempereur.

Przytaknąłem, myśląc równocześnie, że w sumie niewiele wiem o Alice. W gronie kolegów rozmawiało się przede wszystkim o wyróżnieniach honorowych, karierze zawodowej, no i oczywiście plotkowało się o sprawach męsko-damskich; na temat Alice właściwie nie dochodziły mnie żadne pogłoski. Była inteligentna, elegancka, ładna – ile mogła mieć lat? pewnie tyle co ja, jakieś czterdzieści, czterdzieści pięć – i najwyraźniej samotna. Trochę wcześnie na zawieszenie życia osobistego na kołku, pomyślałem, zanim sobie uświadomiłem, że nie dalej jak poprzedniego wieczoru rozważałem taką samą perspektywę.

– Niezwykła – zgodziłem się, próbując usunąć tę myśl z głowy.

Strzelanina ustała. Skręcając w ulicę Ballu, o tej porze pustą, znaleźliśmy się niemal w epoce naszych ulubionych pisarzy, o czym nie omieszkałem wspomnieć Lempereurowi: prawie wszystkie kamienice, znakomicie zresztą zachowane, zbudowano za Drugiego Cesarstwa lub na początku Trzeciej Republiki.

– To prawda. Nawet wtorki u Mallarmégo odbywały się tuż obok, przy ulicy Rome – odparł. – A pan gdzie mieszka?

– Przy alei Choisy. Raczej lata siedemdziesiąte. Z literackiego punktu widzenia czasy zdecydowanie mniej znaczące.

– Czyli w Chinatown?

– Właśnie. W samym sercu Chinatown.

– To się może okazać całkiem mądrym wyborem – powiedział po dłuższym namyśle.

Dotarliśmy do rogu ulicy Clichy. Zatrzymałem się w osłupieniu. Sto metrów dalej w kierunku północnym plac Clichy stał w płomieniach; na jezdni zobaczyliśmy zwęglone wraki samochodów i autobusu; pomnik marszałka Monceya odcinał się wysoką czarną sylwetką na tle pożaru. W pobliżu nie było nikogo. Panowała absolutna cisza, zakłócana jedynie wyciem syreny.

– Zna pan biografię marszałka Monceya?

– Absolutnie nie.

– Był żołnierzem w armii Napoleona. Wyróżnił się przy obronie rogatki Clichy przeciw rosyjskim najeźdźcom w tysiąc osiemset czternastym. Jeśli zamieszki etniczne rozprzestrzenią się na sam Paryż – ciągnął Lempereur tym samym tonem – społeczność chińska pozostanie poza ich zasięgiem. Chinatown może się okazać jedną z nielicznych całkowicie bezpiecznych dzielnic miasta.

– Myśli pan, że to możliwe?

Wzruszył ramionami, pozostawiając pytanie bez odpowiedzi. W tej samej chwili zaskoczył mnie widok dwóch funkcjonariuszy CRS z pistoletami maszynowymi przewieszonymi przez ramię, w kevlarowych kamizelkach, którzy spokojnie szli ulicą Clichy w stronę dworca Saint-Lazare. Z ożywieniem rozmawiali, nie zwracając na nas najmniejszej uwagi.

– Zachowują się… – Byłem tak osłupiały, że z trudem formułowałem myśli. – Zachowują się tak, jakby nic się nie działo.

– Fakt. – Lempereur zatrzymał się i potarł w zamyśleniu podbródek. – Widzi pan, w tej chwili naprawdę trudno powiedzieć, co jest, a co nie jest możliwe. Ktokolwiek powie panu coś przeciwnego, będzie idiotą lub kłamcą; moim zdaniem nikt nie może twierdzić, że wie, co się zdarzy w najbliższych tygodniach. Cóż... Jesteśmy pod moim domem. Mam nadzieję, że pańska przyjaciółka dojedzie bez problemów.

Ulica Cardinal Mercier, cicha i opustoszała, kończyła się ślepym zaułkiem i otoczoną kolumnami fontanną. Masywne bramy po obu stronach, ze sterczącymi nad nimi kamerami monitoringu, prowadziły na obsadzone drzewami dziedzińce. Lempereur nacisnął palcem małą aluminiową płytkę, zapewne czytnik danych biometrycznych, i natychmiast podniosła się metalowa żaluzja. W głębi dziedzińca zobaczyłem elegancki pałacyk, częściowo ukryty za platanami; typowa architektura Drugiego Cesarstwa. Pomyślałem, że zarobki świeżo upieczonego adiunkta na pewno nie pozwalają Lempereurowi na mieszkanie w takim miejscu – a więc co?

Nie wiem, dlaczego wyobrażałem sobie, że mój młody kolega mieszka we wnętrzu surowym, minimalistycznym, z dużą ilością bieli. Okazało się jednak, że umeblowanie idealnie pasuje do architektury budynku: salon z wygodnymi, tapicerowanymi jedwabiem i welurem fotelami, z inkrustowanymi drewnem i macicą perłową stoliczkami, królujący nad ozdobnym kominkiem wielki obraz w stylu akademickim, zapewne autentyczny Bouguereau. Usiadłem na otomanie pokrytej ciemnozielonym rypsem, a Lempereur nalał dwa kieliszki gruszkówki.

– Jeśli pan chce, możemy spróbować znaleźć jakieś informacje o tym, co się dzieje… – zaproponował, podając mi kieliszek.

– Nie warto. W telewizji i tak niczego nie powiedzą. Może na CNN, jeśli pan ma satelitę.

– Próbowałem ostatnio parę razy; na CNN nic, na YouTube też, ale tego się spodziewałem. Na RuTube wrzucają czasem jakieś filmiki kręcone przez ludzi komórką, ale bardzo przypadkowe; na ten akurat temat niczego nie znalazłem.

– Nie rozumiem, dlaczego postanowili blokować wszelkie informacje; nie rozumiem, o co rządowi chodzi.

– Moim zdaniem sprawa jest prosta: boją się, że Front Narodowy wygra wybory. A jakiekolwiek obrazy przemocy na ulicach to kolejne głosy dla Frontu. Teraz to skrajna prawica usiłuje podkręcać nastroje. Oczywiście przedmieścia rozpalają się w ułamku sekundy, ale proszę zauważyć, że za każdym razem, kiedy w ostatnich miesiącach sprawy wymykały się spod kontroli, była to reakcja na antyislamską prowokację: zbezczeszczony meczet, kobieta groźbami zmuszona do zdjęcia nikabu, tego typu historie.

– I pańskim zdaniem za tym wszystkim stoi Front Narodowy?

– Nie. Nie mogliby sobie na to pozwolić. To nie tak przebiega. Powiedzmy… powiedzmy, że są pewne powiązania.

Dopił gruszkówkę, dolał nam obu i zamilkł. Wiszący nad kominkiem obraz przedstawiał pięć kobiet w ogrodzie, niektóre w białych tunikach, inne właściwie nago, stojące wokół gołego bobasa o kręconych włoskach. Jedna z nagich kobiet przykrywała piersi rękoma, druga trzymała bukiet polnych kwiatów i niczego nie mogła przykrywać. Miała ładne piersi, artysta idealnie przedstawił jej kształty. Obraz namalowano ponad sto lat wcześniej i w pierwszej chwili wydał mi się tak odległy, że siedziałem bez słowa, jakbym patrzył na coś kompletnie niepojętego. Powoli, stopniowo można było spróbować wejść w skórę jednego z dziewiętnastowiecznych mieszczan w surdutach, dla których ten obraz został namalowany, jak oni odczuć dreszcz erotycznego podniecenia na widok nagich greckich boginek, ale taka wędrówka w czasie była trudna i mozolna. Maupassant, Zola, nawet Huysmans pozostawali znacznie bardziej dostępni. Powinienem pewnie podjąć ten właśnie temat, zadziwiającej mocy literatury, postanowiłem jednak nadal mówić o polityce; chciałem dowiedzieć się więcej, a Lempereur zdawał się sporo wiedzieć, w każdym razie sprawiał takie wrażenie.

– Podobno był pan dość blisko identytaryzmu?

Przybrałem życzliwie neutralny, elegancki ton lekko zainteresowanego, może nawet zaciekawionego światowca. Odpowiedział mi szczerym, pozbawionym jakiejkolwiek rezerwy uśmiechem.

– Wiem, że takie pogłoski krążą po wydziale... Rzeczywiście kilka lat temu, kiedy pisałem pracę doktorską, byłem członkiem ruchu identytarystycznego, grupującego katolików, często rojalistów, w głębi duszy nostalgików i romantyków, w większości zresztą alkoholików. Ale to się zmieniło, straciłem z nimi kontakt; podejrzewam, że gdybym teraz poszedł na zebranie, wszystko wydałoby mi się obce.

Uparcie milczałem; kiedy człowiek uparcie milczy i patrzy rozmówcy prosto w oczy, jakby spijał mu słowa z ust, ten niemal zawsze zaczyna mówić. Ludzie uwielbiają, kiedy się ich słucha, o czym wiedzą wszyscy śledczy, wszyscy pisarze, wszyscy szpiedzy.

– Widzi pan – podjął – Blok Identytarystyczny był wszystkim, tylko nie blokiem, był podzielony na mnóstwo frakcji, które wzajemnie się nie rozumiały i nie umiały ze sobą dogadać: katolicy, solidarnościowcy powiązani z Trzecią Drogą, rojaliści, neopoganie, czystej krwi ateiści ze skrajnej lewicy… Wszystko uległo jednak zmianie wraz z powstaniem Rdzennych Europejczyków. Inspirując się Rdzennymi Republikanami i zajmując wobec nich dokładnie odwrotne pozycje, zdołali sformułować jasne i klarowne przesłanie: jesteśmy rdzennymi Europejczykami, pierwszymi mieszkańcami tych ziem i sprzeciwiamy się muzułmańskiej kolonizacji; sprzeciwiamy się również zalewowi firm amerykańskich oraz wykupywaniu naszego majątku przez nowych kapitalistów z Indii, Chin i tak dalej. Z dużą zręcznością cytowali Geronima, Cochise'a i Siedzącego Byka, ale przede wszystkim ich strona internetowa była niesłychanie innowacyjna z graficznego punktu widzenia, pełna przyciągających oko animacji oraz rytmicznej muzyki, dzięki czemu zdobywali młodzieżową publiczność.

– Naprawdę pan sądzi, że oni chcą wywołać wojnę domową?

– Bez wątpienia. Pokażę panu tekst, który się ukazał w sieci…

Wstał i przeszedł do sąsiedniego pokoju. Od czasu, gdy zasiedliśmy w salonie, nie słyszeliśmy odgłosów strzelaniny, ale być może nie dochodziły po prostu do jego domu, gdyż cały zaułek był bardzo cichy.

Wrócił i podał mi kilkanaście spiętych kartek, zadrukowanych bardzo drobną czcionką; dokument nosił jednoznaczny tytuł: *Przygotowania do wojny domowej.*

– Tego rodzaju dokumentów krąży całkiem sporo, ale ten należy do najbardziej syntetycznych, z najbardziej wiarygodnymi danymi statystycznymi. Dużo tu liczb, autorzy analizują dane z dwudziestu dwóch krajów Unii Europejskiej, ale wnioski są wszędzie takie same. Mówiąc krótko, transcendencja ma charakter selektywny: małżeństwa, które się identyfikują z jedną z trzech religii Księgi, u których są przestrzegane wartości patriarchalne, mają więcej dzieci niż małżeństwa ateistów lub agnostyków; kobiety są w nich mniej wykształcone, a hedonizm i indywidualizm mniej rozpowszechnione. Ponadto transcendencja jest w dużym stopniu cechą dziedziczną: zmiana wyznania lub odrzucenie wartości rodzinnych zdarzają się tylko sporadycznie; w ogromnej większości przypadków ludzie pozostają wierni systemowi metafizycznemu, w którym zostali wychowani. Ateistyczny humanizm, na którym opiera się laickie „współżycie", jest więc w bliskiej perspektywie skazany na zagładę; procent ludności monoteistycznej będzie szybko rosnąć, zwłaszcza jeśli chodzi o muzułmanów, przy czym proces ten ulegnie dodatkowemu nasileniu dzięki imigracji. Europejskie ruchy identytarystyczne z góry zakładają, że wcześniej czy później między muzułmanami a resztą ludności musi wybuchnąć wojna domowa. I wyciągają stąd wniosek, że jeśli chcą tę wojnę wygrać, musi ona wybuchnąć jak najszybciej, w każdym razie przed dwa tysiące pięćdziesiątym, a najlepiej znacznie wcześniej.

– To brzmi logicznie...

– Tak, z politycznego i wojskowego punktu widzenia mają niewątpliwie rację. Pytanie tylko, czy już postanowili przejść do czynów i w których krajach. Wszystkie kraje europejskie mniej więcej w równym stopniu odrzucają muzułmanów, ale Francja, ze względu na swoje siły zbrojne, stanowi przypadek szczególny. Armia francuska jest jedną z najpotężniejszych na świecie i ten stan rzeczy, mimo ograniczeń budżetowych, starają się utrzymać wszystkie kolejne rządy, w związku z czym żaden ruch rewolucyjny nie może odegrać znaczącej roli, jeśli rząd zdecyduje się na użycie armii. Ich strategia musi więc być inna.

– To znaczy...

– Kariery w wojsku są krótkie. Francuskie siły zbrojne, lądowe, morskie i powietrzne, liczą obecnie trzysta trzydzieści tysięcy ludzi, włącznie z żandarmerią. Każdego roku armia rekrutuje około dwudziestu tysięcy, co oznacza, że w ciągu nieco ponad piętnastu lat w armii francuskiej nastąpi pełna wymiana kadr. Gdyby młodzi identytaryści – a są oni w większości młodzi – masowo wstępowali do wojska, w stosunkowo krótkim czasie mogliby przejąć nad nim kontrolę ideologiczną. Polityczne skrzydło ruchu podtrzymuje tę linię działania od samego początku, co dwa lata temu doprowadziło do zerwania ze skrzydłem militarnym, zwolennikiem natychmiastowego przejścia do walki zbrojnej. Sądzę, że skrzydło polityczne zachowa kontrolę, a skrzydło militarne przyciągnie tylko nieliczne jednostki, pochodzące ze środowisk przestępczych i zafascynowane bronią; w innych jednak krajach, zwłaszcza skandynawskich, sytuacja może przedstawiać się inaczej. W Skandynawii ideologia wielokulturowa wywiera jeszcze silniejszą presję niż we Francji, a identytaryści są liczni i zaprawieni w boju; z drugiej strony liczebność armii jest bardzo niska, a żołnierze niezdolni do stawienia czoła poważnym zamieszkom. Jeśli rzeczywiście w Europie miałoby wkrótce wybuchnąć powszechne powstanie, zapewne przywędrowałoby ono z Norwegii lub Danii; Belgia i Holandia to również kraje potencjalnie mało stabilne.

Około drugiej nad ranem sytuacja wyglądała na spokojną i z łatwością zamówiłem taksówkę. Pogratulowałem Lempereurowi znakomitej gruszkówki; praktycznie wypiliśmy całą butelkę. Podobnie jak wszyscy od lat, może nawet od dziesięcioleci, słyszałem rozmowy poświęcone tej tematyce. Powiedzenie „Po mnie choćby potop" jedni przypisują Ludwikowi XV, inni jego metresie, Madame de Pompadour. Dość dobrze oddawało mój stan ducha, ale po raz pierwszy przemknęła mi przez głowę niepokojąca refleksja: potop może bez trudu nastąpić przed moją śmiercią. Nie spodziewałem się rzecz jasna szczęśliwego końca życia; nie było żadnego powodu, by zostały mi zaoszczędzone żałoba, kalectwo czy cierpienie, ale do tamtej chwili mogłem żywić nadzieję, że opuszczę ten padół w sposób w miarę łagodny.

Czy wizja Lempereura była zbyt alarmistyczna? Moim zdaniem niestety nie; mój młody kolega robił na mnie wrażenie bardzo rozsądnego.

Nazajutrz rano posurfowałem po RuTube, ale na temat placu Clichy nie znalazłem niczego. Trafiłem tylko na dość przerażające wideo, chociaż nie zawierało żadnej przemocy: kilkunastu facetów od stóp do głów na czarno, w maskach lub kominiarkach, uzbrojonych w pistolety maszynowe, posuwało się powoli w szyku klinowym po terenie miejskim przypominającym plac Argenteuil. Nie wyglądało to na nakręcone komórką: było bardzo ostre, z dodanym efektem zwolnionego tempa. Statyczne, majestatyczne, filmowane nieco z dołu, miało na celu jedynie zaznaczenie obecności, przejęcia kontroli nad pewnym obszarem. W razie konfliktu etnicznego znajdę się automatycznie w obozie białych; wychodząc na zakupy, po raz pierwszy podziękowałem w duchu Chińczykom, że od początku nie pozwalali, aby do ich dzielnicy wprowadzali się Murzyni czy Arabowie, w ogóle żadni cudzoziemcy z wyjątkiem nielicznych Wietnamczyków.

Powinienem jednak pomyśleć o jakimś awaryjnym schronieniu, na wypadek gdyby sprawy potoczyły się w złym kierunku. Mój ojciec miał dom w Alpach Delfinackich, gdzie od niedawna mieszkał ze swoją nową partnerką (przynajmniej ja dopiero niedawno dowiedziałem się o jej istnieniu). Matka cierpiała na depresję w Nevers, za jedyne towarzystwo mając ukochanego buldożka francuskiego. Od ponad dziesięciu lat od żadnego z nich nie miałem wieści. Jako typowi przedstawiciele wyżu demograficznego pozostawali niezłomnymi egoistami i nie miałem złudzeń, że powitają mnie z otwartymi ramionami. Czasami przychodziło mi do głowy pytanie, czy jeszcze ujrzę rodziców przed ich śmiercią, ale odpowiedź była zawsze przecząca; moim zdaniem nawet wojna domowa nie była w stanie niczego zmienić, gdyż zawsze potrafili znaleźć pretekst, żeby mnie nie przyjąć pod swój dach; w tym zakresie nigdy im zresztą pretekstów nie brakowało. Poza tym miałem grupę przyjaciół, no, powiedzmy kilkoro, właściwie to nie tak znowu wielu i z większością straciłem kontakt; pozostawała Alice, ją na pewno mogłem uważać za przyjaciółkę. W gruncie rzeczy od rozstania z Myriam byłem potwornie samotny.

Niedziela, 15 maja

Uwielbiam wieczorne relacje z wyborów prezydenckich; obok finałów piłkarskich mistrzostw świata to chyba mój drugi ulubiony program telewizyjny. Napięcie jest oczywiście słabsze, gdyż wieczory wyborcze należą do dość szczególnego typu narracji, w których wynik jest znany od pierwszej minuty, ale niezwykła różnorodność uczestników (politolodzy, pierwszoligowi komentatorzy polityczni, tłumy zwolenników opanowanych szałem radości lub rozpaczy w sztabach swoich partii i wreszcie sami politycy, ich składane na gorąco deklaracje, wyważone lub pełne emocji) oraz ich rozgorączkowanie dają widzowi wrażenie, jakże rzadkie, cenne i telegeniczne, że oto jest świadkiem chwili historycznej.

Sparzywszy się na poprzedniej debacie, której praktycznie nie udało mi się śledzić z powodu kaprysów mikrofalówki, tym razem kupiłem sałatkę tarama, humus, bliny i kawior; poprzedniego dnia wsadziłem do lodówki dwie butelki Drouhin Rully. Kiedy tylko David Pujadas pojawił się na ekranie o dziewiętnastej pięćdziesiąt, od razu zrozumiałem, że relacja wyborcza zapowiada się niczym wino najprzedniejszego rocznika i czeka mnie wyjątkowy wieczór przed telewizorem.

Pujadas zachowywał oczywiście spokój profesjonalisty, ale błysk w jego oku nie pozostawiał wątpliwości: wyniki, które on już znał i w ciągu dziesięciu minut miał ujawnić, będą ogromną niespodzianką, a francuski gmach polityczny zachwieje się w posadach.

– To prawdziwe trzęsienie ziemi – oznajmił w chwili, gdy pojawiły się pierwsze dane.

Front Narodowy, mający 34,1 procent głosów, zdecydowanie prowadził, ale tego można się było spodziewać; od miesięcy zapowiadały to wszystkie sondaże, a w ciągu ostatnich tygodni kampanii kandydatka skrajnej prawicy jeszcze poprawiła swój wynik. Natomiast plasujący się za nią kandydaci Partii Socjalistycznej z 21,8 procent głosów i Bractwa Muzułmańskiego z 21,7 procent szli praktycznie łeb w łeb; różnica między nimi była tak minimalna, że sytuacja mogła, a nawet powinna się odwrócić, i to parokrotnie w ciągu wieczoru, w miarę napływania wyników z lokali wyborczych w dużych miastach i w Paryżu. Kandydat prawicowy uzyskał 12,1 procent i znalazł się definitywnie za burtą.

Jean-François Copé pojawił się na ekranach dopiero o dwudziestej pierwszej pięćdziesiąt. Blady, nieogolony, z niechlujnie zawiązanym krawatem, bardziej niż kiedykolwiek wyglądał jak po naprawdę ostrym przesłuchaniu. Z bolesną pokorą przyznał, że zdarzyła się wpadka, niesłychanie poważna wpadka, za którą on sam ponosi całkowitą odpowiedzialność; w przeciwieństwie jednak do Lionela Jospina w dwa tysiące drugim Copé nie posunął się do ogłoszenia, że ma zamiar wycofać się z życia politycznego. Jeśli chodzi o zalecenia dla prawicowych wyborców na drugą turę, nie podał żadnych; biuro polityczne Unii na rzecz Ruchu Ludowego miało się zebrać w następnym tygodniu i wtedy podjąć decyzję.

O dwudziestej drugiej nadal nie było rozstrzygnięcia, a ostatnie dane dawały obu pretendentom identyczny wynik; ta niepewność pozwalała kandydatowi socjalistów unikać jakiejkolwiek deklaracji, która bez wątpienia mogła być dla niego trudna. Czy obie partie, które od początków Piątej Republiki dominowały we francuskim życiu politycznym, miały zostać zmiecione ze sceny? Hipoteza była tak zdumiewająca, że wszyscy komentatorzy pojawiający się kolejno w studiu – nawet David Pujadas, który uchodził za bliskiego Manuelowi Vallsowi i trudno go było podejrzewać o życzliwość wobec islamu – zdawali się w duchu marzyć o jej spełnieniu. Christophe Barbier, śmigający ze stacji do stacji z taką prędkością, jakby posiadł dar bilokacji, do późnych godzin nocnych malowniczo wymachujący szaliczkiem, należał bez wątpienia do bohaterów tego wieczoru, z łatwością przyćmiewając nie tylko Renauda Dély'ego, ponurego i zgaszonego wobec wyniku, którego jego gazeta nie zdołała przewidzieć, ale nawet Yves'a Thréarda, zazwyczaj znacznie bardziej wojowniczego.

Dopiero parę minut po północy, kiedy kończyłem drugą butelkę Drouhin Rully, pojawiły się ostateczne wyniki: Mohammed Ben Abbes, kandydat Bractwa Muzułmańskiego, otrzymał 22,3 procent głosów i zajął drugie miejsce. Kandydat socjalistów z 21,9 procent wypadł z gry. Manuel

Valls wygłosił krótkie, bardzo wstrzemięźliwe oświadczenie, w którym pogratulował zwycięzcom oraz odroczył wszelkie decyzje do czasu zebrania się komitetu kierowniczego Partii Socjalistycznej.

Środa, 18 maja

Kiedy przyszedłem na zajęcia, po raz pierwszy poczułem,
że coś wisi w powietrzu, że system, do którego przywykłem
od dzieciństwa, a który już od pewnego czasu wyraźnie pę-
kał, może rozlecieć się na kawałki. Nie wiem, co konkretnie
wzbudziło we mnie takie wrażenie. Może postawa studentów
na seminarium magisterskim – zazwyczaj bierni i niezaintere-
sowani polityką, tego dnia wyglądali na niespokojnych i spiętych, nerwowo szukając informacji na smartfonach i tabletach;
w każdym razie jeszcze mniej zwracali uwagę na moje słowa
niż zwykle. No i zachowanie dziewczyn w burkach, które
poruszały się wolniej i z większą pewnością siebie; chodziły
trójkami środkiem korytarza, zamiast przemykać chyłkiem
pod jego ścianami, jakby już uważały, że teren należy do nich.
   Zdumiewał mnie natomiast brak jakiejkolwiek reakcji ze
strony moich kolegów. Zachowywali się tak, jakby nie widzieli żadnego problemu, jakby sprawa ich nie dotyczyła, co
tylko potwierdzało opinię, jaką miałem o nich od lat – ludzie
osiągający status wykładowcy akademickiego nawet sobie
nie wyobrażają, że zmiany polityczne mogą mieć jakikolwiek
wpływ na ich karierę; czują się absolutnie nietykalni.

Pod wieczór, idąc do metra, na rogu Santeuil zobaczyłem Marie-Françoise. Ruszyłem prawie biegiem, żeby ją złapać; kiedy znalazłem się obok, rzuciłem szybkie dzień dobry i zapytałem prosto z mostu:

– Czy twoim zdaniem nasi koledzy słusznie są tacy spokojni? Czy ty też uważasz, że nic nam nie grozi?

– Ha! – rzuciła z grymasem krasnoluda, który ją jeszcze bardziej szpecił, i zapaliła gitane'a. – Zastanawiałam się, czy ktoś na tym pieprzonym wydziale w końcu się ocknie. Wcale nie uważam, że nic nam nie grozi, i uwierz mi, mam powody, żeby tak sądzić... – Zamilkła na parę sekund. – Mój mąż pracuje w DGSI.

Osłupiałem. Znałem ją od dziesięciu lat, ale po raz pierwszy zdałem sobie sprawę, że niegdyś była kobietą, a nawet w pewnym sensie nadal nią jest; że jakiś mężczyzna mógł kiedyś poczuć pożądanie do tej przysadzistej postaci o niemal żabich proporcjach. Na szczęście nie domyśliła się, co mi chodzi po głowie.

– Wiem – powiedziała z satysfakcją. – To zawsze ludzi dziwi. No chyba wiesz, co to jest DGSI?

– Jakieś tajne służby? Coś w rodzaju DST?

– DST już nie istnieje. Połączyło się ze służbami wywiadowczymi; najpierw nazywało się DCRI, a teraz DGSI.

– Twój mąż jest szpiegiem?

– Nie całkiem. Od szpiegowania jest DGSE, które podlega Ministerstwu Obrony. DGSI wchodzi w skład Ministerstwa Spraw Wewnętrznych.

– Czyli policja polityczna, tak?

Znowu się uśmiechnęła, już nie tak szeroko, co ją szpeciło odrobinę mniej.

– Oficjalnie wzbraniają się przed tym określeniem, ale w gruncie rzeczy o to chodzi. Jedno z ich głównych zadań to śledzenie ugrupowań ekstremistycznych, zwłaszcza tych, które mogłyby zwekslować w stronę terroryzmu. Wpadnij na drinka, mój mąż ci wszystko wyjaśni. To znaczy wyjaśni to, co mu wolno wyjaśnić, nie wiem dokładnie, to się ciągle zmienia w zależności od sytuacji. W każdym razie po wyborach będzie bardzo dużo zmian, i to takich, które bezpośrednio dotyczą naszej uczelni.

Mieszkali przy skwerze Vermenouze, pięć minut od stacji metra Censier. Jej mąż kompletnie nie przypominał agenta tajnych służb zgodnego z moim wyobrażeniem (ale właściwie jak ja go sobie wyobrażałem? pewnie jako mieszaninę korsykańskiego bandziora i komiwojażera od wysokoprocentowych trunków). Wymuskany i uśmiechnięty, z czaszką lśniącą jak wypolerowana, miał na sobie bonżurkę w szkocką kratę, ale przypuszczam, że w godzinach pracy nosił muszkę, może nawet kamizelkę, na co wskazywała jego nieco staroświecka elegancja. Od razu zrobił na mnie wrażenie człowieka o zgoła nadnaturalnej bystrości umysłu; prawdopodobnie był jedynym absolwentem École Normale Supérieure, który zaraz po dyplomie zdał egzamin wstępny do École Nationale Supérieure de la Police.

– Jak tylko dostałem stanowisko komisarza – powiedział, podając mi szklaneczkę porto – poprosiłem o przeniesienie do wywiadu; chyba czułem w sobie powołanie...

Uśmiechnął się, jakby zamiłowanie do służb specjalnych było zwykłym, niewinnym hobby. Wypił jeden, potem drugi łyk porto i po dłuższej chwili kontynuował:

– Negocjacje między Partią Socjalistyczną a Bractwem Muzułmańskim okazały się znacznie trudniejsze, niż zakładano. A przecież muzułmanie są skłonni oddać lewicy ponad połowę resortów, włącznie z tak kluczowymi jak Ministerstwo Finansów czy Spraw Wewnętrznych. Ani w gospodarce, ani w polityce podatkowej nie ma między nimi żadnych rozbieżności, podobnie jak w zagadnieniach związanych z bezpieczeństwem, przy czym w przeciwieństwie do swoich socjalistycznych partnerów muzułmanie dysponują środkami, aby w trudnych dzielnicach zaprowadzić porządek. Mają trochę odmienne poglądy na politykę zagraniczną; chcieliby, żeby Francja nieco bardziej stanowczo potępiła Izrael, ale na to akurat lewica z łatwością się zgodzi. Prawdziwą trudnością czy też przeszkodą w negocjacjach jest resort oświaty i szkolnictwa wyższego. Zainteresowanie edukacją należy do najstarszych lewicowych tradycji, a środowisko nauczycielskie jest zapewne jedynym, które Partii Socjalistycznej nigdy nie porzuciło, wspierając ją nawet na skraju przepaści; tyle że tym razem lewica ma do czynienia z rozmówcą, który jest o wiele bardziej zmotywowany niż ona sama i nie ustąpi pod żadnym pozorem. Jak pan wie, Bractwo Muzułmańskie to dość szczególna partia, mająca obojętny stosunek do wielu zagadnień politycznych – przede wszystkim nie uważa gospodarki za sprawę najważniejszą. Dla nich kluczowe elementy to demografia i szkolnictwo; wygra ta grupa ludności, która ma najwyższą rozrodczość i potrafi przekazywać swoje wartości. Ich zdaniem sprawa jest prosta: gospodarka, nawet geopolityka, to zwykłe mydlenie oczu, a przyszłością zawładnie ten, kto sprawuje kontrolę nad dziećmi. Koniec, kropka. Tak więc jedyny punkt, na którym im naprawdę zależy, to edukacja.

– Czyli czego chcą?

– Cóż, według Bractwa każde francuskie dziecko powinno być objęte islamskim nauczaniem od początku do końca szkoły. A islamskie nauczanie jest zasadniczo odmienne od laickiego. Po pierwsze, żadnej koedukacji, po drugie, tylko niektóre typy szkół mogą być dostępne dla dziewcząt. W gruncie rzeczy większość z nich powinna po ukończeniu szkoły podstawowej kontynuować naukę w szkołach gospodarstwa domowego i jak najszybciej wychodzić za mąż; tylko niewielka mniejszość może przed ślubem studiować literaturę lub sztukę; tak wyglądałby ich idealny model społeczny. Poza tym wszyscy nauczyciele, bez wyjątku, muszą być muzułmanami. Należy respektować nakazy religijne w stołówkach oraz przestrzegać przerw na pięć codziennych modlitw; przede wszystkim jednak program nauczania musi być dostosowany do reguł koranicznych.

– Czy te negocjacje mogą się zakończyć powodzeniem?

– Nie ma innej możliwości. Jeśli nie dojdą do porozumienia, Front Narodowy bez wątpienia wygra wybory. A nawet jeśli uda im się zawrzeć sojusz, Front i tak może wygrać, widział pan sondaże. I chociaż Copé oświadczył, że osobiście wstrzymuje się od głosowania w drugiej turze, to i tak osiemdziesiąt pięć procent wyborców Unii na rzecz Ruchu Ludowego przeniesie głosy na Front Narodowy. To będzie wyrównany, nawet bardzo wyrównany pojedynek, pięćdziesiąt do pięćdziesięciu. Jedyne rozwiązanie w systemie edukacji – ciągnął – to systematyczne dublowanie wszystkich szkół. W sprawie poligamii doszli już zresztą do porozumienia, które może im posłużyć za model. Ślub cywilny pozostanie bez zmian jako związek dwóch osób płci dowolnej. A ślub muzułmański, ewentualnie poligamiczny, nie będzie rejestrowany w urzędzie stanu cywilnego, ale będzie uznawany za ważny, z czym łączą się określone prawa w dziedzinie ubezpieczeń społecznych i podatków.

– Jest pan pewien? To brzmi dość niewiarygodnie.

– Oczywiście, że jestem, to już zostało ustalone w negocjacjach; jest to zresztą całkowicie zgodne z teorią szariatu mniejszości, od dawna popieraną przez Bractwo Muzułmańskie. Tak samo może wyglądać edukacja. Szkoła republikańska pozostanie otwarta dla wszystkich, tyle że będzie otrzymywać znacznie mniej pieniędzy, gdyż budżet na szkolnictwo zostanie zmniejszony o dwie trzecie, ale tym razem nauczycielom nie uda się niczego obronić; w obecnej sytuacji wszelkie cięcia budżetowe na pewno uzyskają szerokie poparcie społeczne. Równolegle zostanie wprowadzony system prywatnych szkół muzułmańskich, których dyplomy będą traktowane jako równoważne i które będą mogły korzystać z prywatnych dotacji. W tej sytuacji szkoły publiczne szybko stracą na jakości i każdy rodzic dbający o przyszłość swoich dzieci będzie je zapisywać do szkół muzułmańskich.

– Z wyższymi uczelniami będzie tak samo – wtrąciła jego żona. – Zwłaszcza na Sorbonę mają niewiarygodną chrapkę, Arabia Saudyjska jest gotowa na niemal nieograniczone dotacje, staniemy się jednym z najbogatszych uniwersytetów świata.

– A Rediger zostanie rektorem? – zapytałem, przypomniawszy sobie naszą poprzednią rozmowę.

– Tak, oczywiście, ta nominacja nie ulega najmniejszej wątpliwości. Jego poparcie dla muzułmanów jest powszechnie znane od ponad dwudziestu lat.

– Jeśli się nie mylę, przeszedł na islam – dodał jej mąż.

Jednym haustem opróżniłem szklaneczkę, którą on napełnił powtórnie; faktycznie zapowiadały się duże zmiany.

– Przypuszczam, że to wszystko jest ściśle tajne – powiedziałem po chwili namysłu. – Nie rozumiem, dlaczego pan mi to opowiada.

– W normalnych warunkach zachowałbym oczywiście milczenie. Tyle że teraz wszystko i tak już wyciekło, co zresztą mocno nas niepokoi. Wszystko, co panu tutaj opowiedziałem, a nawet o wiele więcej, można wyczytać na blogach identytarystów, przynajmniej tych, które udało się nam infiltrować. – Z niedowierzaniem potrząsnął głową. – Gdyby zainstalowali mikrofony w najlepiej strzeżonych salach Ministerstwa Spraw Wewnętrznych, nie dowiedzieliby się nic więcej. A najgorsze jest to, że z tymi wybuchowymi informacjami nic na razie nie robią, żadnego komunikatu prasowego, żadnych rewelacji pod adresem opinii publicznej; po prostu czekają. To niebywałe i w najwyższym stopniu niepokojące.

Próbowałem dowiedzieć się czegoś więcej o identytaryzmie, ale wyraźnie zaczął zamykać się w sobie.

– Jeden mój kolega z wydziału, który był bardzo blisko identytarystów, w końcu się od nich odsunął – powiedziałem.

– Jasne, oni wszyscy tak mówią – rzucił sarkastycznie.

Kiedy wspomniałem o broni, jaką podobno niektóre z tych ugrupowań dysponują, łyknął porto i burknął:

– Były pogłoski, że są finansowani przez rosyjskich miliarderów, ale w sumie nigdy nie zostały potwierdzone.

Po czym definitywnie zamilkł. Niedługo później wyszedłem.

Czwartek, 19 maja

Nazajutrz przyszedłem na wydział, chociaż nie miałem nic
do roboty, i wybrałem numer Lempereura. Według moich
obliczeń z grubsza o tej porze kończył zajęcia; faktycznie ode-
brał. Zaproponowałem mu drinka; nie przepadał za kafej-
kami w pobliżu uczelni, zasugerował więc Delmasa.

Idąc ulicą Mouffetard, wciąż rozmyślałem nad słowami
męża Marie-Françoise: czyżby mój młody kolega nie powiedział mi wszystkiego? czyżby nadal był zaangażowany w dzia-
łalność identytarystów?

Ze swoimi skórzanymi klubowymi fotelami, ciemnym par-
kietem i czerwonymi zasłonami Delmas był zdecydowanie
w stylu Lempereura, który nigdy by nie poszedł do kawiarni
Contrescarpe po drugiej stronie placu: królująca tam imitacja
biblioteki raziła wysublimowany gust mojego kolegi. Zamó-
wił kieliszek szampana, ja wziąłem kufel leffe i coś we mnie
pękło; nagle poczułem się zmęczony własną delikatnością
i umiarem, więc zaatakowałem prosto z mostu, jeszcze zanim kelner wrócił z naszym zamówieniem:

– Sytuacja polityczna wydaje się bardzo niestabilna. Między nami, co by pan zrobił na moim miejscu?

Widząc moją szczerość, uśmiechnął się i odpowiedział tym samym tonem:

– Przypuszczam, że zacząłbym od zmiany banku.

– Od zmiany banku? Dlaczego?

Zdałem sobie sprawę, że prawie krzyczę; podświadomie musiałem być bardzo spięty. Kelner przyniósł zamówienie, a Lempereur po chwili milczenia odpowiedział:

– Cóż, niewykluczone, że ostatnie wolty Partii Socjalistycznej nie zostaną przez jej elektorat docenione...

W tym momencie pojąłem, że on w i e, że nadal odgrywa jakąś rolę w ruchu identytarystycznym, i to być może kluczową; zna wszystkie poufne informacje, które wyciekły na blogi identytarystów, a może nawet była to jego decyzja, żeby je dotychczas trzymać w tajemnicy. Nie podnosząc głosu, Lempereur ciągnął:

– W tym warunkach zwycięstwo Frontu Narodowego w drugiej turze jest całkiem prawdopodobne. Będą musieli – i to absolutnie, gdyż podjęli takie zobowiązanie wobec swoich wyborców, w przeważającej większości popierających ideę powrotu do suwerenności kraju – wyjść z Unii i z europejskiego systemu walutowego. W dłuższej perspektywie konsekwencje dla francuskiej gospodarki mogą się okazać bardzo korzystne, ale w początkowej fazie możemy mieć do czynienia z poważnymi perturbacjami finansowymi; nawet najstabilniejsze francuskie banki mogą tej sytuacji nie sprostać. Radzę więc otworzyć rachunek w jakimś banku zagranicznym, najlepiej angielskim, na przykład Barclays lub HSBC.

– I... to wszystko?

– To i tak sporo. No i jeszcze jedno: ma pan jakieś miejsce na prowincji, gdzie mógłby się pan na pewien czas schronić?

– Szczerze mówiąc, nie.

– Mimo wszystko radzę bezzwłocznie wyjechać, znaleźć sobie jakiś hotelik na wsi. Pan mieszka w Chinatown, prawda? W tej dzielnicy raczej nie będzie rabunków ani poważnych starć; na pana miejscu jednak bym wyjechał. Niech pan weźmie urlop i poczeka, aż sprawy się poukładają.

– Czuję, jakbym był szczurem uciekającym z tonącego okrętu.

– Szczury to inteligentne ssaki – odpowiedział tonem spokojnym, niemal rozbawionym. – Zapewne przeżyją człowieka; w każdym razie ich struktura społeczna jest znacznie solidniejsza od naszej.

– Rok akademicki jeszcze się nie skończył, zostały dwa tygodnie zajęć.

– Też coś! – Tym razem uśmiechnął się znacznie szerzej. – Wiele się może wydarzyć, trudno przewidzieć dalszy rozwój sytuacji, ale jedno, co mi się wydaje naprawdę mało prawdopodobne, to żeby rok akademicki zakończył się w normalnym terminie!

Potem zamilkł; małymi łyczkami popijał szampana, a ja zrozumiałem, że więcej nic nie powie; na jego wargach przez cały czas rysował się z lekka pogardliwy uśmieszek, ale, o dziwo, facet zaczynał mi się wydawać niemal sympatyczny. Zamówiłem drugie piwo, tym razem z sokiem malinowym; nie miałem ochoty wracać do domu, gdzie nic ani nikt na mnie nie czekał. Zastanawiałem się, czy Lempereur ma jakąś partnerkę lub dziewczynę; pewnie tak. Był kimś w rodzaju s z a r e j   e m i n e n c j i, politycznym liderem ugrupowania o mniej lub bardziej konspiracyjnym charakterze; jak powszechnie wiadomo, tacy mężczyźni przyciągają pewien typ dziewczyn. Prawdę mówiąc, specjaliści od Huysmansa też przyciągają pewien typ dziewczyn. Kiedyś miałem nawet okazję rozmawiać z dziewczyną – młodą, ładną, atrakcyjną – która fantazjowała o Jean-François Copém; parę dni mi zajęło, zanim się z tego otrząsnąłem. W dzisiejszych czasach po dziewczynach można się spodziewać naprawdę wszystkiego.

Piątek, 20 maja

Następnego dnia otworzyłem rachunek w oddziale Barclays przy alei Gobelins. Jak mnie poinformował pracownik, transfer środków miał zająć jeden dzień roboczy; ku mojemu wielkiemu zdziwieniu niemal od ręki dali mi kartę Visa.

Postanowiłem wrócić do domu na piechotę; formalności związane z przeniesieniem konta wykonywałem machinalnie jak automat i w końcu musiałem trochę pomyśleć. Kiedy dochodziłem do placu Italie, nagle ogarnęło mnie uczucie, że wszystko, co mnie otacza, może zniknąć. Ta młoda Murzynka z kręconymi włosami, w obcisłych dżinsach, czekająca na autobus linii dwadzieścia jeden, może zniknąć, a nawet na pewno zniknie lub przynajmniej przejdzie poważną reedukację. Na chodniku przed centrum handlowym Italie-2 jak zwykle grupa wolontariuszy prowadziła zbiórkę pieniędzy – tego dnia przyszła kolej na Greenpeace – i ona też będzie musiała zniknąć; kiedy podszedł do mnie jakiś młody brodacz z przydługimi ciemnymi włosami, z plikiem broszur w ręku, zmrużyłem oczy i tak jakby już zniknął; przeszedłem obok, nawet go nie widząc, i przez szklane drzwi wszedłem na poziom zero galerii handlowej.

Tu rokowania były skrajnie różne. Bricorama na pewno się uchowa, ale dni Jennyfer były bez wątpienia policzone: nie sprzedawali tam niczego, co by się nadawało dla islamskiej nastolatki. Natomiast sklep Secret Stories, handlujący markową bielizną po obniżonych cenach, nie miał się czego obawiać – sukces analogicznych butików w galeriach handlowych Rijadu i Abu Dhabi był niepodważalny, podobnie Chantal Thomass i La Perla; tych marek nic złego ze strony reżimu islamskiego nie mogło spotkać. Bogate Saudyjki, w dzień owinięte w nieprzepuszczające wzroku czarne burki, wieczorem zamieniają się w rajskie ptaki, przebierają w ażurowe gorsety i staniki, w stringi ozdobione kolorowymi koronkami i drogimi kamieniami; odwrotnie niż kobiety na Zachodzie, które w dzień ubierają się elegancko i seksownie, bo tego wymaga ich status społeczny, ale wieczorem, po powrocie do domu, kompletnie sobie odpuszczają i rezygnują z wszelkich uwodzicielskich planów, marząc jedynie o ciuchach luzackich i bezkształtnych. Gdy przechodziłem obok baru Rapid'Jus (który oferował coraz bardziej wymyślne kompozycje: kokos––marakuja–gujawa, mango–liczi–guarana, kilkanaście różnych soków o coraz bardziej zatrważającej zawartości witamin), przyszedł mi do głowy Bruno Deslandes. Nie widziałem go od prawie dwudziestu lat i od dawna nawet o nim nie myślałem. Był moim kolegą na studiach doktoranckich, właściwie niemal przyjacielem, specjalistą od Laforgue'a, napisał całkiem przyzwoity doktorat, po czym natychmiast zdał egzamin na inspektora podatkowego i ożenił się z Annelise, którą poznał nawet nie wiem gdzie, na jakiejś studenckiej imprezie. Ona pracowała w dziale marketingu operatora telefonii komórkowej, zarabiała dużo więcej od niego, ale on miał – jak to się mówi – gwarancję zatrudnienia, kupili domek w Montigny-le-Bretonneux, dorobili się dwójki dzieci, chłopca i dziewczynki; Bruno był jedynym spośród moich kolegów, który zbudował sobie normalne życie rodzinne, pozostali kręcili się między serwisem randkowym Meetic, *speed datingiem* a samotnością; któregoś dnia spotkałem go przypadkiem w pociągu podmiejskim, zaprosił mnie na następny piątek wieczorem na grilla, był koniec czerwca, Bruno miał trawnik, na którym mógł urządzać grilla, przyjdzie paru sąsiadów i „nikogo z wydziału", jak powiedział.

Organizowanie grilla w piątek wieczorem to błąd, co zrozumiałem, kiedy tylko wszedłem na trawnik i cmoknąłem żonę Brunona w policzek, pracowała przez cały dzień i wróciła do domu skonana, do tego po obejrzeniu kilku programów typu *Ugotowani* na M6 wbiła sobie do głowy, że zrobi wyjątkowo wystawną kolację, suflet ze smardzami, sprawa z góry skazana na porażkę, ale w chwili, kiedy stało się oczywiste, że nawet guacamole jest do kitu, myślałem, że wybuchnie płaczem, jej trzyletni synek zaczął wrzeszczeć jak opętany, a Bruno, który od przyjścia pierwszych gości nie przestawał zalewać się w trupa, nie mógł już jej wyręczyć przy przewracaniu kiełbasek, pośpieszyłem więc na pomoc, a ona z otchłani rozpaczy spojrzała na mnie z niewymowną wdzięcznością, grill to sprawa znacznie bardziej skomplikowana, niż mogłem przypuszczać, steki jagnięce błyskawicznie pokryły się czarną i zapewne rakotwórczą warstwą węgla, ogień był chyba zbyt silny, ale ja się na tym ni cholery nie znam, gdybym zaczął tam gmerać, cała butla z gazem mogłaby wybuchnąć, staliśmy sami przed górą zwęglonego mięsa, a pozostali goście opróżniali jedną za drugą butelki różowego wina, nie zwracając na nas najmniejszej uwagi, z ulgą powitałem nadejście burzy, spadły pierwsze krople deszczu, lodowate i zacinające, wszyscy rzucili się do livingu i dalsza część przyjęcia miała najwyraźniej przybrać formę zimnego bufetu. Kiedy Annelise padła na kanapę, rzuciwszy nienawistne spojrzenie na tabbouleh, pomyślałem o jej życiu, o życiu wszystkich zachodnich kobiet. Rano prawdopodobnie układa na szczotce włosy, starannie wybiera strój zgodny ze swoim statusem zawodowym, w jej wypadku zapewne bardziej elegancki niż seksowny, dobranie właściwych proporcji nie jest łatwe, na pewno spędza na tym wiele czasu, zanim odwiezie dzieci do żłobka, dzień upływa jej na mailach, telefonach, spotkaniach, wraca wykończona koło dwudziestej pierwszej (wieczorem to Bruno odbiera dzieci ze żłobka i daje im kolację, bo ma godziny pracy urzędnika), pada, przebiera się w bluzę i spodnie dresowe, w takim właśnie stanie pokazuje się swojemu panu i władcy, który musi, no po prostu musi odnosić wrażenie, że ktoś go robi w konia, ona też odnosi wrażenie, że ktoś ją robi w konia i że z czasem kompletnie nic się nie ułoży, dzieci będą rosnąć, jej obowiązki zawodowe też będą automatycznie rosnąć, nie zwracając uwagi na coraz bardziej flaczejące ciało.

Wyszedłem jako jeden z ostatnich, pomogłem jeszcze Annelise w sprzątaniu, nie miałem najmniejszego zamiaru wdawać się z nią w romans, choć było to możliwe – w jej sytuacji wszystko było możliwe. Chciałem po prostu, żeby poczuła czyjąś, choćby zbędną, solidarność.

Bruno i Annelise na pewno zdążyli się rozwieść, bo tak to się dzieje w dzisiejszych czasach; sto lat wcześniej, w epoce Huysmansa, zostaliby razem i może koniec końców wcale nie byliby tak nieszczęśliwi. Po powrocie do domu nalałem sobie duży kieliszek wina i sięgnąłem po *W małżeństwie**, którą pamiętałem jako jedną z najlepszych powieści Huysmansa; od razu odnalazłem przyjemność lektury, jakimś cudem po prawie dwudziestu latach nietkniętą. Może nigdy letnie szczęście starzejących się par małżeńskich nie zostało wyrażone z taką delikatnością: „André i Jeanne odczuwali już tylko błogą czułość i matczyne zadowolenie, kiedy czasami kochali się lub tylko kładli razem do łóżka, aby być blisko siebie, chwilę pogawędzić, obrócić do siebie plecami i zasnąć". Było to bardzo piękne, ale czy prawdopodobne? Wyobrażalne w dzisiejszych czasach? Na pewno miało pewien związek z rozkoszami stołu: „Łakomstwo pojawiło się u nich jako nowa pasja na skutek ostygnięcia ciekawości zmysłów; podobnie jak u księży, którzy pozbawieni cielesnych rozkoszy, rżą ze szczęścia na widok delikatnych dań i szlachetnych win". W czasach, gdy kobieta sama kupowała i obierała warzywa, oprawiała mięsa i godzinami przyrządzała potrawki, między nią a jej mężczyzną mogła się zapewne rozwijać

---

* Oryg. *En ménage* – powieść z 1881 roku, nietłumaczona dotąd na polski.

relacja czuła i odżywcza; jednak postęp w dziedzinie pakowania produktów spożywczych odesłał w niepamięć to uczucie, o którym zresztą sam Huysmans otwarcie mówił, że jest tylko słabą rekompensatą za utratę cielesnych rozkoszy. We własnym życiu nigdy się nie związał z żadną „kurą domową", która, zdaniem Baudelaire'a, obok „dziwki" jest jedyną kobietą odpowiednią dla literata – niezwykle celna obserwacja, tym bardziej że dziwka może się z czasem zamienić w kurę domową, a nawet takie jest jej sekretne pragnienie i naturalna droga. Wręcz przeciwnie, po okresie względnej r o z p u s t y skręcił w stronę życia zakonnego i tu nasze drogi się rozeszły. Złapałem *W drodze*, przeczytałem kilka stron i wróciłem do *W małżeństwie*; zdecydowanie musiałem stwierdzić, że jestem niemal zupełnie pozbawiony żyłki duchowości, choć czyniłem to z pewnym żalem – życie zakonne trwa od wieków w niezmienionej postaci, a gdzie dzisiaj znaleźć kurę domową? W epoce Huysmansa na pewno jeszcze istniały, ale środowisko literackie, w którym się obracał, nie dawało mu okazji, by którąś z nich poznać. Prawdę mówiąc, uniwersytet również temu nie sprzyja. Czy na przykład Myriam mogła się z biegiem lat przeistoczyć w kurę domową? Właśnie zadawałem sobie to pytanie, kiedy zadzwoniła komórka; o dziwo, usłyszałem głos Myriam, aż się zacząłem jąkać z zaskoczenia, absolutnie się nie spodziewałem, że do mnie jeszcze zadzwoni. Rzuciłem okiem na budzik; była już dziesiąta, a ja, kompletnie pogrążony w lekturze, zapomniałem o kolacji. Zauważyłem natomiast, że już prawie skończyłem drugą butelkę wina.

– Może moglibyśmy... – Zawahała się. – Pomyślałam, że może moglibyśmy się zobaczyć jutro wieczorem.

– Tak...?

– Jutro masz urodziny. Czyżbyś zapomniał?

– Prawdę mówiąc, kompletnie zapomniałem.

– Poza tym... – Znowu się zawahała. – Mam ci coś do powiedzenia. Po prostu powinniśmy się spotkać.

Sobota, 21 maja

Obudziłem się o czwartej rano; po telefonie od Myriam skończyłem *W małżeństwie*, prawdziwe arcydzieło; spałem zaledwie trzy godziny. Kobietę, której poszukiwał przez całe życie,
Huysmans opisał już w wieku dwudziestu siedmiu czy ośmiu
lat w swojej pierwszej powieści pod tytułem *Marta – historia
dziewczyny ulicznej*[*], wydanej w Brukseli w tysiąc osiemset
siedemdziesiątym szóstym. Będąc przede wszystkim kurą
domową, idealna kobieta powinna w określonych godzinach
umieć przeistoczyć się w dziwkę. Przeistoczenie się w dziwkę nie wydaje się zbyt trudne, w każdym razie łatwiejsze niż
zrobienie dobrego sosu béarnaise; niemniej takiej właśnie
kobiety Huysmans bezskutecznie poszukiwał przez całe życie. Mnie również dotychczas się nie udało. Sam fakt koń-
czenia czterdziestu czterech lat nie robił na mnie większego
wrażenia; ot, kolejne urodziny, ale to właśnie w tym wieku Huysmans odnalazł wiarę. Między dwunastym a dwudziestym lipca dziewięćdziesiątego drugiego po raz pierwszy przebywał w opactwie Igny w departamencie Marne.

_____

[*] Oryg. *Marthe, histoire d'une fille* – powieść nietłumaczona dotąd na polski.

Czternastego lipca, po długich wahaniach, skrupulatnie opisanych we *W drodze*, poszedł do spowiedzi. Piętnastego lipca po raz pierwszy od czasu dzieciństwa przyjął komunię.

Kiedy pisałem doktorat o Huysmansie, spędziłem najpierw tydzień w opactwie Ligugé, gdzie kilka lat po powyższych wydarzeniach mój bohater otrzymał tytuł oblata, później kolejny w Igny. W czasie pierwszej wojny światowej opactwo Igny zostało całkowicie zniszczone, ale i tak pobyt ten wiele mi dał. W wystroju wnętrz, oczywiście zmodernizowanym, zachowały się surowość i prostota, które tak uderzyły Huysmansa, a i godziny codziennych modłów i nabożeństw, od *Angelusa* o czwartej rano po wieczorne *Salve Regina*, również pozostały bez zmian. Posiłki spożywano w milczeniu, co stanowiło dużą ulgę po harmiderze stołówki uniwersyteckiej; przypomniałem sobie, że zakonnice produkują czekoladę i makaroniki, a ich wyroby, rekomendowane przez przewodnik *Petit Futé*, są sprzedawane w całej Francji.

Świetnie rozumiałem, że życie zakonne może być pociągające, nawet jeśli – miałem tego świadomość – punkt widzenia Huysmansa dalece odbiegał od mojego. Absolutnie nie potrafiłem odczuć jego niechęci do cielesnych namiętności ani nawet jej sobie wyobrazić. Moje ciało było siedliskiem różnego rodzaju bolesnych przypadłości – migreny, choroby skóry, bóle zębów, hemoroidy – które ani na chwilę nie dawały mi spokoju, chociaż miałem zaledwie czterdzieści cztery lata. Co to będzie, kiedy dojdę do lat pięćdziesięciu, sześćdziesięciu albo i więcej…! Będę tylko zlepkiem rozkładających się z wolna organów, a moje życie przekształci się w nieustanną torturę, smętną, nikczemną i pozbawioną radości. Penis był w sumie jedynym organem, który nigdy nie zaistniał w mojej świadomości poprzez ból, a jedynie przez rozkosz. Nieduży, ale solidny, zawsze wiernie mi służył – a może to raczej ja służyłem jemu, taka koncepcja też by się dała obronić, ale w takim razie jego jarzmo było raczej łagodne: nigdy nie wydawał mi rozkazów, czasem tylko cichutko zachęcał, bez jakiejkolwiek złości czy zgryźliwości, żebym prowadził nieco intensywniejsze życie towarzyskie. Wiedziałem, że tego wieczoru będzie orędować za Myriam, z którą zawsze utrzymywał bardzo dobre stosunki; Myriam traktowała go z czułością i szacunkiem, dając mi tym samym mnóstwo przyjemnych doznań. A źródeł radości nie miałem zbyt wiele; prawdę mówiąc, tylko to jedno. Moje zainteresowanie życiem intelektualnym mocno ostatnio osłabło, a moje życie społeczne było równie mało zadowalające jak cielesne, po prostu kolejne pasmo nieustających kłopotów – zatkany odpływ w umywalce, awaria internetu, punkty karne za wykroczenia drogowe, nieuczciwa sprzątaczka, pomyłka w deklaracji podatkowej – które również ani na chwilę nie dawały mi spokoju. W klasztorze, jak przypuszczałem, człowiek unika większości takich zmartwień, pozostawiając za murami ciężar indywidualnego życia. Trzeba oczywiście zrezygnować z przyjemności, ale to kwestia wyboru, który daje się obronić. Szkoda, pomyślałem, kontynuując lekturę, że pisząc *W drodze*, Huysmans tak bardzo podkreślał swój wstręt do dawnej rozpusty; niewykluczone, że w tym punkcie nie był do końca uczciwy. Podejrzewałem, że tym, co go pociągało w życiu zakonnym, była nie tyle rezygnacja z pogoni za cielesnymi rozkoszami, ile uwolnienie się od męczących i smętnych kłopotów życia codziennego, od tego wszystkiego, co tak mistrzowsko opisał w *Z prądem*. W klasztorze człowiek dostawał wikt i opierunek, a w ramach bonusu życie wieczne, o ile tylko dopisało mu szczęście.

Myriam zadzwoniła do drzwi koło dziewiętnastej.

– Wszystkiego najlepszego w dniu urodzin – powiedziała cichutko od progu, po czym rzuciła się na mnie i pocałowała w usta; nasze wargi złączyły się, języki splątały w długim, namiętnym pocałunku.

W drodze do salonu zauważyłem, że wygląda jeszcze seksowniej niż poprzednim razem. Włożyła inną minispódniczkę, też czarną, ale jeszcze krótszą, na nogach miała pończochy; kiedy usiadła na kanapie, dostrzegłem czarną klamerkę podwiązek na jej białym udzie. Pod również czarną, przezroczystą bluzką wyraźnie widziałem jej falujące piersi i zdałem sobie sprawę, że moje palce zachowały w pamięci dotyk ciemnych obwódek wokół jej sutków; Myriam uśmiechnęła się do mnie z wahaniem, chwila ta miała w sobie coś nieokreślonego, a zarazem fatalnego.

– Masz dla mnie prezent? – zapytałem tonem, który miał zabrzmieć lekko i niezobowiązująco.

– Nie – odpowiedziała poważnie. – Nie znalazłam niczego, co by mi się naprawdę podobało.

Przez chwilę milczała, po czym nagle rozsunęła szeroko uda; nie miała na sobie majtek, a jej spódniczka była tak krótka, że zobaczyłem granicę jej elegancko wydepilowanego futerka.

– Zrobię ci loda... – oznajmiła. – Bardzo dobrego loda. Chodź, usiądź na kanapie.

Posłusznie usiadłem i pozwoliłem się rozebrać. Uklękła przede mną i zaczęła od długiego, pełnego czułości wylizania kakaowego oczka, po czym wzięła mnie za rękę i podniosła z kanapy. Oparłem się o ścianę. Znowu uklękła i zaczęła mnie lizać po jądrach, jednocześnie krótkimi, szybkimi ruchami ręki pieszcząc penisa.

– Powiedz, kiedy mam go wziąć w usta – szepnęła, przerywając na chwilę lizanie.

Czekałem, aż pożądanie stało się nie do wytrzymania.

– Teraz – powiedziałem.

W chwili, kiedy jej język po raz pierwszy dotknął penisa, patrzyłem jej prosto w oczy i to jeszcze wzmagało moje podniecenie; była w dziwnym stanie, rozgorączkowana i skupiona; jej język krążył po żołędzi, raz szybko, raz powoli; lewą dłonią ściskała nasadę penisa, a palcami prawej lekko uderzała mnie po jądrach; fale rozkoszy napływały jedna za drugą, pozbawiając mnie świadomości; bliski zemdlenia ledwo trzymałem się na nogach. Ułamek sekundy, zanim z dzikim rykiem eksplodowałem, znalazłem w sobie siłę, żeby poprosić:

– Przestań... Błagam, przestań...

Z trudem rozpoznałem własny głos, zniekształcony, niemal niesłyszalny.

– Nie chcesz się spuścić w moich ustach?

– Nie teraz.

– Cóż… Skoro tak, to mam nadzieję, że później będziesz miał ochotę się ze mną pieprzyć. Zjemy coś?

Tym razem zamówiłem zestawy sushi z pewnym wyprzedzeniem; od popołudnia czekały w lodówce razem z dwiema butelkami szampana.

– Wiesz, François… – powiedziała po pierwszym łyku. – Nie jestem ani kurwą, ani nimfomanką. Obciągam ci w ten sposób dlatego, że cię kocham. Naprawdę. Wiesz o tym, prawda?

Tak, wiedziałem. Ale wiedziałem, że jest jeszcze coś, czego nie potrafi mi powiedzieć. Długo patrzyłem jej w oczy, bezskutecznie zastanawiając się, jak przejść do tematu. Opróżniła kieliszek, westchnęła, nalała sobie drugi i wreszcie to z siebie wypluła:

– Rodzice postanowili wyjechać z Francji.

Odebrało mi głos. Wypiła szampana, nalała sobie trzeci kieliszek i zaczęła opowiadać.

– Emigrują do Izraela. W przyszłą środę lecimy do Tel Awiwu. Nawet nie chcą czekać na drugą turę wyborów. To zupełny obłęd, wszystko zorganizowali za naszymi plecami, nie mówiąc nam ani słowa. Otworzyli konto w izraelskim banku, wynajęli mieszkanie, ojciec upłynnił swoje punkty emerytalne, wystawili dom na sprzedaż i przez cały czas o niczym nam nie mówili. Moje młodsze rodzeństwo – to jeszcze rozumiem, oboje są dziećmi, ale ja przecież mam dwadzieścia dwa lata, a oni, ot tak, stawiają mnie przed faktem dokonanym…! Nie zmuszają mnie do wyjazdu; jeśli się uprę, są gotowi wynająć mi pokój w Paryżu, ale rzeczywiście, za chwilę wakacje i czuję, że nie mogę ich tak zostawić, w każdym razie nie teraz, strasznie by się niepokoili. Nie zdawałam sobie sprawy, ale kilka miesięcy temu zmienili krąg znajomych, widują się już tylko z innymi Żydami. Przesiedzieli z nimi kilka wieczorów i wzajemnie się ponakręcali; nie tylko oni chcą wyjechać, co najmniej czworo czy pięcioro spośród ich przyjaciół tak samo, wszystko zlikwidowali i przenoszą się do Izraela. Przez całą noc z nimi rozmawiałam, ale nie zdołałam pokonać ich determinacji; są przekonani, że we Francji stanie się coś poważnego, co zagraża Żydom; to dziwne, że dopiero po pięćdziesiątce przyszło im to do głowy; powiedziałam im, że to kompletne bzdury, że od wielu lat Front Narodowy nie ma w sobie za grosz antysemityzmu!

– Nie tak znowu wielu. Jesteś za młoda, żeby pamiętać, ale ojciec Marine, Jean-Marie Le Pen, wprost nawiązywał do francuskiej tradycji skrajnej prawicy. Był niewykształconym burakiem, na pewno nie czytał Drumonta ani Maurrasa, ale zapewne o nich słyszał, bo to należało do jego horyzontu umysłowego. Dla córki to już oczywiście nic nie znaczy. Ale nawet jeśli wygra ten muzułmanin, to i tak moim zdaniem nie masz się czego obawiać. Przecież zawarł sojusz z Partią Socjalistyczną, więc daleko nie może się posunąć.

– Cóż... – Potrząsnęła głową z powątpiewaniem. – Nie widzę tego tak optymistycznie. Kiedy do władzy dochodzi partia muzułmańska, to nigdy nie jest dobre dla Żydów. Trudno byłoby znaleźć przykłady potwierdzające twoją opinię.

Na to nie miałem odpowiedzi; w gruncie rzeczy nie znałem dobrze historii, w liceum nie byłem zbyt pilnym uczniem, a później nie udało mi się przeczytać ani jednej książki historycznej do końca.

Znowu sobie nalała szampana. Co innego miała robić w tych okolicznościach, jeśli się nie upić, zwłaszcza że szampan był bardzo dobry.

– Mój brat i siostra pójdą do liceum, ja będę studiować na uniwersytecie w Tel Awiwie, część egzaminów mi zaliczą. Ale co ja będę robić w Izraelu? Nawet nie znam hebrajskiego. Mój kraj to Francja.

Głos jej się lekko załamał, czułem, że jest na skraju łez.

– Kocham Francję! – mówiła coraz bardziej zduszonym głosem. – Kocham, no sama nie wiem… kocham francuskie sery!

– Mam!

Skoczyłem na równe nogi jak klaun, próbując uspokoić atmosferę, i podszedłem do lodówki; faktycznie kupiłem Saint-Marcellin, Comté i Bleu des Causses. Otworzyłem butelkę białego wina, ale Myriam nie zwróciła na to uwagi.

– Poza tym… poza tym nie chcę, żeby to, co jest między nami, się skończyło – rzuciła i zaczęła płakać.

Wstałem i wziąłem ją w ramiona; nie wiedziałem, co odpowiedzieć. Zaprowadziłem ją do sypialni i znowu objąłem. Nadal cichutko płakała.

Obudziłem się koło czwartej rano; była pełnia i pokój zalewało światło księżyca. Myriam leżała na brzuchu, miała na sobie tylko T-shirt. Ulicą nie jeździły żadne samochody. Po paru minutach powoli nadjechała furgonetka renault trafic, która zatrzymała się przed budynkiem. Dwóch Chińczyków wysiadło i zapaliło papierosy, rozglądając się wokół; po chwili bez widocznego powodu z powrotem wsiedli do auta i odjechali w kierunku Porte d'Italie. Wróciłem do łóżka i pogładziłem Myriam po pośladkach; przez sen wtuliła się we mnie.

Obróciłem ją na plecy, rozsunąłem jej uda i zacząłem pieścić; prawie od razu stała się wilgotna, więc w nią wszedłem. Zawsze lubiła tę klasyczną pozycję. Zadarłem wyżej jej nogi, żeby wejść głębiej, i zacząłem poruszać się w tę i z powrotem. Mówi się, że kobiecy orgazm jest skomplikowany i tajemniczy; jeśli o mnie chodzi, mechanizm mojego własnego orgazmu jest mi jeszcze bardziej nieznany. Od razu poczułem, że tym razem potrafię się kontrolować tak długo, jak będzie trzeba, w dowolnym momencie mogę powstrzymać falę napływającej rozkoszy. Moje biodra poruszały się miękko i bez wysiłku; po kilku minutach Myriam zaczęła jęczeć, potem krzyczeć, a ja nadal w nią wchodziłem, nawet kiedy zaczęła zaciskać pochwę na moim członku; oddychałem równo i spokojnie, jakbym był nieśmiertelny; w końcu wydała długi jęk, a ja na nią opadłem i oplotłem ramionami; płakała i powtarzała:

– Najdroższy… mój najdroższy…

Niedziela, 22 maja

Obudziłem się ponownie koło ósmej, nastawiłem kawę i wróciłem do łóżka; Myriam oddychała równo w rytmie nieco wolniejszym niż pyrkanie kawy w maszynce. Po lazurowym niebie płynęły pyzate cumulusy; zawsze uważałem je za obłoki szczęścia, których lśniąca biel ma tylko podkreślać błękit nieba, jak na dziecinnych rysunkach, które przedstawiają idealny domek z dymiącym kominem, trawnikiem i kwiatkami. Sam nie wiem po co zaraz po pierwszej filiżance kawy włączyłem iTélé. Leciała strasznie głośno, ale długo nie mogłem znaleźć pilota, żeby ją ściszyć. Za późno, bo Myriam już się obudziła; wciąż w T-shircie przyszła do salonu i zwinęła się na kanapie. Nasza chwila błogiego spokoju minęła, więc znowu włączyłem głos. W nocy informacje o tajnych negocjacjach między Partią Socjalistyczną a Bractwem Muzułmańskim zostały wrzucone do sieci. Teraz mówiło się o tym wszędzie: na iTélé, BFM i LCI – nieustające wydanie specjalne. Na razie nie było żadnej reakcji ze strony Manuela Vallsa, ale na jedenastą zaplanowano konferencję prasową Mohammeda Ben Abbesa.

Kandydat muzułmański był pulchniutki i pogodny, z talentem do ciętej riposty wobec dziennikarzy; patrząc na niego, z łatwością zapominano, że był jednym z najmłodszych studentów École Polytechnique, po czym skończył École Normale d'Administration, w roczniku imienia Nelsona Mandeli, razem z Laurentem Wauquiezem. Przypominał raczej rubasznego tunezyjskiego sklepikarza, którym zresztą był jego ojciec, nawet jeśli jego sklepik mieścił się w Neuilly-sur-Seine, a nie w osiemnastej dzielnicy Paryża ani tym bardziej w Bezons czy Argenteuil.

Podczas konferencji prasowej przypomniał, że bardziej niż ktokolwiek inny swój sukces zawdzięcza republikańskiej merytokracji, bardziej niż ktokolwiek inny nie ma zamiaru niszczyć systemu, któremu zawdzięcza wszystko, włącznie z tym niezwykłym szczęściem, jakie stanowi możliwość poddania się woli narodu francuskiego w ramach procedury wyborczej. Wkładając w to właściwą dawkę emocji, wspomniał o mieszkanku nad sklepem spożywczym, w którym odrabiał lekcje, o zmarłym ojcu; moim zdaniem był po prostu doskonały.

Lecz przyznać trzeba, kontynuował, że czasy się zmieniły. Coraz częściej rodziny – zarówno żydowskie, chrześcijańskie, jak i muzułmańskie – pragną dla swoich dzieci takiej oświaty, która nie ograniczy się do przekazywania wiedzy, ale obejmie również zgodne z ich tradycjami wychowanie duchowe. Ów powrót do religijności to nurt, który głęboko przenika nasze społeczeństwo, więc system edukacji nie może tego zlekceważyć. W sumie chodzi o poszerzenie ram szkoły republikańskiej, aby potrafiła harmonijnie współistnieć z wielkimi tradycjami duchowymi – muzułmańskimi, chrześcijańskimi i żydowskimi – naszego kraju.

Jego wystąpienie, łagodne i miłe dla ucha, trwało jakieś dziesięć minut, po czym zaczęły się pytania dziennikarzy. Dawno już zauważyłem, że najwredniejsi, najbardziej agresywni dziennikarze w obecności Mohammeda Ben Abbesa zachowują się jak zahipnotyzowani, uśpieni jego wymową. A przecież są pytania, które mogłyby być dla niego niewygodne, na przykład o zniesienie koedukacyjności lub o obowiązek, aby wszyscy nauczyciele przeszli na islam. No ale czy nie tak właśnie wygląda to u katolików? Czy nie trzeba być ochrzczonym, żeby nauczać w szkołach chrześcijańskich? Po namyśle zdałem sobie sprawę, że nic o tym nie wiem, a w chwili, gdy konferencja dobiegła końca, zrozumiałem, że doszedłem dokładnie do takiego stanu, do jakiego chciał mnie doprowadzić kandydat muzułmański: do ogólnego zwątpienia, do poczucia, że nie ma powodu do niepokoju, bo nie dzieje się nic nowego.

Marine Le Pen przeszła do ataku o dwunastej trzydzieści. Ożywiona, ze świeżą fryzurą, filmowana nieco z dołu, stała przed paryskim ratuszem i wyglądała prawie ładnie, co wyraźnie kontrastowało z jej poprzednimi wystąpieniami; od wyborów w dwa tysiące siedemnastym kandydatka Frontu Narodowego żyła w przekonaniu, że chcąc zdobyć fotel prezydencki, kobieta musi przypominać Angelę Merkel, robiła więc wszystko, żeby dorównać niemieckiej kanclerz w nobliwym, choć nieco odpychającym wyglądzie, włącznie z krojem kostiumów. Tego majowego przedpołudnia wróciła jednak do błyskotliwości i rewolucyjnego rozmachu z pierwszych lat ruchu narodowego. Od pewnego czasu krążyły pogłoski, że niektóre z jej wystąpień są pisane przez Renauda Camusa pod nadzorem Floriana Philippota. Nie wiem, czy to prawda, ale bez wątpienia dokonała widocznych postępów. Od pierwszej chwili uderzył mnie republikański, a nawet zdecydowanie antyklerykalny ton jej przemówienia. Wychodząc poza banalne odwołania do Jules'a Ferry'ego, nawiązała do Condorceta, cytując jego pamiętną mowę z tysiąc siedemset dziewięćdziesiątego drugiego w Zgromadzeniu Ustawodawczym, w której wspominał owych Egipcjan i Indian, „wśród których umysł ludzki poczynił tak wielkie postępy, a którzy mimo to wpadli ponownie w otępienie najsromotniejszego nieuctwa, gdy władza religijna przywłaszczyła sobie prawo nauczania ludzi"*.

– Zawsze myślałam, że ona jest katoliczką – powiedziała Myriam.

– Tego nie wiem, ale jej wyborcy nie są, Front Narodowy nigdy nie zdołał zdobyć głosów katolików, którzy są zbyt przywiązani do solidarności i problemów Trzeciego Świata. Postanowiła się więc dostosować.

Myriam spojrzała na zegarek i machnęła ze znużeniem ręką.

– Muszę już iść, François. Obiecałam rodzicom, że wrócę na obiad.

– Wiedzą, że tu jesteś?

– Tak, oczywiście. Nie będą się denerwować, ale będą na mnie czekać.

---

* *Projekt organizacji wychowania publicznego*, przeł. Czesław Jastrzębiec-Kozłowski, Państwowe Zakłady Wydawnictw Szkolnych 1948.

Byłem raz u jej rodziców, na samym początku naszej znajomości. Mieszkali na osiedlu Fleurs, obok stacji Brochant, w domu z garażem i warsztatem, zupełnie jak w małym miasteczku na prowincji, a nie w Paryżu. Pamiętam, że jedliśmy kolację w ogrodzie, kwitły żonkile. Byli dla mnie bardzo mili, ciepli i gościnni, choć nie przywiązywali zbyt dużej wagi do mojej osoby – i tym lepiej. W chwili, gdy jej ojciec otwierał butelkę Châteauneuf-du-Pape, zdałem sobie nagle sprawę, że mając skończone dwadzieścia lat, Myriam wciąż jada kolację z rodzicami, pomaga braciszkowi w lekcjach, a siostrzyczce w kupowaniu ciuchów. Zachowywali się jak plemię, zwarte plemię rodzinne; w stosunku do wszystkiego, co dotychczas znałem, było to tak niezwykłe, że omal nie wybuchnąłem płaczem.

Wyłączyłem głos; gesty Marine Le Pen stawały się coraz bardziej gwałtowne, wymachiwała pięścią, w pewnym momencie szeroko rozłożyła ramiona. Oczywiście, że Myriam wyjedzie z rodzicami do Izraela, nie miała innego wyjścia.

– Naprawdę mam nadzieję, że wkrótce wrócę... – powiedziała, jakby czytając w moich myślach. – To tylko parę miesięcy, póki we Francji się nie uspokoi.

Uważałem jej optymizm za nieco przesadny, ale milczałem. Włożyła spódniczkę.

– Oczywiście biorąc pod uwagę, co się teraz dzieje, rodzice będą triumfować przez cały wieczór. „Przecież ci mówiliśmy, córeczko...". Chociaż są miłymi ludźmi i wiem, że chcą tylko mojego dobra.

– No pewnie, że są mili. Naprawdę mili.

– A ty co będziesz robić? Jak sądzisz, co się będzie działo na uniwersytecie?

Odprowadziłem ją do drzwi; prawdę mówiąc, zdałem sobie sprawę, że nie mam pojęcia; zdałem sobie również sprawę, że mam to w nosie. Pocałowałem ją delikatnie w usta i odpowiedziałem:

– Dla mnie nie ma Izraela.

Myśl wątła, ale bardzo prawdziwa. Po chwili Myriam znikła w windzie.

Na kilka godzin odcięło mnie od rzeczywistości. Słońce już zachodziło, kiedy znowu doszedłem do pełnej świadomości samego siebie, sytuacji zewnętrznej, wszystkiego. Przez kilka godzin mój umysł błąkał się po ciemnych, nieznanych bezdrożach, pogrążony w śmiertelnym smutku. Przenikliwe zdania z *W małżeństwie* Huysmansa wciąż powracały, a ja boleśnie zdałem sobie sprawę, że nawet nie zaproponowałem Myriam, żebyśmy razem zamieszkali, żeby się do mnie przeprowadziła, po chwili jednak zrozumiałem, że nie na tym polega problem – rodzice i tak byli gotowi coś dla niej wynająć, a moje mieszkanie miało tylko dwa pokoje, owszem duże, ale tylko dwa, więc wspólne życie szybko by doprowadziło do zaniku wszelkiego pożądania, a my byliśmy zdecydowanie za młodzi, żeby nasz związek przetrwał taką próbę.

W dawniejszych czasach ludzie tworzyli rodziny, czyli najpierw się mnożyli, później przez parę lat ciągnęli wspólne życie, aż ich dzieci dochodziły do wieku dojrzałego, w końcu oddalali się na łono Stwórcy. Lecz w dzisiejszych czasach para może sensownie myśleć o rozpoczęciu wspólnego życia dopiero w wieku pięćdziesięciu czy sześćdziesięciu lat, kiedy zestarzałe, obolałe ciała odczuwają już tylko potrzebę swojskiego, kojącego i niewinnego dotyku, a kuchnia regionalna –

tak pięknie przedstawiana na przykład w *Podróżach z Petitrenaudem* – definitywnie wygrywa z innymi rozkoszami. Przez chwilę bawiłem się myślą napisania do „Przeglądu Dziewiętnastowiecznika" artykułu, w którym bym ogłosił, że po długim i nużącym okresie modernizmu trzeźwe konkluzje Huysmansa znowu nabrały aktualności, i to bardziej niż kiedykolwiek, jak pokazuje mnożenie się na wszystkich kanałach programów poświęconych kuchni, zwłaszcza regionalnej, które cieszą się niegasnącym powodzeniem; zdałem sobie jednak sprawę, że nie mam w sobie dość energii i chęci potrzebnych do napisania artykułu, choćby nawet dla tak niszowego czasopisma jak „Przegląd Dziewiętnastowiecznika". Jednocześnie z pewnym osłupieniem zorientowałem się, że w telewizorze nadal leci iTélé. Włączyłem głos: wystąpienie Marine Le Pen dawno się skończyło, ale wciąż było tematem wszystkich komentarzy. Dowiedziałem się, że liderka ruchu narodowego wezwała do udziału w zwołanej na środę manifestacji na Polach Elizejskich. Nie miała zamiaru prosić o zgodę Prefektury Policji i z góry uprzedzała władze, że manifestacja i tak się odbędzie, „niezależnie od okoliczności". Swoje wystąpienie zakończyła cytatem z Deklaracji Praw Człowieka i Obywatela z tysiąc siedemset dziewięćdziesiątego trzeciego: „Gdy rząd gwałci prawa ludu, powstanie jest dla ludu i dla każdej cząstki ludu najświętszym prawem a zarazem najpilniejszym obowiązkiem". Słowo „powstanie" wywołało oczywiście lawinę komentarzy, a przy okazji przyniosło nieoczekiwany rezultat, gdyż wyrwało François Hollande'a z długiego milczenia. Po dwóch katastrofalnych kadencjach, z których drugą zawdzięczał jedynie żałosnej strategii polegającej na sprzyjaniu cieszącemu się rosnącym poparciem Frontowi Narodowemu, odchodzący prezydent praktycznie przestał zabierać głos, a większość mediów zdawała się wręcz nie pamiętać o jego istnieniu. Kiedy stojąc na trawniku przed Pałacem Elizejskim naprzeciw nielicznej grupy dziennikarzy, przedstawił się jako „ostatni szaniec porządku republikańskiego", rozległo się tylko kilka krótkich, ale wyraźnych chichotów. Kilkanaście minut później przyszła pora na oświadczenie premiera. Czerwony na twarzy, z nabrzmiałymi na czole żyłami, wyglądał jak na skraju zawału i ostrzegał wszystkich, którzy zejdą z drogi demokratycznego legalizmu, że będą traktowani jak przestępcy. W sumie jedyną osobą, która zachowała zimną krew, okazał się Mohammed Ben Abbes, broniący prawa do manifestacji i proponujący Marine Le Pen debatę na temat świeckiego państwa – zdaniem większości komentatorów był to bardzo zręczny ruch, gdyż nikt raczej nie podejrzewał, że Marine wyrazi zgodę, a tym samym kandydat muzułmański niewielkim kosztem stawiał się w roli człowieka umiarkowanego i zwolennika dialogu.

W końcu mnie to zmęczyło i zacząłem skakać po jakichś idiotycznych reality show na temat otyłości, aż ostatecznie wyłączyłem telewizor. Wciąż mnie zdumiewało, a nawet z lekka brzydziło, że polityka może odegrać jakąkolwiek rolę w moim życiu. A przecież od lat wiedziałem, że rosnący rozdźwięk, wręcz przepaść między narodem a tymi, którzy wypowiadają się w jego imieniu, zarówno politykami, jak i dziennikarzami, musi doprowadzić do czegoś chaotycznego, gwałtownego i nieprzewidywalnego. Bez cienia wątpliwości Francja, podobnie jak pozostałe kraje Europy Zachodniej, od wielu lat zmierzała w stronę wojny domowej, ale do niedawna byłem przekonany, że przeważająca większość Francuzów jest zrezygnowana i apatyczna – zapewne dlatego, że sam byłem zrezygnowany i apatyczny. Cóż, pomyliłem się.

Myriam zadzwoniła dopiero we wtorek wieczorem, parę minut po jedenastej; w jej głosie brzmiało ożywienie, wyglądało na to, że odzyskała wiarę w przyszłość; według niej sytuacja we Francji szybko się ułoży – ja miałem co do tego wątpliwości. Udało jej się nawet samą siebie przekonać, że Nicolas Sarkozy powróci do gry politycznej i zostanie przyjęty jak zbawca. Nie miałem serca, żeby wyprowadzać ją z błędu, ale taki rozwój sytuacji nie wydawał mi się prawdopodobny; odnosiłem wrażenie, że w głębi duszy Sarkozy już machnął ręką, że w dwa tysiące siedemnastym definitywnie odciął się od tego okresu swojego życia.

Jej samolot wylatywał następnego dnia rano. Przed wyjazdem nie mieliśmy już więc szansy się zobaczyć; miała tyle spraw do załatwienia, zaczynając od pakowania, bo przecież niełatwo całe życie zamknąć w trzydziestokilogramowym bagażu. Chociaż się tego spodziewałem, odkładając słuchawkę, poczułem lekkie ukłucie w sercu. Wiedziałem, że od tej chwili będę naprawdę sam.

Środa, 25 maja

Wsiadając następnego dnia rano do metra, żeby pojechać na uczelnię, byłem jednak w niemal frywolnym nastroju – wydarzenia polityczne ostatnich dni, nawet wyjazd Myriam, wydawały mi się już tylko złym snem, pomyłką, która szybko zostanie naprawiona. Mocno się zdziwiłem, kiedy na ulicy Santeuil ujrzałem szczelnie zamkniętą bramę, za którą mieściły się budynki sal wykładowych – zazwyczaj była otwierana za piętnaście ósma. Na ulicy czekało sporo studentów, między innymi moi z drugiego roku.

Dopiero koło wpół do dziewiątej pojawił się cieć, który wyszedł z sekretariatu głównego, podszedł do bramy i oznajmił, że uczelnia pozostanie zamknięta do odwołania. Nic więcej nie miał nam do powiedzenia; dodał jeszcze tylko, żebyśmy wracali do domu i czekali, aż zostaniemy „indywidualnie powiadomieni". Był to dobroduszny facet – zdaje się Senegalczyk – którego znałem od lat i bardzo lubiłem. Zanim odszedłem, przytrzymał mnie za ramię i powiedział, że według pogłosek krążących wśród pracowników sytuacja jest poważna, naprawdę poważna i że zdziwi się, jeśli w ciągu najbliższych tygodni uczelnia zostanie ponownie otwarta.

Niewykluczone, że Marie-Françoise coś wiedziała; parokrotnie w ciągu dnia usiłowałem się do niej dodzwonić, ale bez skutku. Koło trzynastej trzydzieści w desperacji włączyłem iTélé. Wielu uczestników manifestacji zwołanej przez Front Narodowy już przybyło na miejsce; na placu Concorde i w ogrodzie Tuileries było czarno od ludzi. Według organizatorów przyszło dwa miliony osób, według policji – trzysta tysięcy. W każdym razie nigdy w życiu nie widziałem takiego tłumu.

Gigantyczny cumulonimbus w kształcie kowadła wisiał nad północną częścią Paryża, od Sacré Coeur po Operę; jego ciemnoszare boki miały odcień niemal brązowy. Przeniosłem wzrok na ekran telewizyjny, gdzie gromadził się coraz większy tłum, potem znowu na niebo. Chmura przesuwała się powoli na południe; burza mogła wybuchnąć nad ogrodem Tuileries, co poważnie zakłóciłoby przebieg manifestacji.

Dokładnie o czternastej pochód z Marine Le Pen na czele ruszył Polami Elizejskimi w kierunku Łuku Triumfalnego, gdzie o piętnastej liderka miała wygłosić przemówienie. Wyłączyłem dźwięk, ale jeszcze przez chwilę oglądałem sam obraz. Przez całą szerokość ulicy rozciągnięto olbrzymi transparent z napisem: „Jesteśmy narodem Francji". Na flagach niesionych przez uczestników widniały słowa: „Jesteśmy u siebie", które od pewnego czasu stały się jasnym i pozbawionym agresji hasłem narodowców podczas ich zgromadzeń. Burza wciąż zagrażała manifestacji; ogromna chmura wisiała nieruchomo nad pochodem. Po chwili znudził mnie ten widok i wróciłem do lektury *Z prądem*.

Marie-Françoise oddzwoniła kilka minut po osiemnastej; niczego szczególnego nie wiedziała; Krajowa Rada Szkół Wyższych zebrała się poprzedniego dnia, ale nie wyciekły żadne informacje. W każdym razie była pewna, że uniwersytetu nie otworzą przed zakończeniem wyborów, a prawdopodobnie dopiero od nowego roku akademickiego; egzaminy można spokojnie przenieść na wrzesień. Ogólnie biorąc, sytuację uważała za poważną; jej mąż był wyraźnie zaniepokojony, od początku tygodnia spędzał w biurze DGSI po czternaście godzin dziennie, a poprzedniej nocy nawet tam spał. Obiecała, że oddzwoni, jeśli tylko czegoś się dowie, po czym odłożyła słuchawkę.

Nie miałem już niczego do jedzenia ani szczególnej ochoty, żeby iść do Géant Casino, bo późne popołudnie to nie najlepsza pora na zakupy w tej dość gęsto zaludnionej dzielnicy, ale byłem głodny, a jeszcze bardziej miałem ochotę kupić różne rzeczy do jedzenia: potrawkę cielęcą, mintaja w sosie z trybuli i musakę po berberyjsku; gotowe dania do mikrofalówki, kompletnie pozbawione smaku, ale za to w wesołych, kolorowych opakowaniach, stanowiły niewątpliwy postęp w stosunku do rozpaczliwych męczarni bohaterów Huysmansa; nie było w nich cienia niechęci, a wrażenie uczestnictwa w nie do końca udanym, ale egalitarystycznym zbiorowym eksperymencie pozwalało na częściowe pogodzenie się z rzeczywistością.

O dziwo, supermarket był prawie pusty, więc szybko, w nastroju entuzjazmu przemieszanego ze strachem, napełniłem wózek; nie wiedzieć czemu, przez myśl przeleciały mi słowa „godzina policyjna". Niektóre z siedzących bezczynnie kasjerek słuchały wiadomości z tranzystorów – manifestacja nadal trwała, na razie bez żadnych incydentów. Pomyślałem, że incydenty nastąpią później, jak ludzie już się rozejdą.

Kiedy wychodziłem z centrum handlowego, lunął deszcz. Wróciłem do domu, podgrzałem sobie ozór wołowy w maderze, gumowaty, ale zjadliwy, po czym znowu włączyłem telewizor: zaczęły się starcia, po ulicach biegały grupy mężczyzn w kominiarkach, uzbrojonych w karabiny i pistolety automatyczne; tu i ówdzie tłuczono witryny i podpalano samochody, ale w ulewnym deszczu obrazy były bardzo złej jakości i nie dawało się do końca zrozumieć, jakie siły uczestniczą w zamieszkach.

Niedziela, 29 maja

Obudziłem się koło czwartej rano, zupełnie przytomny i z jasnym umysłem; starannie spakowałem walizkę, skompletowałem podręczną apteczkę i ubrania na miesiąc; znalazłem nawet buty trekkingowe jakiejś bodajże amerykańskiej marki, bardzo high-tech, których nigdy dotychczas nie nosiłem, choć kupiłem rok wcześniej z myślą, że zacznę uprawiać piesze wędrówki. Zabrałem też laptopa, zapas batonów proteinowych, elektryczny czajnik i kawę rozpuszczalną. O wpół do szóstej byłem gotowy do wyjazdu. Samochód bez trudu ruszył, drogi wyjazdowe z Paryża były puste; o szóstej dojechałem do Rambouillet. Nie miałem żadnych konkretnych planów, żadnego sprecyzowanego celu, tylko dość niejasne uczucie, że powinienem jechać na południowy zachód; jeśli we Francji ma wybuchnąć wojna domowa, to dotarcie na południowy zachód kraju zajmie jej więcej czasu. W gruncie rzeczy południowego zachodu prawie nie znałem; wiedziałem tylko, że jest to region, gdzie się jada kaczkę konfitowaną, a kaczka konfitowana kiepsko mi pasowała do wojny domowej. Choć oczywiście mogłem się mylić.

Właściwie to całą Francję znałem dość słabo. Dzieciństwo i młodość spędziłem w Maisons-Laffitte, wybitnie mieszczańskiej miejscowości na przedmieściach, po czym przeniosłem się do samego Paryża i nigdy stąd nie ruszałem; tak więc nie miałem okazji zwiedzić kraju, którego przynajmniej teoretycznie byłem obywatelem. Owszem, nachodziły mnie niekiedy takie zachcianki, o czym świadczył zakup volkswagena touarega, nabytego w tym samym czasie co buty trekkingowe. To bardzo mocny samochód z dieslowskim silnikiem V8 o pojemności 4,2 litra, z bezpośrednim wtryskiem systemu *common rail*, spokojnie przekraczający dwieście czterdzieści na godzinę, zaprojektowany na długie trasy po autostradach, ale sprawujący się również znakomicie w trudnych warunkach terenowych. Prawdopodobnie wyobrażałem sobie wówczas jakieś wycieczki weekendowe, eskapady po leśnych bezdrożach, ale ostatecznie nic z tego nie wyszło; ograniczałem się do regularnych niedzielnych wypadów na targ starych książek w parku Georges-Brassens. Czasami na szczęście spędzałem niedziele na bzykanku, przede wszystkim z Myriam. Moje życie byłoby bardzo nudne i ponure, gdybym chociaż od czasu do czasu nie bzykał się z Myriam. Zatrzymałem się na stacji Mille Etangs, czyli tysiąca stawów, zaraz za zjazdem do Châteauroux; w La Croissanterie kupiłem sobie cookie z podwójną czekoladą i dużą kawę; wsiadłem znowu za kierownicę, żeby zjeść to skromne śniadanie, rozmyślając a to nad swoją przeszłością, a to nad niczym. Parking górował nad okolicznymi łąkami, na których pasło się tylko kilka krów, prawdopodobnie rasy charolaise. Dzień już dawno wstał, ale nad ziemią wciąż pełzały smugi mgły. Krajobraz był pagórkowaty, raczej ładny, ale nigdzie nie dawało się dostrzec ani śladu stawu, rzeki zresztą też. Myślenie o przyszłości wydawało mi się raczej nieostrożne.

Włączyłem radio – zaczęła się druga tura wyborów, która przebiegała raczej spokojnie; François Hollande zdążył już zagłosować w swoim mateczniku, czyli w departamencie Corrèze. Sądząc po wynikach z wczesnych godzin rannych, frekwencja zapowiadała się na dość wysoką, wyższą niż podczas ostatnich i przedostatnich wyborów prezydenckich. Niektórzy analitycy uważali, że wysoka frekwencja faworyzuje partie „rządowe" kosztem skrajnych; inni, równie cenieni, mieli dokładnie odwrotne zdanie. W sumie chwilowo nie można było wyciągać żadnych wniosków na podstawie frekwencji, a na słuchanie radia było nieco za wcześnie; wyłączyłem je więc przed wyjazdem z parkingu.

Wkrótce po ruszeniu zorientowałem się, że paliwa została mi zaledwie jedna czwarta baku; powinienem był go napełnić podczas postoju na stacji. Zdałem sobie również sprawę, że autostrada jest dziwnie pusta. W niedzielę rano po autostradach nigdy nie jeździ dużo samochodów, społeczeństwo o tej porze odpoczywa, odpręża się, przeżywa krótki moment iluzji, że żyje własnym życiem. No, ale mimo wszystko od jakichś stu kilometrów ani nie wyprzedziłem, ani nawet nie zobaczyłem żadnego samochodu jadącego z przeciwka; udało mi się tylko uniknąć zderzenia z ciężarówką na bułgarskich numerach, jadącą zygzakiem między jezdnią a pasem awaryjnym, z nieprzytomnym ze zmęczenia kierowcą. Panował pełny spokój; mijałem dwukolorowe, poruszane lekkimi podmuchami rękawy wiatrowe; słońce świeciło nad łąkami i zagajnikami wzorem dobrego gospodarza. Ponownie włączyłem radio, ale tym razem na próżno: wszystkie stacje, które miałem zaprogramowane, od France Info, przez Radio Monte-Carlo i RTL, po Europe 1, emitowały tylko piski i trzaski. Coś się działo na terenie Francji, nie miałem co do tego wątpliwości; przynajmniej mogłem pruć dwieście na godzinę po francuskiej sieci autostrad i może nie było to takie złe rozwiązanie; w kraju chyba już nic nie działało, radary zapewne też, więc jadąc w tym tempie, powinienem koło szesnastej dotrzeć do posterunku granicznego w Jonquet; kiedy już się znajdę na terytorium Hiszpanii, sytuacja będzie inna, a wojna domowa bardziej oddalona; warto spróbować. Tyle że kończyło się paliwo i problem ten wymagał szybkiego rozwiązania; musiałem się nim zająć na najbliższej stacji.

Czyli Pech-Montat. Tablice informacyjne nie wyglądały zbyt zachęcająco: ani restauracji, ani sklepu z produktami regionalnymi – jansenistyczna stacja oferująca wyłącznie paliwo – ale nie dałbym rady dojechać do położonej pięćdziesiąt kilometrów dalej stacji Jardin des Causses du Lot. Pocieszyłem się myślą, że mogę zrobić postój na tankowanie w Pech-Montat oraz postój dla przyjemności w Jardin des Causses du Lot, gdzie kupię foie gras, koziego sera i wina Cahors, które wieczorem skonsumuję w pokoju hotelowym na Costa Brava; projekt wyglądał na przemyślany, sensowny i wykonalny.

Strefa parkingowa Pech-Montat była zupełnie pusta i od razu zdałem sobie sprawę, że coś nie gra; maksymalnie zwolniłem i bardzo ostrożnie, powolutku podjechałem do budynku stacji. Witryna sklepu była rozbita, na asfalcie walało się mnóstwo okruchów szkła. Wysiadłem, podszedłem bliżej i zajrzałem do środka: gablota na zimne napoje też była rozbita, stojaki na prasę przewrócone. Zobaczyłem kasjerkę leżącą na podłodze w kałuży krwi, z ramionami zaciśniętymi na piersi w żałośnie obronnym geście. Panowała absolutna cisza. Podszedłem do dystrybutorów – nie działały. Mechanizm odblokowujący znajdował się prawdopodobnie w pobliżu kas. Wróciłem do sklepu, z pewnym oporem przeszedłem nad zwłokami, ale nie znalazłem żadnej dźwigni, która mogłaby sterować dystrybutorami. Po chwili namysłu wziąłem z półki kanapkę z tuńczykiem i sałatą, piwo bezalkoholowe i przewodnik Michelina.

Najbliższy z rekomendowanych hoteli, Relais du Haut-Quercy, znajdował się w Martel; wystarczyło przejechać około dziesięciu kilometrów drogą departamentalną D840. Kiedy ruszałem w kierunku wyjazdu, zobaczyłem dwa ciała obok parkingu dla ciężarówek. Wysiadłem i podszedłem bliżej; faktycznie, dwóch młodych Arabów – sądząc po ubraniu, typowych mieszkańców przedmieść – leżało na ziemi; najwyraźniej zostali zabici. Utracili mało krwi, ale bez najmniejszych wątpliwości byli martwi; jeden trzymał jeszcze w dłoniach pistolet automatyczny. Co tu się mogło stać? Na wszelki wypadek spróbowałem złapać jakąś stację radiową, ale znowu usłyszałem tylko piski i trzaski.

Kwadrans później dojechałem bez przeszkód do Martel; droga wiodła przez przyjemną, porośniętą drzewami okolicę. Wciąż nie minąłem ani jednego samochodu i zaczynałem się poważnie niepokoić; potem pomyślałem, że ludzie pozamykali się w domach zapewne z tego samego powodu, który mnie skłonił do wyjazdu z Paryża: przeczucia nadchodzącej katastrofy.

Hotel Relais du Haut-Quercy mieścił się w dużym dwupiętrowym budynku z białego wapienia, na skraju miasteczka. Brama otworzyła się ze zgrzytem, przeszedłem przez żwirowany dziedziniec i po schodkach wszedłem do recepcji. Nikogo nie było. Na tablicy za ladą wisiały klucze do pokojów; nie brakowało ani jednego. Kilkakrotnie zawołałem, za każdym razem głośniej, ale bez skutku. Wyszedłem na dwór. Na tyłach budynku znajdował się otoczony krzewami różanymi taras z okrągłymi stolikami i krzesłami z kutego żelaza; prawdopodobnie tutaj podawano śniadania. Ruszyłem obsadzoną kasztanami aleją, po kilkudziesięciu metrach doszedłem do górującej nad okolicą trawiastej esplanady, na której leżaki i parasole czekały na klientów. Przez kilka minut stałem i podziwiałem pagórkowaty, spokojny krajobraz, po czym zawróciłem do hotelu. Kiedy wchodziłem na taras, z budynku wyszła jakaś kobieta, blondynka około czterdziestu lat, w długiej sukni z szarej wełny, ze związanymi włosami. Na mój widok podskoczyła.

– Restauracja jest zamknięta – rzuciła, przyjmując pozycję obronną.

Powiedziałem, że chcę tylko spędzić tu parę dni.

– Nie podajemy śniadań – uprzedziła, zanim z widoczną niechęcią zgodziła się wynająć mi pokój.

Zaprowadziła mnie na pierwsze piętro, otworzyła drzwi pokoju i podała małą karteczkę.

– Bramę zamykamy o dziesiątej; później trzeba wstukać kod – powiedziała i oddaliła się bez dalszych słów.

Kiedy otworzyłem okiennice, okazało się, że pokój jest całkiem przyjemny, z wyjątkiem tapet ze scenami myśliwskimi w kolorystyce spłowiałej purpury. Spróbowałem oglądać telewizję, ale bez skutku: na żadnym kanale nie było sygnału, tylko niewyraźne migotanie pikseli. Internet też nie działał; znalazłem co prawda kilka sieci bezprzewodowych, których nazwa zaczynała się od Bbox lub SFR – prawdopodobnie należących do mieszkańców miasteczka – ale żadna nie kojarzyła się z hotelem Relais du Haut-Quercy. W szufladzie leżał folder z listą turystycznych atrakcji miasteczka i informacjami na temat lokalnej gastronomii, ale o internecie nie było ani słowa. Najwyraźniej łączność internetowa nie należała do głównych trosk gości hotelowych.

Wyjąłem rzeczy z walizki, rozwiesiłem ubrania na wieszakach, podłączyłem czajnik i elektryczną szczoteczkę do zębów, włączyłem komórkę – nie było żadnych wiadomości – i zacząłem się zastanawiać, co ja tutaj właściwie robię. Tak ogólne pytanie może sobie zadać ktokolwiek, gdziekolwiek i w jakimkolwiek momencie życia, ale trzeba przyznać, że samotny podróżny jest na nie narażony szczególnie. Prawdę mówiąc, gdyby Myriam była ze mną, miałbym tyle samo powodów, żeby je sobie zadawać, ale raczej nie przyszłyby mi do głowy. Para ludzi tworzy odrębny świat, zamknięty i autonomiczny, który funkcjonuje w świecie w szerszym tego słowa znaczeniu, tak naprawdę nie mając z nim do czynienia; samotnie, czułem się rozdarty i potrzebowałem pewnej odwagi, żeby wyjść na zwiedzanie miasteczka, wsunąwszy folder do kieszeni kurtki.

Na środku rynku stała ewidentnie stara hala targowa; kompletnie się nie znam na architekturze, ale kamienice z jasnego kamienia otaczające rynek musiały zostać zbudowane kilka wieków temu; widziałem takie rzeczy w telewizji, w programach Stéphane'a Berna; wyglądały tak samo, a nawet lepiej niż w telewizji; jedna była wielka jak pałac, z ostrołukową arkadą i wieżyczkami; podszedłem bliżej i przeczytałem, że nazywa się Hôtel de la Raymondie, została zbudowana w latach tysiąc dwieście osiemdziesiąt–tysiąc trzysta pięćdziesiąt i początkowo należała do wicehrabiów Turenne.

Całe miasteczko zbudowano w podobnym stylu; wędrowałem malowniczymi, pustymi uliczkami, aż doszedłem do masywnego, niemal pozbawionego okien kościoła Saint-Maur, zbudowanego jak twierdza pozwalająca odpierać szturmy niewiernych – podobnie jak wiele innych kościołów w tym regionie, o czym dowiedziałem się z lektury przewodnika.

Przecinająca Martel droga D840 prowadziła do miasteczka Rocamadour, o którym już kiedyś słyszałem; było popularnym kierunkiem turystycznym, z wieloma gwiazdkami w przewodniku Michelina; zacząłem się nawet zastanawiać, czy go kiedyś nie w i d z i a ł e m u Stéphane'a Berna, ale że znajdowało się aż dwadzieścia kilometrów dalej, wybrałem mniejszą, bardziej krętą drogę do Saint-Denis-les-Martel. Po stu metrach natknąłem się na malutką drewnianą budkę, w której sprzedawano bilety na przejazd kolejką wąskotorową wzdłuż doliny Dordogne. Wyglądało to dość interesująco, ale fajniej by było przyjechać tu z kimś, powtarzałem sobie z wisielczym humorem; zresztą w budce i tak nie było nikogo. Myriam od kilku już dni była w Tel Awiwie, na pewno zdążyła dowiedzieć się o zapisy na uniwersytet, może nawet złożyć papiery, a może tylko poszła na plażę, zawsze uwielbiała morze, ale chyba nigdy nie byliśmy razem na wakacjach, nigdy nie potrafiłem się zdecydować, gdzie je spędzić, jaki hotel zarezerwować, więc udawałem, że lubię Paryż w sierpniu, chociaż po prostu nie byłem w stanie z niego wyjechać.

Wzdłuż torów po prawej biegła ścieżka. Po kilometrowym, dość łagodnym podejściu wśród gęsto rosnących drzew dotarłem do pawilonu na szczycie, z tablicą orientacyjną: piktogram mieszkowego aparatu fotograficznego potwierdzał, że znalazłem się w punkcie widokowym.

W dole płynęła Dordogne, obrzeżona wysokimi na pięćdziesiąt metrów wapiennymi urwiskami, w niejasny sposób wypełniając swój geologiczny los. Na tablicy edukacyjnej przeczytałem, że region był zamieszkany od najdawniejszych czasów; człowiek z Cro-Magnon stopniowo wypierał neandertalczyka, który wycofał się aż do Hiszpanii, zanim definitywne wyginął.

Usiadłem na skraju urwiska, bezskutecznie próbując zatonąć w kontemplacji krajobrazu. Po półgodzinie wyjąłem komórkę i wybrałem numer Myriam. Była zaskoczona, ale szczęśliwa, słysząc mój głos. Powiedziała, że wszystko w porządku, mają przyjemne, jasne mieszkanie w centrum; nie, jeszcze się nie zapisała na uniwersytet; a jak ja się czuję? Skłamałem, że dobrze, chociaż bardzo mi jej brak. Kazałem jej obiecać, że jak najszybciej wyśle mi bardzo długiego maila i wszystko opowie, zanim sobie przypomniałem, że chwilowo nie mam internetu.

Nigdy nie znosiłem przesyłania całusów przez telefon, już jako młody chłopak nie potrafiłem się przemóc, więc po czterdziestce wydawało mi się to zwyczajnie śmieszne; tym razem jednak się przełamałem, ale gdy tylko zakończyłem rozmowę, ogarnęła mnie straszliwa samotność; zrozumiałem, że już nigdy nie zdobędę się na odwagę, żeby zadzwonić do Myriam, poczucie bliskości przez telefon było zbyt intensywne, a następująca później pustka zbyt okrutna.

Moje próby zainteresowania się pięknem miejscowej przyrody były najwyraźniej z góry skazane na porażkę; jeszcze przez jakiś czas próbowałem, ale zaczęło się ściemniać, ruszyłem więc w drogę powrotną do Martel. Człowiek z Cro-Magnon polował na mamuty i renifery; człowiek współczesny ma wybór między Auchan a Leclerkiem – oba znajdowały się w Souillac. W samym miasteczku była tylko piekarnia – zamknięta – i kafejka na rynku, która też wyglądała na zamkniętą, na zewnątrz nie wystawiono ani jednego stolika. Ze środka dochodziło jednak słabe światło; pchnąłem drzwi i wszedłem.

Ze czterdziestu mężczyzn w absolutnej ciszy wpatrywało się w telewizor wiszący wysoko na ścianie w głębi sali i oglądało reportaż na BBC News. Nikt nie zareagował na moje wejście. Najwyraźniej byli to miejscowi, prawie sami emeryci, pozostali wyglądali na pracowników fizycznych. Od dawna nie miałem okazji posługiwać się angielskim, komentator mówił szybko, więc prawie nic nie rozumiałem; prawdę mówiąc, reszta widzów nie wyglądała na mocniejszych językowo ode mnie. Sceny filmowane w bardzo różnych miejscach – Miluza, Trappes, Stains, Aurillac – nie budziły większego zainteresowania: opustoszałe sale widowiskowe, przedszkola, sale gimnastyczne… Dopiero kiedy pojawił się Manuel Valls – stojący na trawniku przed Matignon, blady i mizerny w zbyt ostrym świetle – zacząłem rozumieć, co się wydarzyło: wczesnym popołudniem kilkanaście lokali wyborczych we Francji zostało napadniętych przez uzbrojone bandy. Nie było żadnych ofiar, ale ukradziono urny; na razie nikt się nie przyznał do tych akcji. W tej sytuacji rząd nie miał innego wyjścia, jak przerwać wybory. Na wieczór zaplanowano zebranie sztabu kryzysowego, po którym premier miał ogłosić, jakie działania zostaną podjęte przez rząd; na zakończenie dodał dość obojętnym tonem, że prawo Republiki musi wziąć górę.

Poniedziałek, 30 maja

Obudziłem się koło szóstej rano i stwierdziłem, że telewizja znowu działa; sygnał iTélé był dość kiepski, ale BFM całkiem w porządku; wszystkie programy poświęcano oczywiście wydarzeniom poprzedniego dnia. Komentatorzy podkreślali niesłychaną słabość demokratycznych procedur. Ordynacja wyborcza mówiła bowiem jasno: wystarczy, że brakuje wyników z jednego lokalu wyborczego na terytorium Francji, a całe wybory należy uznać za nieważne. Podkreślali również, że po raz pierwszy niewielkie ugrupowanie postanowiło tę słabość wykorzystać. Późnym wieczorem premier oświadczył, że druga tura wyborów zostanie powtórzona w następną niedzielę, ale tym razem wszystkie lokale wyborcze będą chronione przez wojsko.

Jeśli natomiast chodzi o konsekwencje polityczne tych wydarzeń, komentatorzy mieli kompletnie rozbieżne zdania; przez kilka godzin śledziłem ich sprzeczne argumenty, w końcu zszedłem z książką do ogrodu. W czasach Huysmansa konfliktów politycznych nie brakowało: pierwsze zamachy terrorystyczne anarchistów, antyklerykalna polityka rządu „ojczulka Combesa", której zawziętość wydawała się w obecnych czasach niesłychana, jako że ówczesny rząd posunął się aż do konfiskaty dóbr kościelnych i rozwiązania bractw religijnych. Ta ostatnia sprawa dotknęła Huysmansa osobiście, gdyż zmusiła go do opuszczenia opactwa Ligugé, w którym znalazł schronienie; w jego twórczości zajęła jednak miejsce marginalne, najwyraźniej wszystkie zagadnienia polityczne pozostawiały go obojętnym.

Zawsze lubiłem ten rozdział *Na wspak*, w którym diuk des Esseintes, zaplanowawszy pod wpływem lektury Dickensa podróż do Londynu, utyka w tawernie na ulicy Amsterdam i nie może się ruszyć od stołu. „Bezmierna awersja do podróży, przemożna potrzeba niezmąconego spokoju jęły osaczać go z natarczywością wzrastającą, coraz bezwzględniejszą"*. Mnie przynajmniej udało się wyjechać z Paryża i dotrzeć do departamentu Lot, pomyślałem, przyglądając się gałęziom kasztanów, delikatnie poruszanym przez wiatr. Wiedziałem, że dokonałem najtrudniejszego; samotny podróżnik przede wszystkim wzbudza nieufność, nawet wrogość, ale stopniowo i hotelarze, i restauratorzy przywykają, dochodzą do wniosku, że mają do czynienia z nieszkodliwym dziwakiem.

I rzeczywiście, kiedy wczesnym popołudniem wróciłem do hotelu, właścicielka przywitała mnie dość ciepło i oznajmiła, że wieczorem restauracja będzie otwarta. Pojawili się nowi goście, jakaś angielska para sześćdziesięciolatków; on wyglądał na intelektualistę, może nawet wykładowcę

---

* Przeł. Julian Rogoziński, Czytelnik 1976.

akademickiego; na takiego, co bez wytchnienia zwiedza położone najbardziej na uboczu kaplice i jest nie do zagięcia
w temacie zabytków sztuki romańskiej w okolicy Quercy czy
wpływu szkoły z Moissac; z takimi ludźmi nie ma najmniejszych problemów.

Zarówno íTélé, jak i BFM przez cały czas analizowały polityczne konsekwencje powtarzania drugiej tury wyborów
prezydenckich. Zebrało się biuro polityczne Partii Socjalistycznej, biuro polityczne Bractwa Muzułmańskiego również;
nawet biuro polityczne Unii na rzecz Ruchu Ludowego uzna-
ło za stosowne, żeby się zebrać. Dziennikarze, na okrągło na-
dający transmisje równoległe spod siedzib poszczególnych
partii na ulicach Solférino, Vaugirard i na bulwarze Males-
herbes, dość zręcznie potrafili ukryć fakt, że nie dysponują
żadną konkretną informacją.

Koło siedemnastej znowu wyszedłem z hotelu; życie
w miasteczku z wolna wracało do normy, piekarnia była
otwarta, po rynku spacerowali ludzie; wyglądali z grubsza
tak, jak mógłbym sobie wyobrazić mieszkańców małego miasteczka w departamencie Lot. W Café des Sports ruch był
niewielki, a zainteresowanie sytuacją polityczną najwyraźniej spadło do zera: telewizor w głębi sali przełączono na
Télé Monte-Carlo. Kończyłem właśnie piwo, kiedy usłyszałem znajomy głos. Odwróciłem się; Alain Tanneur stał przy
kasie i płacił za pudełko cygaretek Café Crème; pod pachą
trzymał papierową torbę, z której wystawała bagietka. Małżonek Marie-Françoise odwrócił się w moją stronę, na jego
twarzy pojawił się wyraz zaskoczenia.

Przy kolejnym piwie wyjaśniłem mu, że znalazłem się tutaj przypadkiem, i opowiedziałem, jaki widok zastałem na stacji Pech-Montat. Słuchał uważnie, bez szczególnego zdziwienia.

– Spodziewałem się czegoś w tym rodzaju – powiedział, gdy zakończyłem opowieść. – Przypuszczałem, że poza atakami na lokale wyborcze miały miejsce jakieś zamieszki, o których media nie informowały. Na pewno takich incydentów było znacznie więcej w całej Francji.

Jego obecność w Martel nie była dziełem przypadku – miał tutaj dom, który kiedyś należał do jego rodziców; stąd pochodził i tutaj zamierzał spędzić zbliżającą się szybkimi krokami emeryturę. Jeśli kandydat muzułmański wygra, Marie-Françoise nie wróci już na wydział; było absolutnie wykluczone, aby jakakolwiek kobieta nauczała na islamskim uniwersytecie. A jego stanowisko w DGSI?

– Zostałem zwolniony z obowiązku świadczenia pracy – prychnął z ledwo ukrywaną złością. – W piątek rano. I ja, i cały mój zespół. Wszystko odbyło się w wielkim pośpiechu, dali nam dwie godziny na opuszczenie pokojów.

– A zna pan przyczynę?

– No jasne! Oczywiście, że znam. W czwartek wysłałem notatkę do swoich przełożonych z ostrzeżeniem, że w różnych punktach kraju można się spodziewać incydentów mających przeszkodzić w normalnym przebiegu wyborów. Nie zrobili kompletnie nic, a następnego dnia zwolnili mnie z obowiązku świadczenia pracy. – Dał mi chwilę na przetrawienie tych informacji, po czym dodał: – No więc, jakie pańskim zdaniem można z tego wyciągnąć wnioski?

– Sugeruje pan, że rząd c h c i a ł, by wybory zostały przerwane?

Pokiwał głową.

– Przed komisją śledczą nie mógłbym tego udowodnić… W mojej notatce nie było żadnych szczegółów. Na przykład, czytając raporty naszych informatorów, nabrałem przekonania, że coś się będzie działo w Miluzie – albo w samym mieście, albo w aglomeracji – chociaż nie potrafiłem powiedzieć, czy będzie to w lokalu wyborczym Miluza 2, Miluza 5, czy Miluza 8. Ochrona wszystkich lokali wymagałaby bardzo dużych środków; sytuacja była identyczna we wszystkich zagrożonych miejscach. Moi przełożeni chyba woleli uznać, że nie po raz pierwszy DGSI zostałaby oskarżona o przesadną ostrożność, krótko mówiąc, doszli do wniosku, że ryzyko jest do przyjęcia. Ale powtarzam: moja opinia jest diametralnie odmienna.

– Wie pan, kto był inicjatorem tych incydentów?

– Dokładnie ci, których może sobie pan wyobrazić.

– Identytaryści?

– W pewnym stopniu tak. Ale również młodzi dżihadyści. Mniej więcej w równym stopniu.

– Czy pańskim zdaniem mają jakieś powiązania z Bractwem Muzułmańskim?

– Nie. – Z przekonaniem pokręcił głową. – Piętnaście lat spędziłem, próbując to prześledzić; żadna więź nie została nigdy stwierdzona, nie znaleziono najmniejszego kontaktu. Dżihadyści to zdemoralizowani salafici, którzy zamiast kaznodziejstwa wybrali przemoc, ale nadal są salafitami; dla nich Francja to kraj bezbożny, *dar al-kufr*; natomiast według

Bractwa Muzułmańskiego Francja potencjalnie należy do *dar al-islam*. Jednak, co najważniejsze, według salafitów wszelka władza pochodzi od Boga, a sama zasada systemu przedstawicielskiego jest bezbożna; nigdy by nawet nie pomyśleli o zakładaniu czy wspieraniu jakiejś partii politycznej. Z drugiej strony, mimo fascynacji światowym dżihadem, młodzi ekstremiści muzułmańscy w głębi duszy pragną zwycięstwa Ben Abbesa; nie wierzą w jego zwycięstwo, uważają dżihad za jedyną drogę, ale nie będą mu przeszkadzać. To samo można powiedzieć o relacji między identytarystami a Frontem Narodowym. Według identytarystów jedyną słuszną drogą jest wojna domowa, jednak niektórzy z nich, zanim się zradykalizowali, byli blisko Frontu i nie zrobią niczego, co mogłoby mu zaszkodzić. Zarówno Front, jak i Bractwo od chwili swego powstania wybrały drogę walki przy urnach wyborczych; założyły, że mogą zdobyć władzę w ramach reguł demokratycznych. Co ciekawe – a nawet, rzec można, zabawne – kilka dni temu zarówno europejscy identytaryści, jak i muzułmańscy dżihadyści uznali niezależnie od siebie, że wygra obóz przeciwny, więc nie mają innego wyjścia, jak przerwać procedurę wyborczą.

– A pańskim zdaniem kto z nich ma rację?

– Nie mam pojęcia. – Po raz pierwszy rozluźnił się i szeroko uśmiechnął. – Z czasów dawnych służb wywiadowczych pochodzi legenda, według której służby mają dostęp do jakichś poufnych, nigdy niepublikowanych sondaży. To lekka dziecinada... Ale jest w niej ziarno prawdy i w pewnym stopniu ta tradycja nadal istnieje. Otóż wszystkie tajne sondaże dawały takie same wyniki jak oficjalne: do samego końca walka będzie się toczyła łeb w łeb, różnica wyniesie zaledwie kilka dziesiętnych procenta.

Zamówiłem jeszcze dwa piwa.

– Niech pan wpadnie do nas na kolację – powiedział Tanneur. – Marie-Françoise się ucieszy. Wiem, że konieczność opuszczenia uniwersytetu bardzo ją martwi. Mnie jest wszystko jedno, i tak za dwa lata miałem przejść na emeryturę… Końcówka jest rzeczywiście trochę nieprzyjemna, ale na emeryturze będę dostawać sto procent swojej ostatniej pensji i zapewne otrzymam solidną odprawę; moim zdaniem zrobią wszystko, żebym im nie stwarzał problemów.

Kelner przyniósł nasze piwa i miseczkę oliwek; teraz w kafejce było trochę więcej ludzi; mówili bardzo głośno i najwyraźniej wszyscy się znali; przechodząc obok naszego stolika, niektórzy witali się z Tanneurem. W zadumie przegryzłem dwie oliwki; coś mi jednak w przebiegu wydarzeń umykało; w końcu uznałem, że mogę mu o tym powiedzieć, może zna odpowiedź, wyglądało na to, że na różne tematy ma wyrobione zdanie; żałowałem, że dotychczas śledziłem życie polityczne tylko w sposób dorywczy i powierzchowny.

– Czegoś nie rozumiem… – Wypiłem łyk piwa. – O co chodziło tym, którzy się włamali do lokali wyborczych? Przecież wybory i tak się odbędą, za tydzień, pod ochroną wojska; stosunek sił pozostaje bez zmian, a wynik nadal jest niepewny. Chyba że odpowiedzialnością za incydenty udałoby się obarczyć identytarystów, na czym skorzystałoby Bractwo Muzułmańskie, lub muzułmanów, a wtedy skorzystałby Front Narodowy.

– Nie, to mogę powiedzieć z całą pewnością: niczego nie da się udowodnić, w żadną stronę, zresztą nikt nawet nie będzie próbować. Natomiast politycznie będzie się sporo działo, i to bardzo niedługo, prawdopodobnie od jutra. Pierwsza hipoteza: Unia na rzecz Ruchu Ludowego postanowi zawrzeć przymierze wyborcze z Frontem Narodowym. Unia już się nie liczy, spada w niebyt, ale może jeszcze spełnić rolę języczka u wagi i zadecydować o wyniku.

– No nie wiem, jakoś nie wierzę; gdyby miało się to zdarzyć, już by się zdarzyło, i to wiele lat temu.

– Ma pan absolutną rację! – krzyknął z szerokim uśmiechem. – Na początku Front był gotowy na wszystko, żeby zawrzeć sojusz z Unią i dołączyć do rządzącej większości; potem zaczął rosnąć w sondażach, a wtedy na Unię padł blady strach. Nie z powodu populizmu Frontu czy jego domniemanego faszyzmu – kierownictwo Unii nie widziałoby niczego złego w podjęciu jakichś działań ksenofobicznych lub zaostrzających środki bezpieczeństwa, które zresztą są masowo popierane przez jej elektorat czy co tam z niego zostało – ale dlatego, że obecnie Unia byłaby zdecydowanie słabszą partią tej koalicji; boją się, że gdyby zawarli taki sojusz, zostaliby przez swojego partnera unicestwieni, wchłonięci. No i jest kwestia Europy, która ma zasadnicze znaczenie. Najważniejszy punkt programu Unii, podobnie jak Partii Socjalistycznej, dotyczy wejścia Francji w struktury sfederalizowanej Europy. Oczywiście wyborcy Unii nie popierają tego celu, ale liderom od lat udaje się unikać tematu. Gdyby zawarli koalicję z partią otwarcie antyeuropejską, nie mogliby nadal do tego dążyć, a koalicja szybko by się rozpadła. Dlatego bardziej wierzę w drugą hipotezę: powstanie frontu republikańskiego, w którego ramach Unia na rzecz Ruchu Ludowego i Partia Socjalistyczna razem poprą kandydaturę Ben Abbesa – oczywiście pod warunkiem otrzymania wystarczającego udziału w rządzie i zawarcia porozumienia dotyczącego najbliższych wyborów parlamentarnych.

– To również wydaje mi się trudne, a w każdym razie zaskakujące.

– I znowu ma pan rację! – Uśmiechnął się i zatarł ręce, jakby cała ta sytuacja niesłychanie go bawiła. – Owszem, to jest trudne, ale z innego powodu: to jest trudne właśnie d l a t e g o, że jest zaskakujące, dlatego, że coś takiego nigdy się nie wydarzyło, przynajmniej od zakończenia wojny. Od tak dawna opozycja lewica – prawica stanowi podstawę gry politycznej we Francji, że już nie widzimy możliwości zmiany. A przecież w rzeczywistości wcale nie jest to takie trudne; różnica między Unią a Bractwem jest znacznie mniejsza niż między Unią a socjalistami. O ile pamiętam, rozmawialiśmy o tym podczas naszego pierwszego spotkania: jeśli Partia Socjalistyczna w końcu doszła z Bractwem Muzułmańskim do porozumienia i zgodziła się oddać mu Ministerstwo Edukacji, jeśli jej skrzydło antyrasistowskie zdołało wygrać ze skrzydłem laickim, to jedynie dlatego, że stała pod ścianą. Sprawa będzie znacznie łatwiejsza dla Unii, która jest jeszcze bliżej dezintegracji, a do edukacji nigdy nie przywiązywała najmniejszej wagi – ba! – samo zagadnienie edukacji uważała za niemal obce. Tyle że Unia i socjaliści muszą przywyknąć do myśli, że będą razem sprawować rządy, a to dla nich absolutna nowość, dokładne przeciwieństwo tego, co od chwili ich pojawienia się na scenie politycznej stanowiło podstawę zajmowanego przez nich stanowiska. Istnieje oczywiście trzecia opcja, że nic się nie stanie, nie dojdzie do żadnego porozumienia, a druga tura będzie rozgrywana w tym samym układzie, z równie nieprzewidywalnym wynikiem. W pewnym sensie ta hipoteza jest najprawdopodobniejsza, ale również najbardziej niepokojąca. Po pierwsze, nigdy jeszcze w historii Piątej Republiki ostateczny wynik wyborczy nie był tak niepewny; po drugie, co jeszcze ważniejsze, żadne z ugrupowań, które pozostały w wyścigu, nie ma najmniejszego doświadczenia w sprawowaniu rządów ani w skali krajowej, ani nawet lokalnej; w polityce oba są kompletnymi amatorami.

Dopił piwo, patrząc na mnie wzrokiem błyszczącym inteligencją. W koszulce polo i marynarce w kratę Prince de Galles wyglądał na dobrodusznego, bystrego i pozbawionego złudzeń starszego pana; prawdopodobnie prenumerował książki z kolekcji Historia; oczami wyobraźni widziałem oprawione tomy Historii w biblioteczce naprzeciw kominka, obok bardziej specjalistycznych dzieł typu *Kulisy francuskiej polityki w Afryce* lub *Historia francuskich służb specjalnych po drugiej wojnie światowej*; zapewne autorzy tych prac zwracali się do niego z prośbą o konsultację lub wkrótce zawitają z podobną prośbą do jego azylu w Quercy; w pewnych sprawach był zobowiązany do milczenia, o innych mógł się swobodnie wypowiadać.

– Czyli jak, jutro wieczorem? – zapytał, skinąwszy na kelnera po rachunek. – Przyjadę po pana do hotelu, Marie--Françoise na pewno będzie zachwycona.

Nad rynkiem zapadał zmrok, zachodzące słońce rzucało płowe blaski na fasady z jasnego kamienia; staliśmy przed Hôtel de la Raymondie.

– To stare miasteczko, prawda? – zapytałem.

– Bardzo stare. A nazwy Martel nie zawdzięcza przypadkowi... Jak wiadomo, w siedemset trzydziestym drugim roku Charles Martel pobił pod Poitiers Arabów, czym powstrzymał ekspansję muzułmanów w kierunku północnym. Była to bitwa o decydującym znaczeniu, faktyczny początek średniowiecznego chrześcijaństwa. Jednak sytuacja nie była aż tak jasna, najeźdźcy nie wycofali się od razu, a Charles Martel jeszcze przez jakiś czas walczył z nimi w Akwitanii. W siedemset trzydziestym trzecim odniósł kolejne zwycięstwo, niedaleko stąd, i na pamiątkę postanowił ufundować kościół, na którym umieścił swój herb, trzy skrzyżowane młoty. Wokół kościoła powstała osada, wkrótce zniszczona, w czternastym wieku odbudowana. Chrześcijaństwo i islam stoczyły wiele bitew, walka zawsze była jednym z ważniejszych zajęć człowieka; jak mawiał Napoleon, wojna leży w j e g o n a t u r z e. Sądzę jednak, że nadszedł czas, kiedy z islamem trzeba się ułożyć, sprzymierzyć.

Na pożegnanie podałem mu rękę. Trochę przesadzał w swojej roli weterana służb specjalnych, mędrca na emeryturze i temu podobne, ale w końcu zwolnienie go z obowiązku świadczenia pracy było stosunkowo świeże; łatwo zrozumieć, że potrzebował czasu, aby przywyknąć do nowej sytuacji. W każdym razie byłem zachwycony, że zaprosił mnie do siebie; na pewno porto będzie znakomite, a i jakość kolacji nie budziła moich wątpliwości; nie wyglądał na faceta lekceważącego kwestie gastronomiczne.

– Niech pan jutro ogląda telewizję i obserwuje rozwój wydarzeń – powiedział przed samym odejściem. – Idę o zakład, że coś się będzie działo.

Wtorek, 31 maja

Informacja wystrzeliła parę minut po czternastej: Unia na rzecz Ruchu Ludowego, Unia Demokratów i Niezależnych oraz Partia Socjalistyczna uzgodniły warunki umowy koalicyjnej w ramach s z e r o k i e g o f r o n t u r e p u b l i k a ń-s k i e g o i poparły kandydata Bractwa Muzułmańskiego. Podnieceni dziennikarze kanałów informacyjnych przez całe popołudnie usiłowali dowiedzieć się czegoś więcej o warunkach umowy i podziale ministerstw, za każdym razem otrzymując tę samą odpowiedź o marności politykierskich dywagacji, potrzebie jedności narodowej, konieczności opatrzenia ran podzielonego kraju i temu podobne komunały. Wszystko to było oczywiście łatwe do przewidzenia, w przeciwieństwie do powrotu do pierwszoplanowej roli na scenie politycznej François Bayrou. Przyjął on miejsce w d r u ż y n i e Mohammeda Ben Abbesa, który w razie zwycięstwa obiecał mu stanowisko premiera.

Stary wyjadacz z Béarn, przegrany praktycznie we wszystkich wyborach, w których startował w ciągu ostatnich trzydziestu lat, przy współudziale prasy kolorowej podtrzymywał swój w z n i o s ł y wizerunek, regularnie pozwalając się fotografować w pozach wypisz wymaluj jak z reklam tradycyjnych wyrobów wędliniarskich, wsparty na kiju pasterskim, wśród łąk i pól uprawnych prowincji Labourd. W rozlicznych wywiadach starał się sprawiać wrażenie c z ł o w i e k a, k t ó r y   p o w i e d z i a ł   n i e według starej tradycji gaullistowskiej.

– Bayrou, absolutnie genialny pomysł! – wykrzyknął na mój widok Alain Tanneur, dosłownie dygocąc z entuzjazmu. – Muszę przyznać, że nigdy bym na to nie wpadł; ten Ben Abbes naprawdę ma głowę nie od parady…

Marie-Françoise przyjęła mnie z szerokim uśmiechem; najwyraźniej była w formie i wyglądała na zadowoloną z mojej wizyty. Patrząc, jak się krząta po kuchni, w fartuszku z humorystycznym haftem „Nie strzelajcie do gospodyni: stara się jak może", trudno było sobie wyobrazić, że parę dni wcześniej prowadziła seminarium doktoranckie na temat szczególnych okoliczności, w jakich Balzac robił korektę swojej powieści *Béatrix*. Do aperitifu podała paszteciki z gęsią szyją i szalotkami – przepyszne. Jej mąż, strasznie podekscytowany, otworzył kolejno butelki Cahors'a i Sauternes'a, zanim sobie przypomniał, że bezwzględnie powinienem spróbować jego porto. Na razie nie miałem pojęcia, co było tak g e n i a l n e g o w ponownym sprowadzeniu François Bayrou na scenę polityczną, ale byłem przekonany, że Tanneur nie omieszka rozwinąć swojej koncepcji. Marie-Françoise spoglądała na niego z czułością i widoczną ulgą, że tak dobrze przyjął zwolnienie z obowiązku świadczenia pracy, nadzwyczaj łatwo wchodząc w swoją nową rolę k a w i a r n i a n e g o   s t r a t e g a,

którą będzie mógł zgrabnie odgrywać przed merem, dokto-
rem, notariuszem i całą resztą miejscowych notabli, na prowincji nadal zajmujących niezwykle silną pozycję, wobec
których pozostanie na zawsze opromieniony chwałą kariery
w służbach specjalnych. Nie da się ukryć, że emerytura małżeństwa Tanneurów rozpoczynała się pod bardzo dobrymi
auspicjami.

– Co jest niezwykłe u Bayrou i czyni go niezastąpionym –
ciągnął entuzjastycznie Tanneur – to jego doskonała głupota;
jego projekty polityczne zawsze ograniczały się do marzenia,
aby za wszelką cenę zdobyć n a j w y ż s z e   s t a n o w i s k o
w   p a ń s t w i e, jak to się mówi; nigdy nie miał jakichkolwiek własnych poglądów, ani nie udawał, że je ma, co mimo
wszystko jest zjawiskiem dość rzadkim. To z niego czyni ide-
alnego polityka ucieleśniającego ideę humanizmu, zwłaszcza
że uważa się za kogoś w rodzaju Henryka IV i wielkiego roz-
jemcę w sporze między religiami; nie bez powodu jest znakomicie postrzegany przez elektorat katolicki, któremu jego
głupota poprawia samopoczucie. Tego właśnie potrzeba Ben
Abbesowi, który przede wszystkim pragnie ucieleśniać nowy
humanizm, przedstawiać islam jako najwyższą formę nowego humanizmu, jednoczącego ludzi, a przy tym jest absolutnie szczery, kiedy głosi swój szacunek dla trzech religii
Księgi.

Marie-Françoise zaprosiła nas do stołu; na przystawkę
przyrządziła sałatkę z bobu i mlecza z tartym parmezanem.
Sałatka była tak wyśmienita, że na chwilę przestałem śledzić
tok rozumowania jej męża.

– Choć we Francji katolicy praktycznie zniknęli – ciągnął – nadal im się wydaje, że sprawują rząd dusz; w każdym razie Ben Abbes od początku robił wszystko, żeby sobie zaskarbić ich przychylność: w zeszłym roku co najmniej trzy razy pojechał z wizytą do Watykanu. Chociaż ze względu na swoje korzenie uchodzi za przedstawiciela Trzeciego Świata, potrafił wzbudzić zaufanie elektoratu konserwatywnego. W przeciwieństwie do swojego dawnego rywala, Tariqa Ramadana, którego obciążały związki z trockistami, Ben Abbes zawsze unikał wszelkich kontaktów z antykapitalistyczną lewicą, świetnie rozumiejąc, że liberalna prawica wygrała w o j n ę i d e o l o g i c z n ą, młodzi ludzie nabrali ducha p r z e d s i ę - b i o r c z o ś c i, a nieunikniony charakter gospodarki rynkowej został powszechnie uznany. Ale prawdziwy geniusz muzułmańskiego kandydata ujawnił się, kiedy zdał on sobie sprawę, że wybory nie rozegrają się wokół gospodarki, tylko wartości, że tutaj prawica również wygra wojnę ideologiczną, i to bez żadnej walki. O ile Ramadan przedstawiał szariat jako opcję nowatorską, wręcz rewolucyjną, o tyle Ben Abbes ukazuje jego kojące, tradycyjne wartości ze szczyptą egzotyki, która sprawia, że stają się jeszcze bardziej godne pożądania. Jeśli chodzi o odnowę rodziny, tradycyjnej moralności i w domyśle patriarchatu, droga stoi przed nim otworem; drogą tą nie może pójść ani prawica, ani Front Narodowy, które natychmiast zostałyby okrzyknięte ugrupowaniami reakcyjnymi, zgoła faszystowskimi, przez pogrobowców Maja '68, przez zdychające mumie ideologii postępowej, społecznie martwe, ale przyczajone w medialnych bastionach, skąd nadal są w stanie lamentować nad naszą nieszczęsną epoką i przyprawiającą o mdłości atmosferą, która rozlewa się po całym kraju; tylko jemu, Ben Abbesowi, takie niebezpieczeństwo nie grozi. Zmartwiała w swoim pierwotnym antyrasizmie lewica od samego początku nie potrafiła go zwalczać ani nawet wymieniać jego imienia.

Jako danie główne Marie-Françoise podała konfitowaną golonkę jagnięcą z zasmażanymi ziemniaczkami, a ja coraz bardziej traciłem wątek.

– Przecież to muzułmanin… – zaoponowałem z lekka niepewnie.

– Owszem, no i co z tego? – Patrzył na mnie rozpromienionym wzrokiem. – Muzułmanin, ale umiarkowany, i to jest punkt najważniejszy; on sam nieustannie to podkreśla i jest to prawda. Grubym błędem byłoby widzieć w nim taliba lub terrorystę; dla tego typu ludzi zawsze żywił głęboką pogardę. Kiedy o nich pisał w listach do redakcji publikowanych w „Le Monde", spoza czytelnego potępienia moralnego wyzierała właśnie pogarda; w głębi duszy Ben Abbes uważa terrorystów za amatorów. W rzeczywistości jest on niesłychanie zręcznym politykiem, zapewne najzręczniejszym i najbardziej przebiegłym, jakiego mieliśmy we Francji od czasu François Mitteranda; tyle że – w przeciwieństwie do Mitteranda – jest politykiem z autentyczną wizją historyczną.

– Krótko mówiąc, pańskim zdaniem katolicy nie mają się czego obawiać.

– Nie tylko nie mają się czego obawiać, ale wręcz mogą wiele oczekiwać! Widzi pan… – Uśmiechnął się przepraszająco. –

Od dziesięciu lat studiuję przypadek Ben Abbesa i mogę bez cienia przesady powiedzieć, że mało kto we Francji zna go równie dobrze jak ja. Praktycznie całe życie zawodowe poświęciłem nadzorowaniu ruchów islamistycznych. Pierwsza sprawa, nad którą pracowałem – jako bardzo młody człowiek, jeszcze nie skończyłem studiów w wyższej szkole policji w Saint-Cyr-au-Mont-d'Or – to zamachy w Paryżu z tysiąc dziewięćset osiemdziesiątego szóstego, które jak się okazało, były inspirowane przez Hezbollah, a pośrednio przez Iran. Potem pojawili się Algierczycy, Kosowianie, ruchy mniej lub bardziej powiązane z Al-Kaidą, samotne wilki... I tak bez końca, w tej czy innej formie. Siłą rzeczy, gdy powstało Bractwo Muzułmańskie, od razu się znalazło na naszym celowniku. Wiele lat nam zajęło, zanim się przekonaliśmy, że niezwykle ambitny projekt Ben Abbesa nie ma nic wspólnego z islamskim fundamentalizmem. W środowisku ultraprawicy krążył pogląd, że gdy muzułmanie dojdą do władzy, chrześcijanie zostaną sprowadzeni do roli *dhimmi*, obywateli drugiej kategorii. Pojęcie *dhimmi* należy faktycznie do podstawowych pojęć islamu, ale w praktyce ich status jest bardzo elastyczny. Islam ma ogromny zasięg terytorialny; sposób jego praktykowania w Arabii Saudyjskiej jest zupełnie odmienny od tego, co można zobaczyć w Indonezji lub Maroku. Jeśli chodzi o Francję, jestem absolutnie przekonany, a nawet gotów się założyć, że nie tylko nie będą stawiane żadne przeszkody wobec religii chrześcijańskiej, ale subwencje udzielane katolickim stowarzyszeniom i dotacje na utrzymanie budynków kościelnych zostaną wręcz zwiększone; mogą sobie na to pozwolić, skoro dotacje dla meczetów ze strony monarchii petrodolarowych i tak będą znacznie wyższe. Zresztą prawdziwym wrogiem muzułmanów, którego boją się i nienawidzą bardziej niż czegokolwiek innego, nie jest katolicyzm, tylko laicyzm, państwo świeckie, ateistyczny materializm. Dla nich katolicy należą do wierzących, katolicyzm jest jedną z religii Księgi; chodzi jedynie o to, żeby katolików przekonać do zrobienia kolejnego kroku, czyli konwersji na islam: oto prawdziwa, pierwotna wizja świata chrześcijańskiego w oczach muzułmanów.

– A żydzi?

Pytanie samo mi się wymknęło, nie miałem zamiaru go zadawać. Mignął mi przed oczami obraz Myriam leżącej w T-shircie na moim łóżku, nasz ostatni poranek, obraz jej okrągłych, jędrnych pośladków; nalałem sobie duży kieliszek Cahors'a.

– Hm… – Znowu się uśmiechnął. – Z żydami sprawa jest nieco bardziej złożona. Zasadniczo obowiązuje ta sama teoria, judaizm jest również religią Księgi, Abraham i Mojżesz są przez islam uznawani za proroków, tyle że w praktyce w krajach muzułmańskich stosunki z żydami były często trudniejsze niż z chrześcijanami; no i oczywiście kwestia palestyńska mocno zaogniła sytuację. Niektóre odłamy mniejszościowe w łonie Bractwa Muzułmańskiego chciałyby podjąć działania odwetowe wobec żydów; sądzę jednak, że nie mają one najmniejszej szansy na wygraną. Ben Abbes zawsze starał się utrzymywać poprawne stosunki z wielkim rabinem Francji, może się jednak zdarzyć, że od czasu do czasu popuści wędzidła swoim ekstremistom; o ile bowiem liczy na masowe nawrócenia wśród chrześcijan – a nic nie wskazuje, że to niemożliwe – o tyle nie sądzę, aby miał jakiekolwiek złudzenia w tej kwestii wobec żydów. Przypuszczam, że w głębi duszy ma nadzieję, iż sami z siebie postanowią opuścić Francję i wyjechać do Izraela. Mogę w każdym razie zapewnić, że nie ma najmniejszego zamiaru poświęcać swoich ambicji osobistych – a są one ogromne – dla pięknych oczu narodu palestyńskiego. Zadziwiająco mało ludzi czytało teksty, które Ben Abbes pisał na początku swojej kariery; faktem jest, że były one publikowane w jakichś nikomu nieznanych czasopismach poświęconych geopolityce. Jego głównym punktem odniesienia – co widać na pierwszy rzut oka – jest Cesarstwo Rzymskie, a konstrukcja europejska to dla niego jedynie środek do realizacji tego historycznego celu. Główna oś polityki zagranicznej będzie polegać na przesunięciu środka ciężkości Europy w kierunku południowym; istnieją już organizacje, które zmierzają do tego celu, na przykład Unia na rzecz Regionu Morza Śródziemnego. Pierwszymi krajami, które dołączą do Europy, będą na pewno Turcja i Maroko, w drugiej kolejności Tunezja i Algieria. W dalszej perspektywie czeka Egipt – dużo większy kawałek do łyknięcia, ale mający znaczenie decydujące. Jednocześnie należy się spodziewać, że instytucje europejskie – które można różnie określić, ale na pewno nie jako demokratyczne – będą ewoluować w kierunku zwiększenia roli konsultacji społecznych; logiczną konsekwencją powinny być wybory powszechne na urząd prezydenta Europy. W tym kontekście wejście do Europy krajów licznie zaludnionych i z wysoką dynamiką wzrostu demograficznego, takich jak Turcja czy Egipt, może odegrać niesłychanie istotną rolę. Jestem głęboko przekonany, że prawdziwa ambicja Ben Abbesa to stanowisko pierwszego pochodzącego z wyboru prezydenta Europy, i to Europy rozszerzonej o kraje leżące w basenie Morza Śródziemnego. Trzeba pamiętać, że Ben Abbes ma dopiero czterdzieści trzy lata, nawet jeśli, chcąc uspokoić wyborców, stara się wyglądać na więcej: zapuścił brzuszek i odmawia farbowania włosów. W pewnym sensie Bat Ye'or ma rację ze swoją obsesją na punkcie spisku Eurabii, lecz myli się na całej linii, kiedy zakłada, że struktura euro-śródziemnomorska będzie zajmować niższą pozycję niż monarchie Zatoki Perskiej; Europa będzie jedną z pierwszych potęg gospodarczych świata i z każdym będzie mogła rozmawiać jak równy z równym. W tej chwili toczy się dziwna gra z Arabią Saudyjską i pozostałymi monarchiami petrodolarowymi: Ben Abbes jest gotów bez skrupułów korzystać z ich pieniędzy, ale nie ma zamiaru godzić się na jakąkolwiek rezygnację z suwerenności. W jakimś sensie jest kontynuatorem de Gaulle'a, którego celem była wielka polityka arabska Francji, i zapewniam pana, że w jej realizacji nie brak mu sprzymierzeńców, włącznie zresztą z monarchiami Zatoki Perskiej, które naginając się do stanowiska amerykańskiego, muszą połknąć niejedną żabę, permanentnie stawiają się w złym świetle wobec arabskiej opinii publicznej i zadają sobie w końcu pytanie, czy taki sprzymierzeniec jak Europa, mniej organicznie związany z Izraelem, nie stanowiłby przypadkiem lepszej opcji.

Zamilkł; mówił bez przerwy przez bite pół godziny. Zastanawiałem się, czy na emeryturze ma zamiar napisać książkę, przelać swoje poglądy na papier. Jego wywód wydał mi się ciekawy; byłby też oczywiście taki dla ludzi, którzy się interesują historią. Marie-Françoise podała deser, tartę jabłkowo-orzechową. Już od dawna tak dobrze nie zjadłem. Po kolacji mieliśmy przejść do salonu na kieliszek armaniaku, co też uczyniliśmy. Lekko ogłuszony alkoholem, przyglądając się lśniącej czaszce byłego szpiega i jego bonżurce w szkocką kratę, zastanawiałem się, co tak naprawdę, w głębi duszy, myśli. Co może myśleć człowiek, który całe swoje życie poświęcił badaniu k u l i s g r y? Pewnie nic i podejrzewałem, że nawet nie chodzi głosować: zbyt wiele wie.

– Jeśli wstąpiłem do francuskich służb specjalnych – podjął spokojniejszym tonem – to oczywiście dlatego, że jako dziecko byłem zafascynowany szpiegowskimi opowieściami, ale również dlatego, że po ojcu odziedziczyłem patriotyzm, który wywierał na mnie ogromne wrażenie. Ojciec urodził się w tysiąc dziewięćset dwudziestym drugim, ma pan pojęcie! Równo sto lat temu... Do Ruchu Oporu wstąpił pod koniec czerwca czterdziestego roku, czyli praktycznie na początku jego istnienia. Już wówczas patriotyzm był we Francji nieco lekceważony – narodził się pod Valmy w tysiąc siedemset dziewięćdziesiątym drugim, a zaczął umierać w okopach pod Verdun w tysiąc dziewięćset siedemnastym. Trochę ponad sto lat, w gruncie rzeczy niewiele. A dzisiaj kto jeszcze wierzy w patriotyzm? Front Narodowy udaje, że wierzy, ale jego wiara wygląda strasznie niepewnie, wręcz rozpaczliwie;

pozostałe partie otwarcie poszły na pełną integrację Francji w ramach Unii Europejskiej. Ben Abbes także wierzy w Europę, nawet bardziej niż cała reszta, ale jego pomysł na Europę jest inny: to autentyczny projekt cywilizacyjny. Jego idealny wzór to cesarz August, i nie jest to wzór kiepski. Zachowały się mowy Augusta wygłaszane w Senacie; jestem pewien, że Ben Abbes przeczytał je bardzo uważnie.

Zamilkł na chwilę, po czym dodał, coraz bardziej pogrążając się w zadumie:

– Mogłaby to być naprawdę wielka cywilizacja... Zna pan Rocamadour?

Pytanie padło znienacka i wyrwało mnie z drzemki, w którą zaczynałem zapadać; odpowiedziałem, że nie, chyba nie, chociaż może tak, widziałem w telewizji.

– Powinien pan tam pojechać, to zaledwie dwadzieścia kilometrów stąd, koniecznie powinien pan tam pojechać. Pielgrzymka do Rocamadour należała do najsłynniejszych w świecie chrześcijańskim. Henryk Plantagenet, święty Dominik, święty Bernard, święty Ludwik, Ludwik XI, Filip Piękny... wszyscy oni przyjechali pokłonić się Czarnej Madonnie, wszyscy na kolanach pokonali schody prowadzące do sanktuarium, pokornie błagając o wybaczenie grzechów. W Rocamadour sam pan stwierdzi, do jakiego stopnia średniowieczne chrześcijaństwo było naprawdę wielką cywilizacją.

Przez głowę przelatywały mi urywki zdań Huysmansa na temat średniowiecza, armaniak był absolutnie znakomity, chciałem odpowiedzieć, ale zorientowałem się, że nie jestem w stanie sformułować jednej jasnej myśli. Ku mojemu zaskoczeniu Tanneur zaczął recytować wiersz Péguyego; głos miał silny i dobrze ustawiony.

> *Błogosławieni, co polegli za ziemie cielesne*
> *Z nadzieją, że stoczyli wojnę sprawiedliwą.*
> *Błogosławieni, co polegli za życie doczesne,*
> *Błogosławieni, co śmiercią zginęli godziwą.*

Ciężko jest zrozumieć innych, pojąć, co się kryje w głębi ich serc; bez pomocy alkoholu może nigdy by się nikomu nie udało. Z zaskoczeniem i wzruszeniem patrzyłem na tego starego człowieka, schludnego, zadbanego, wykształconego i ironicznego, kiedy zaczął deklamować.

> *Błogosławieni, co polegli na szańcu wypalonym,*
> *Błogosławieni, co z życia ofiarę złożyli,*
> *Co spoczęli z obliczem ku Bogu zwróconym*
> *I na pogrzeb wystawny sobie zasłużyli.*

Potrząsnął głową z rezygnacją, niemal ze smutkiem.

– Widzi pan, już w drugiej zwrotce, chcąc wierszowi dodać doniosłości, musiał się odwołać do Boga. Sama idea ojczyzny nie wystarczy, musi być połączona z czymś silniejszym, z mistyką wyższego rzędu; i tę więź poeta bardzo jasno wyraża już w następnych wersach:

Błogosławieni, co za miasta cielesne dali głowę,
Gdyż one sercem są Bożego Miasta.
Błogosławieni, co polegli za ognisko domowe
I za cześć skromną ojczystego gniazda. *

Gdyż miasta cielesne są początkiem i obrazem,
Miasta Bożego ciałem i kornym staraniem.
Błogosławieni, co polegli pod najświętszym głazem
W zaszczytnym uścisku i ziemskim wyznaniu.

– Wielka Rewolucja Francuska, Republika, Ojczyzna… Z tego narodziło się coś, co przetrwało zaledwie sto dwadzieścia lat. Średniowieczne chrześcijaństwo przetrwało lat ponad tysiąc. Wiem, że jest pan specjalistą od Huysmansa, Marie-Françoise mi powiedziała. Jednak moim zdaniem nikt nie poczuł ducha chrześcijańskiego średniowiecza z większą mocą niż Péguy, niezależnie od swojego republikanizmu, laickości i dreyfusizmu. I poczuł również, że najwyższe bóstwo średniowiecza, serce jego żarliwej wiary, to nie Bóg Ojciec ani nawet Jezus Chrystus, tylko Najświętsza Maria Panna. Pan też to poczuje w Rocamadour…

Wiedziałem, że za parę dni wracają do Paryża, żeby się przygotować do przeprowadzki. Teraz, kiedy umowa koalicyjna szerokiego frontu republikańskiego została zawarta,

---

* Tłumaczenie tego czterowiersza stanowi poprawioną wersję przekładu Bogdana Ostromęckiego, zamieszczonego w przedmowie do wyboru poezji Charles'a Péguyego, Instytut Wydawniczy „PAX" 1978. Pozostałe czterowiersze w przekładzie tłumaczki.

wyniki drugiej tury nie budziły najmniejszych wątpliwości, a ich odejście na emeryturę stało się pewne. Wychodząc, szczerze pogratulowałem Marie-Françoise jej talentów kulinarnych, w drzwiach pożegnałem się z jej mężem. Wypił równie dużo jak ja, ale nadal był w stanie recytować całe strofy Péguyego; prawdę mówiąc, bardzo mi imponował. Nie byłem przekonany, czy z republiki i patriotyzmu „coś mogło się narodzić" poza nieprzerwaną serią głupich wojen, ale w każdym razie Tanneur na pewno nie był zdziecinniałym staruszkiem; chciałbym w jego wieku być w takim stanie jak on. Zszedłem po schodkach na ulicę, odwróciłem się w jego stronę i powiedziałem:

– Pojadę do Rocamadour.

Sezon turystyczny dopiero się zaczynał, bez problemu więc dostałem pokój w hotelu Beau Site, przyjemnie położonym w centrum średniowiecznego miasteczka; panoramiczna restauracja hotelowa wychodziła na dolinę rzeki Alzou. Miasteczko robiło duże wrażenie i było bardzo licznie odwiedzane. Ciągła rotacja turystów przybywających ze wszystkich stron świata – wszyscy trochę różni, a trochę podobni, każdy z kamerą wideo, galopujący w oszołomieniu po plątaninie pnących się po zboczu baszt, ganków obronnych, kaplic i kapliczek – spowodowała, że po kilku dniach poczułem się jak przy wyjściu z tunelu czasu, tak więc dopiero późnym wieczorem w drugą niedzielę wyborczą dotarło do mnie, że ze znaczną przewagą zwyciężył Mohammed Ben Abbes. Z wolna ogarniała mnie marzycielska bezczynność i chociaż tym razem internet działał bez zarzutu, nie bardzo mnie obchodziło przedłużające się milczenie Myriam. W oczach właściciela hotelu i tutejszego personelu zostałem już skatalogowany: samotny, dość kulturalny, a zarazem dość smutny, bez szczególnych rozrywek – w sumie opis odpowiadał rzeczywistości. Według nich byłem klientem, który nie sprawia żadnych kłopotów, i to najważniejsze.

Byłem w Rocamadour już od tygodnia, może dwóch, kiedy w końcu dostałem od niej mail. Pisała dużo o Izraelu, o szczególnej atmosferze, jaka tam panuje, niesamowicie dynamicznej i radosnej, ale zawsze podszytej tragedią. „Może się wydawać dziwne – pisała – że człowiek opuszcza jakiś kraj, Francję, bo się obawia hipotetycznych niebezpieczeństw, żeby wyemigrować do kraju, w którym niebezpieczeństwa wcale nie są hipotetyczne: radykalny odłam Hamasu podjął ostatnio decyzję o nowej fali akcji zbrojnych i codziennie lub prawie codziennie owinięci materiałami wybuchowymi zamachowcy samobójcy wysadzają się w powietrze w restauracjach i autobusach. To dziwne, ale przebywając na miejscu, można to zrozumieć: ponieważ Izrael od samego początku był w stanie wojny, zamachy i walki wydają się tutaj czymś naturalnym, nieuniknionym, a w każdym razie nie przeszkadzają w korzystaniu z życia". Do maila dołączyła swoje dwa zdjęcia w bikini na plaży w Tel Awiwie. Na jednym z nich była widoczna od tyłu, jak biegnie w kierunku morza; jej pośladki pięknie rysowały się pod kostiumem i natychmiast dostałem wzwodu; poczułem nieodpartą ochotę pogłaskania jej pupy, przez moje dłonie przebiegło bolesne mrowienie; to niesamowite, jak świetnie pamiętałem jej pośladki.

Zamykając komputer, zdałem sobie sprawę, że ani razu nie wspomniała o ewentualnym powrocie do Francji.

Od początku pobytu nabrałem zwyczaju codziennych wizyt w kaplicy Najświętszej Marii Panny, siadania na kilka minut przed wizerunkiem Czarnej Madonny – tej samej, która od tysiąca lat przyciągała tu pielgrzymki, przed którą klękało tylu świętych i królów. Był to dziwny posążek, świadectwo świata, który od dawna nie istnieje. Matka Boska siedziała wyprostowana, z zamkniętymi oczami, z nieobecnym, jakby pozaziemskim wyrazem twarzy, z koroną na głowie. Dzieciątko Jezus – prawdę mówiąc, rysy jego twarzy nie miały w sobie nic z dziecka, ale raczej dorosłego lub wręcz starca – siedziało również wyprostowane na jej kolanach, też z zamkniętymi oczami, z mądrą twarzą o ostrych, mocnych rysach, z koroną na głowie. W ich pozach nie było widać ani czułości, ani miłości macierzyńskiej. To nie było Dzieciątko Jezus, lecz Król Wszechświata. Emanujący z niego spokój, wrażenie duchowej mocy i nieuchwytnej siły budziły niemal lęk.

Ten nadludzki wizerunek był całkowitym przeciwieństwem Chrystusa umęczonego z obrazu Matthiasa Grünewalda, który wywarł tak ogromne wrażenie na Huysmansie. Średniowiecze Huysmansa było czasem gotyku, nawet późnego gotyku: patetycznym, realistycznym i głęboko moralnym, bliższym renesansu niż sztuki romańskiej. Przypomniałem sobie dyskusję, w którą lata wcześniej wdałem się z pewnym wykładowcą historii z Sorbony. Wyjaśnił mi, że na początku średniowiecza kwestia indywidualnego osądu człowieka właściwie nie istniała; dopiero znacznie później, na przykład u Hieronima Boscha, pojawiają się przerażające obrazy Chrystusa, który oddziela zastęp wybranych od legionu potępionych, a diabły wloką nieskruszonych grzeszników na męki piekielne. Wizja romańska była odmienna, znacznie bardziej ujednolicona: po śmierci wierzący wchodził w stan głębokiego snu, a jego ciało mieszało się z ziemią.

Po wypełnieniu wszystkich proroctw, w godzinie drugiego nadejścia Chrystusa cały lud chrześcijański, zjednoczony i solidarny, powstawał z grobów zmartwychwstały w swej cielesnej powłoce i kroczył w stronę raju. Indywidualny osąd moralny, indywidualność jako taka nie stanowiły pojęć jasno rozumianych przez ludzi czasów romańskich; ja także czułem, że moja indywidualność rozmywa się, w miarę jak coraz więcej godzin spędzałem w zadumie przed Czarną Madonną z Rocamadour.

W końcu jednak musiałem wracać do Paryża; nadeszła połowa lipca, a ja przebywałem tu już od ponad miesiąca, jak z niedowierzaniem stwierdziłem pewnego ranka. Prawdę mówiąc, nie było pośpiechu; dostałem mail od Marie-Françoise, która pozostawała w kontakcie z resztą kolegów – na razie nikt nie otrzymał żadnej wiadomości od władz uniwersyteckich, wszystko trwało w zawieszeniu. W skali kraju sytuacja była jasna: zakończyły się wybory parlamentarne, wynik był zgodny z przewidywaniami, został sformowany rząd.

W miasteczku zaczęto organizować imprezy dla turystów, przede wszystkim gastronomiczne, ale także kulturalne; w przeddzień wyjazdu, podczas codziennej wizyty w kaplicy Najświętszej Marii Panny, przypadkiem natknąłem się na czytanie wierszy Péguyego. Usiadłem w przedostatnim rzędzie; słuchaczy było niewielu, głównie młodzi ludzie w dżinsach i koszulkach polo, z otwartym i braterskim wyrazem twarzy, który, nie wiem jakim cudem, potrafią przyoblekać młodzi katolicy.

Matko, twoi synowie w bojach są strudzeni,
Niechaj nikt ich nie waży jak dusze wybrańców,
Niech będą sądzeni, jak się sądzi wygnańców,
Co ukradkiem wracają drogami bocznemi.

W cichym wnętrzu kaplicy aleksandryny dźwięczały regularnym rytmem, a ja zastanawiałem się, co ci młodzi humanitarni katolicy mogą rozumieć z Péguyego, z jego gwałtownej i patriotycznej duszy. W każdym razie aktor miał znakomitą dykcję; odnosiłem wrażenie, że należy do trupy jednego ze znanych teatrów, być może Comédie-Française, ale również że grywał w filmach; chyba gdzieś już widziałem jego zdjęcie.

Matko, twoi synowie, co w bitwach stawali,
Niech nie będą sądzeni według obyczaju.
Niechaj Bóg im zostawi skrawek tego kraju,
Co ich życia pozbawił, choć tak go kochali.

To był polski aktor, teraz już byłem pewien, ale nadal nie mogłem sobie przypomnieć jego nazwiska; może również był katolikiem, jak to bywa u aktorów; nie da się ukryć, że wykonują dziwny zawód, w którym idea opatrznościowej interwencji może się zdawać bardziej dopuszczalna niż w innych. A ci młodzi katolicy, czy oni kochają swój kraj? Czy są dla niego gotowi na utratę życia? Sam także czułem się gotów na utratę życia, może niekoniecznie dla swojego kraju, ale byłem t a k   o g ó l n i e   gotów; znajdowałem się w dość dziwnym stanie, miałem wrażenie, że Najświętsza Maria Panna unosi się, wstaje z piedestału i rośnie w atmosferze, Dzieciątko Jezus wyglądało, jakby chciało się od niej odłączyć, jakby wystarczyło, że uniesie prawe ramię, a poganie i bałwochwalcy zostaną unicestwieni, zaś klucze wszechświata zostaną mu przekazane „jako władcy, jako posiadaczowi, jako panu".

Matko, twoi synowie życia pozbawieni
Niech nie będą sądzeni według knowań jawnych.
Niech kraj ich utuli jak synów marnotrawnych
I niech w twoich ramionach znajdą ukojenie.

A może zwyczajnie byłem głodny, bo poprzedniego dnia zapomniałem zjeść kolację, może powinienem wrócić do hotelu i zasiąść nad pieczoną kaczką, zamiast się osuwać między dwie ławki, padając ofiarą ataku mistycznej hipoglikemii. Jeszcze raz wróciłem myślami do Huysmansa, do cierpienia i wątpliwości jego nawrócenia, do jego rozpaczliwego pragnienia, by dołączyć do jakiegoś obrządku.

Zostałem w kaplicy do końca recytacji, ale pod koniec zorientowałem się, że mimo piękna tekstu wolałbym podczas ostatniej wizyty przebywać tu sam. W tym surowym posągu czuło się coś innego niż przywiązanie do ojczyzny, do ziemi, czczenie męskiej odwagi żołnierza lub nawet dziecięce pragnienie matki. Odbywało się tu coś tajemniczego, kapłańskiego i królewskiego, czego Péguy nie był w stanie pojąć, a Huysmans w jeszcze mniejszym stopniu.

Następnego dnia rano zapakowałem samochód, zapłaciłem za hotel i jeszcze raz udałem się do kaplicy Najświętszej Marii Panny, tym razem pustej. Matka Boska czekała w półmroku, spokojna i wieczna. Miała władzę, miała moc, ale czułem, że stopniowo tracę kontakt, że ona oddala się w czasie i przestrzeni, podczas gdy ja siedziałem w ławce, skurczony i pomniejszony. Po półgodzinie wstałem z ławki, czując się definitywnie opuszczony przez Ducha, zredukowany do upośledzonego, znikomego ciała; ze smutkiem zszedłem po stopniach i ruszyłem w kierunku parkingu.

IV

Wracając do Paryża, przejeżdżając przez bramkę na zjeździe z autostrady w Saint-Arnoult, zostawiając za sobą Savigny--sur-Orge, Antony i Montrouge, zjeżdżając w kierunku Porte d'Italie, wiedziałem, że czeka mnie życie bez radości, ale też bez pustki, zaludnione drobnymi aktami agresji. Tak jak się spodziewałem, ktoś skorzystał z mojej nieobecności i zajął moje miejsce na parkingu przed domem, a koło lodówki stała kałuża wody; więcej przykrości domowych nie dostrzegłem. Skrzynka na listy była pełna różnego rodzaju pism administracyjnych; niektóre z nich wymagały pilnej odpowiedzi. Prowadzenie życia administracyjnego wymaga właściwie stałej obecności; wyjeżdżając na dłużej, człowiek może się znaleźć w złej pozycji wobec takiej czy innej instytucji; wiedziałem, że uporządkowanie sytuacji może mi zająć kilka dni. Wstępnie przejrzałem całą pocztę, wyrzuciłem najbardziej trywialne reklamy i odłożyłem na bok najciekawsze oferty (trzydniowe soldy w Office Depot, prywatna wyprzedaż w Cobrason), zanim przeniosłem wzrok na jednolicie szare niebo. Przesiedziałem kilka godzin, dolewając sobie rumu, po czym zabrałem się do sterty listów. Dwa pierwsze, od towarzystwa ubezpieczeń wzajemnych, powiadamiały mnie, że część moich wniosków o zwrot poniesionych kosztów leczenia nie może zostać uwzględniona, i prosiły o ponowne ich złożenie wraz z fotokopiami stosownych dokumentów; byłem do takich pism przyzwyczajony i zawsze zostawiałem je bez odpowiedzi. Natomiast trzeci list okazał się niespodzianką. Wysłany przez merostwo w Nevers trzydziestego pierwszego maja zawierał najszczersze kondolencje w związku ze zgonem mojej matki i informował, że jej ciało zostało przewiezione do miejskiego Instytutu Medycyny Sądowej, z którym należy się skontaktować i wydać stosowne dyspozycje.

Naprędce przejrzałem pozostałe listy: powtórne pismo w tej samej sprawie z czternastego czerwca, kolejne z dwudziestego ósmego. W liście z jedenastego lipca merostwo w Nevers informowało mnie, że zgodnie z artykułem L.2223-27 Kodeksu samorządów terytorialnych gmina przeprowadziła pochówek mojej matki w miejskiej kwaterze grobów ziemnych. W ciągu pięciu lat miałem prawo zażądać ekshumacji zwłok w celu ich przeniesienia do grobu rodzinnego; po upływie powyższego okresu ciało ulegnie kremacji, a prochy zostaną rozsypane w ogrodzie pamięci. W przypadku gdybym wnioskował o ekshumację, muszę się zobowiązać do pokrycia kosztów poniesionych przez miasto: karawan, czterech grabarzy, koszty samego pochówku.

Nie sądziłem oczywiście, żeby moja matka prowadziła bujne życie towarzyskie, chodziła na wykłady o cywilizacjach prekolumbijskich lub zwiedzała romańskie kościoły regionu Nivernais w towarzystwie innych kobiet w jej wieku, nie przypuszczałem jednak, że żyła w tak całkowitej samotności. Zapewne merostwo skontaktowało się także z moim ojcem, który również pozostawił listy bez odpowiedzi. Przykro mi się jednak zrobiło na myśl, że matka została pochowana na placu dla ubogich (jak się dowiedziałem z internetu, tak brzmiała dawna nazwa miejskiej kwatery grobów ziemnych); zastanawiałem się też, jaki los spotkał jej buldożka francuskiego (schronisko dla zwierząt? eutanazja?).

Potem odłożyłem na bok faktury i zawiadomienia z banku o dokonanych poleceniach zapłaty, wymagające tylko włożenia do właściwych teczek, żeby się skupić na korespondencji od dwóch zasadniczych instytucji, które organizują życie człowieka: kasa chorych i urząd skarbowy. Nie miałem odwagi od razu się tym zająć, postanowiłem więc najpierw pójść na spacer po Paryżu – no, może nie po całym Paryżu, to by była przesada; pierwszego dnia ograniczyłem się do przechadzki po dzielnicy.

Ściągając windę, zdałem sobie sprawę, że nie otrzymałem żadnego listu od władz uniwersyteckich. Cofnąłem się, żeby przejrzeć wyciągi bankowe: pensję przelano mi jak zwykle, pod koniec czerwca, mój status na uczelni nadal był więc nieokreślony.

Zmiana władzy nie pozostawiła w dzielnicy żadnych widocznych śladów. Zwarte grupki Chińczyków z kuponami totka w ręku kłębiły się jak zwykle przed kolekturami. Inni pchali wózki transportowe wypełnione makaronem ryżowym, sosem sojowym, owocami mango. Nic, nawet reżim muzułmański, nie było w stanie zahamować ich nieustannej krzątaniny; islamski prozelityzm, podobnie jak wcześniej chrześcijańskie przesłanie, zniknie zapewne bez śladu w oceanie tej ogromnej cywilizacji.

Przez ponad godzinę łaziłem po Chinatown. Parafia Świętego Hipolita nadal zapraszała na kursy nauki mandaryńskiego i chińskiej kuchni; foldery reklamujące wieczorki Asia Fever w Maisons-Alfort też nie znikły. Nie dostrzegłem żadnych widocznych zmian poza likwidacją działu koszernego w Géant Casino, ale sklepy wielkopowierzchniowe zawsze cechowały się dużym oportunizmem.

W centrum handlowym Italie-2 sytuacja przedstawiała się nieco inaczej. Tak jak przeczuwałem, butik Jennyfer znikł, a na jego miejscu pojawił się sklepik z prowansalskimi produktami ekologicznymi, oferujący olejki eteryczne, szampon z oliwą z oliwek i miód na bazie śródziemnomorskich kwiatów. Z nieco mniej zrozumiałych względów, być może tylko z powodów ekonomicznych, sklep sieci L'Homme Moderne, znajdujący się w jakimś zakamarku na drugim piętrze, też zamknął swe podwoje i na razie lokal stał pusty. Lecz tym, co się przede wszystkim, choć stosunkowo subtelnie zmieniło, była publika. Jak wszystkie centra handlowe – chociaż oczywiście w mniejszym stopniu niż La Défense czy Les Halles – Italie-2 od zawsze przyciągało sporo chuliganerii, która teraz kompletnie znikła. Kobiety zaczęły się ubierać nieco inaczej, co natychmiast dostrzegłem, choć nie potrafiłem określić, na czym dokładnie polega różnica; liczba islamskich chust wzrosła w niewielkim stopniu, więc nie o to chodziło; dopiero po godzinie uświadomiłem sobie, co się zmieniło: wszystkie kobiety chodziły w spodniach. Zerkanie na kobiece uda i wyobrażanie sobie cipki na ich złączeniu to proces, którego siła podniecania jest wprost proporcjonalna do długości odsłoniętej partii nóg; u mnie był on tak nieświadomy i machinalny, w pewnym sensie genetyczny, że nie od razu to do mnie dotarło; niemniej fakt był faktem – sukienki i spódnice znikły. Pojawił się za to nowy strój: luźna bluza bawełniana do połowy uda, odejmująca wszelką rację bytu obcisłym spodniom, które część kobiet mogłaby ewentualnie nosić; no i oczywiście nie było już mowy o szortach. Kontemplacja kobiecych tyłeczków, marna pociecha marzyciela, stała się tym samym niemożliwa. Tak więc zmiany ewidentnie były w toku; rozpoczął się obiektywny proces transformacji. Kilka godzin skakania po kanałach TNT nie pozwoliło mi wykryć żadnych innych różnic, ale telewizyjne programy erotyczne i tak wiele lat temu wyszły z mody.

Dopiero dwa tygodnie po powrocie dostałem pismo z Paris III. Nowy statut islamskiego uniwersytetu Paris-Sorbonne nie zezwalał mi na dalsze prowadzenie zajęć; pod listem podpisał się sam Robert Rediger, nowy rektor; wyrażał w nim głęboki żal i zapewniał, że jakość mojej pracy akademickiej w najmniejszym stopniu nie jest kwestionowana. Miałem oczywiście możliwość objęcia stanowiska na jakimś uniwersytecie laickim; gdybym jednak wolał z tego zrezygnować, islamski uniwersytet Paris-Sorbonne zobowiązywał się do natychmiastowego rozpoczęcia wypłacania mi emerytury, której wysokość będzie indeksowana według stopy inflacji, a na dzień dzisiejszy wynosi trzy tysiące czterysta siedemdziesiąt dwa euro. Mogłem umówić się na spotkanie w dziale administracyjnym, żeby dopełnić niezbędnych formalności.

Przeczytałem list trzy razy z rzędu, zanim uwierzyłem w jego treść. Wysokość świadczenia była co do euro równa tej, jaką bym dostał, gdybym przeszedł na emeryturę w wieku sześćdziesięciu pięciu lat, po zakończeniu kariery zawodowej. Byli naprawdę gotowi ponieść duże koszty, żeby uniknąć jakichkolwiek kłopotów. Bez wątpienia przeceniali siłę niszczycielską nauczycieli akademickich i ich zdolność do przeprowadzenia skutecznej akcji protestacyjnej. Od dawna już sam tytuł nauczyciela akademickiego nie otwierał dostępu do rubryk „Listy do redakcji" lub „Punkt widzenia" w głównych mediach, które to rubryki stały się przestrzenią zamkniętą, ściśle endogamiczną. Nawet jednogłośny protest nauczycieli akademickich przeszedłby właściwie bez echa, ale najwyraźniej w Arabii Saudyjskiej nie zdawano sobie z tego sprawy. Tam chyba jeszcze wierzono w siłę elit intelektualnych, co było niemal wzruszające.

Z zewnątrz na uczelni nic się nie zmieniło – tylko przy wejściu, obok tablicy z napisem „Uniwersytet Nowej Sorbony Paris III", zawisły gwiazda i półksiężyc ze złoconej blachy; wewnątrz gmachu administracji zmiany były jednak wyraźnie widoczne. W holu na honorowym miejscu umieszczono fotografię pielgrzymów wędrujących wokół Al-Kaby, a w każdym pokoju wisiały plakaty z wykaligrafowanymi wersetami z Koranu; wszystkie sekretarki były nowe, żadnej nie znałem i wszystkie miały zasłonięte twarze. Jedna z nich podała mi niepokojąco prosty formularz wniosku o emeryturę; wypełniłem go na miejscu, podpisałem i oddałem. Wychodząc na dziedziniec, uświadomiłem sobie, że moja kariera uniwersytecka przed chwilą uległa zakończeniu, co zajęło mi zaledwie parę minut.

Doszedłem do stacji metra Censier i przystanąłem u góry schodów; jakoś nie mogłem się zdecydować, żeby od razu wracać do domu, jakby nic się nie stało. Właśnie otwierano stragany na targu Mouffetard. Obszedłem wkoło stoisko z owernijskimi wędlinami, bezmyślnie spoglądając na kiełbasy w różnych smakach (z serem pleśniowym, z pista-cjami, z włoskimi orzechami), kiedy dostrzegłem idącego uli-cą Steve'a. Zobaczył mnie i odniosłem wrażenie, że wolałby się cofnąć i ze mną nie spotkać, ale było za późno; zmierza-łem już w jego stronę.

Tak jak się spodziewałem, przyjął stanowisko wykładowcy na nowym uniwersytecie; miał prowadzić zajęcia o Rimbau-dzie. Mówiąc to, wyraźnie był zmieszany, więc dodał – choć o nic go nie pytałem – że nowe władze absolutnie się nie wtrącają w treść wykładów. Konwersja Rimbauda na islam musiała oczywiście być przedstawiana jako pewnik, choć fakt ten stanowił źródło pewnych kontrowersji, ale w kwestii za-sadniczej, czyli interpretacji jego poezji, nie było właściwie żadnych ingerencji. Ponieważ nie okazywałem oburzenia, trochę się rozluźnił i w końcu zaproponował kawę.

– Długo się wahałem – powiedział, zamawiając kieliszek muscadeta.

Przytaknąłem z pełnym sympatii zrozumieniem; nie są-dziłem, żeby jego wahanie trwało dłużej niż dziesięć minut.

– Pensja jest naprawdę bardzo dobra.

– Nawet emerytura jest nie najgorsza.

– Pensja jest znacznie wyższa.

– Ile?

– Trzy razy tyle.

Dziesięć tysięcy euro miesięcznie dla dość marnego wykła-dowcy, który nie wydał żadnej publikacji godnej tego mia-na i cieszył się zerową rozpoznawalnością; naprawdę mieli imponujące możliwości. Jak mi uświadomił Steve, Oxford przeszedł Saudyjczykom koło nosa, w ostatniej chwili ich ofertę przebili Katarczycy, postanowili więc postawić wszystko na Sorbonę. Nawet wykupili kilka mieszkań w piątej i szóstej dzielnicy, żeby je zaoferować wykładowcom jako lokale służbowe; jemu samemu trafiło się piękne trzypokojowe mieszkanie przy ulicy Dragon, z bardzo niskim czynszem.

– Moim zdaniem chcieliby, żebyś został – dodał. – Ale nie mogli się do ciebie dodzwonić. Nawet zapytali, czy mógłbym im pomóc się z tobą skontaktować; musiałem odpowiedzieć, że nie, bo nie widujemy się poza uczelnią.

Chwilę później odprowadził mnie do metra Censier.

– A studentki? – zapytałem, dochodząc do stacji.

Szeroko się uśmiechnął.

– Cóż, w tej dziedzinie nastąpiło sporo zmian; powiedzmy, że sprawy przyjęły nowy obrót. Ożeniłem się – rzucił nieco gwałtownie. – Ze studentką.

– Tym też się zajmują?

– Nie do końca; w każdym razie nikt nikomu nie zabrania kontaktów. W przyszłym miesiącu biorę sobie drugą żonę – powiedział na pożegnanie i oddalił się w kierunku ulicy Mirbel, a ja zostałem osłupiały u góry schodów.

Przez parę minut stałem bez ruchu, zanim zdecydowałem się ruszyć do domu. Kiedy dotarłem na peron, zobaczyłem, że najbliższe metro do Mairie d'Ivry będzie za siedem minut, natomiast skład wjeżdżający właśnie na stację kierował się do Villejuif.

Byłem w s i l e w i e k u, nie zagrażała mi żadna choroba śmiertelna, dopadające mnie regularnie dolegliwości były bolesne, ale w sumie mało istotne; dopiero za jakieś trzydzieści, czterdzieści lat mogłem osiągnąć tę ciemną strefę, w której wszystkie choroby stają się mniej lub bardziej śmiertelne, a tak zwane r o k o w a n i e jest za każdym razem wątpliwe. Nie miałem przyjaciół, to fakt, ale czy kiedykolwiek w życiu ich miałem? A zresztą, jak się zastanowić, po co komu przyjaciele? Poczynając od pewnego poziomu degradacji fizycznej – a z czasem to się będzie posuwać coraz szybciej; minie jakieś dziesięć lat, pewnie nawet mniej, zanim degradacja fizyczna stanie się widoczna i zacznę uchodzić za j e s z c z e d o ś ć m ł o d e g o – tylko więź typu małżeńskiego ma jakiekolwiek bezpośrednie i rzeczywiste znaczenie (jeśli wierzyć Platonowi, w pewnym sensie ciała się łączą i powstaje nowy organizm). A z punktu widzenia ewentualnych więzów małżeńskich moja sytuacja ewidentnie przedstawiała się kiepsko. Z tygodnia na tydzień maile od Myriam stawały się coraz rzadsze i zwięźlejsze. Od niedawna przestała zaczynać od słowa „Najdroższy" i zastąpiła je bardziej neutralnym „François". Było kwestią tygodni, kiedy mi zaanonsuje, jak wszystkie jej poprzedniczki, że k o g o ś p o z n a ł a. Byłem

pewien, że już kogoś poznała, nie wiem skąd to przekonanie, ale coś w doborze słów, w malejącej liczbie emotikonów
z uśmiechniętą buźką lub serduszkiem w jej mailach dawało mi absolutną pewność: jeszcze po prostu nie zebrała się
na odwagę, żeby mi to wyznać. Odsuwała się ode mnie, bu-
dowała sobie nowe życie w Izraelu, ot i wszystko, ale czego innego mogłem się spodziewać? Była ładną, inteligentną
i sympatyczną dziewczyną, w najwyższym stopniu godną pożądania, więc czego innego mogłem się spodziewać? W każdym razie jej stosunek do Izraela nadal był entuzjastyczny.
„Jest ciężko, ale przynajmniej wiemy, po co tu jesteśmy",
pisała; nie mogłem tego samego powiedzieć o sobie.

Zakończenie kariery akademickiej pozbawiło mnie wszelkich kontaktów ze studentkami, z czego naprawdę zdałem
sobie sprawę dopiero po kilku tygodniach; no i co z tego? Czy
w tej sytuacji miałem się zapisać na jakiś portal randkowy
typu Meetic, wzorem tylu innych facetów? Byłem człowiekiem kulturalnym, na poziomie i – jak już wspomniałem –
w s i l e w i e k u; ale co, jeśli po kilku tygodniach wytężo-
nego dialogu, w którym momenty entuzjazmu na jakikolwiek temat – powiedzmy, ostatnich kwartetów Beethovena –
tymczasowo zakamuflują rosnącą i nieodwracalną nudę,
błysną nadzieją na magiczne chwile, na duchową wspólno-
tę zbudowaną z zachwytów i ataków śmiechu, jeśli więc po
tych kilku tygodniach zdecyduję się na spotkanie w realu
z jedną ze swoich licznych rozmówczyń, co może nas czekać?
Brak erekcji z jednej strony, sucha pochwa z drugiej; może
lepiej się na to nie narażać.

Dotychczas tylko okazjonalnie korzystałem z usług panienek do towarzystwa, najczęściej w lecie, żeby zapełnić pustkę między dwiema studentkami; zazwyczaj byłem bardzo zadowolony. Szybki surfing po internecie pokazał, że nowy reżim islamistyczny absolutnie nie zakłócił funkcjonowania takich stron. Wahałem się przez kilka tygodni, studiując różne profile, drukując niektóre z nich, żeby jeszcze raz przeczytać (strony z panienkami są dość podobne do stron z przepisami kucharskimi, gdzie liryczne opisy proponowanych dań zapowiadają rozkosze podniebienia, które znacznie wykraczają poza rzeczywistość). Wreszcie zdecydowałem się na N a d i ę z T y s i ą c a i J e d n e j N o c y; w aktualnej sytuacji politycznej wybór muzułmanki wydawał mi się dość podniecający.

Jak się okazało, pochodząca z Tunezji Nadia nie poddała się fali reislamizacji, która masowo dotknęła dziewczyny z jej pokolenia. Była córką radiologa, od dziecka mieszkała w dobrej dzielnicy i nigdy nie miała zamiaru zakładać islamskiej chusty. Kończyła studia magisterskie z literatury nowożytnej, więc mogłaby być moją dawną studentką; jednak nie, studiowała na Paris-Diderot. Z seksualnego punktu widzenia wykonywała swój zawód bardzo profesjonalnie, ale zmieniała pozycję w sposób dość mechaniczny, jakby nieobecna; ożywiła się dopiero przy stosunku analnym; miała bardzo wąski otwór, jednak, nie wiedzieć czemu, nie miałem z tego żadnej przyjemności; czułem, że mógłbym godzinami w nią wchodzić od tyłu bez zmęczenia, ale też bez radości. Kiedy zaczęła wydawać ciche jęki, zrozumiałem, że boi się własnej rozkoszy i uczucia, które mogłoby z niej wyniknąć; szybko obróciła się w moją stronę i ustami doprowadziła mnie do wytrysku.

Zanim wyszedłem, pogadaliśmy przez kilka minut na jej kanapie marki La Maison du Convertible, czekając, aż minie godzina, za którą zapłaciłem. Była dość inteligentna, chociaż konwencjonalna; na wszystkie tematy – od wyboru Mohammeda Ben Abbesa po zadłużenie krajów Trzeciego Świata – myślała dokładnie to, co było przyjęte. Kawalerkę miała ładnie urządzoną i idealnie wysprzątaną; byłem pewien, że jest dziewczyną rozsądną, która nie wydaje całych zarobków na luksusowe ciuchy, tylko większość odkłada. I rzeczywiście: powiedziała, że po czterech latach pracy – zaczęła w wieku osiemnastu lat – ma już dość pieniędzy, żeby wykupić kawalerkę, w której wykonuje swój zawód. Zamierzała pracować do końca studiów, a potem znaleźć zajęcie w mediach audiowizualnych.

Parę dni później spotkałem się ze Ś w i n t u s z ą c ą B a b e t h, która miała dytyrambiczne komentarze na swojej stronie i pisała o sobie, że jest „gorąca i pozbawiona tabu". Przyjęła mnie w miłym, trochę staroświeckim dwupokojowym mieszkaniu ubrana tylko w biustonosz z odsłoniętymi sutkami i stringi z dziurką. Miała długie blond włosy i niewinną, prawie anielską buzię. Też lubiła seks analny i bez zahamowania to okazywała. Po godzinie wciąż nie doszedłem; pochwaliła moją wytrwałość, ale prawda jest taka, że choć erekcja mi nie osłabła, ani przez chwilę nie odczułem przyjemności. Zapytała, czy mógłbym się spuścić na jej cycki, co też uczyniłem. Rozsmarowując spermę po piersiach, powiedziała, że bardzo to lubi; często pracowała na imprezach typu *gang bang*, odbywających się najczęściej w klubach dla swingersów, czasami w miejscach publicznych, na przykład w parkingach podziemnych. Chociaż brała minimalną stawkę, pięćdziesiąt euro od osoby, takie wieczory były dla niej bardzo lukratywne, gdyż zapraszała po czterdziestu, pięćdziesięciu mężczyzn, którzy kolejno używali jej trzech otworów, po czym się na nią spuszczali. Obiecała, że da mi znać, kiedy będzie organizować następne *gang bang*; grzecznie podziękowałem. Nie byłem zbytnio zainteresowany, ale uważałem, że jest miłą dziewczyną.

W sumie te dwie dziewczyny okazały się n i e z ł e, jednak nie dość dobre, żebym miał ochotę jeszcze raz się z nimi spotykać lub nawiązywać trwalsze związki; i nie przywróciły mi ochoty do życia. Miałem więc umrzeć? Uznałem, że byłoby to przedwczesne.

Kilka tygodni później to nie ja umarłem, tylko mój ojciec. Zawiadomiła mnie Sylvia, jego partnerka życiowa. Jak z żalem powiedziała przez telefon, „nie mieliśmy wiele okazji, żeby porozmawiać". Czysty eufemizm: w rzeczywistości n i g d y z nią nie rozmawiałem; nawet nie wiedziałbym o jej istnieniu, gdyby nie jakieś niejasne aluzje ze strony ojca podczas naszej ostatniej rozmowy, dwa lata wcześniej.

Wyszła po mnie na dworzec w Briançon; podróż minęła mi bardzo nieprzyjemnie. W TGV do Grenoble było znośnie, SNCF utrzymywało jakiś minimalny poziom obsługi, ale pociągi regionalne TER były naprawdę zapuszczone; ten do Briançon miał po drodze kilka awarii i dojechał z opóźnieniem ponad półtorej godziny; toalety były zatkane, woda zmieszana z gównem wylewała się na korytarz i każdej chwili mogła dopłynąć do przedziałów.

Sylvia czekała za kierownicą mitsubishi pajero instyle; ku mojemu zdumieniu siedzenia były obleczone w pokrowce w lamparci deseń. Jak się dowiedziałem po powrocie, czytając numer specjalny „L'Auto-Journal", mitsubishi pajero jest jednym z tych samochodów terenowych, które „najlepiej się sprawdzają w trudnych warunkach drogowych". W wersji instyle jest wyposażony w skórzaną tapicerkę, elektrycznie otwierany szyberdach, kamerę cofania i system audio Rockford Acoustic 860 W z dwudziestoma dwoma głośnikami. Wszystko to wyglądało zaskakująco; przez całe życie – a przynajmniej tę jego część, którą znałem – ojciec niemal ostentacyjnie trzymał się w granicach mieszczańskiego, niesłychanie konwencjonalnego dobrego gustu: trzyczęściowe garnitury, szare w prążki lub granatowe, i markowe angielskie krawaty, idealnie pasujące do stanowiska, które zajmował, czyli dyrektora finansowego w dużym przedsiębiorstwie. Miał lekko falujące blond włosy, błękitne oczy i regularne rysy twarzy; bez problemu mógłby zagrać w jednym z filmów hollywoodzkich poświęconych zagmatwanym, ale ponoć niezwykle ważnym zagadnieniom świata wielkiej finansjery, *subprimes* i Wall Street. Nie widziałem go od dziesięciu lat i nie wiedziałem, co się u niego dzieje, ale nie spodziewałem się takiej przemiany w awanturnika z przedmieść.

Sylvia miała koło pięćdziesiątki, o dwadzieścia pięć lat mniej od niego; gdyby nie ja, zapewne otrzymałaby całość spadku; moje istnienie zmuszało ją do przekazania mi takiej jego części, do jakiej miałem prawo, czyli ni mniej, ni więcej, tylko pięćdziesięciu procent, jako że byłem jedynakiem. W tych okolicznościach trudno było oczekiwać, że będzie żywić bardzo gorące uczucia pod moim adresem; zachowywała się mimo wszystko w miarę poprawnie, rozmawiała ze mną bez nadmiernego skrępowania. Parokrotnie do niej dzwoniłem z informacją o rosnącym opóźnieniu pociągu, więc spotkanie z panią notariusz zostało przełożone na osiemnastą.

Otwarcie testamentu ojca nie przyniosło niespodzianki; cały spadek podzielił po równo między nas dwoje, bez żadnych dodatkowych zapisów. Pani notariusz zdążyła już rozpocząć wycenę masy spadkowej.

Ojciec dostawał wysoką emeryturę z Unilevera, w gotówce miał raczej niewiele: dwa tysiące euro na rachunku bieżącym i jakieś dziesięć tysięcy w akcjach, kupionych szmat czasu temu i zapewne od dawna zapomnianych. Podstawowym składnikiem jego majątku był dom, w którym mieszkał razem z Sylvią; po oględzinach facet z agencji nieruchomości w Briançon wycenił go na czterysta dziesięć tysięcy euro. Prawie nowa terenówka mitsubishi była warta czterdzieści pięć tysięcy według danych z gazety motoryzacyjnej. Najbardziej zdziwiła mnie kolekcja broni palnej, którą pani notariusz spisała według wartości rynkowej poszczególnych egzemplarzy; najdroższe były strzelby verney-carron platines i chapuis oural elite. Całość kolekcji została wyceniona na osiemdziesiąt siedem tysięcy euro – znacznie więcej niż samochód.

– Ojciec zbierał broń palną? – zapytałem Sylvię.

– To nie była broń dla kolekcjonerów; w ostatnich latach nabrał zamiłowania do myślistwa.

Dawny dyrektor finansowy Unilevera, który na starość kupuje terenówkę z górnej półki i odkrywa w sobie talenty myśliwego i zbieracza – zdumiewające, choć niewykluczone. Na tym pani notariusz skończyła wyliczanie: procedura spadkowa okazała się zatrważająco prosta. Wizyta była krótka, ale i tak – z racji mojego porannego spóźnienia – uciekł mi pociąg powrotny, ostatni tego dnia. Wsiadając do samochodu, oboje zdaliśmy sobie sprawę, że Sylvia znalazła się w nieco niezręcznej sytuacji. Od razu rozwiałem wątpliwości, mówiąc, że dla mnie najlepszym wyjściem będzie przenocować w hotelu w pobliżu dworca. Pociąg do Paryża odchodził wcześnie rano; oświadczyłem, że absolutnie nie mogę się na niego spóźnić, mam bowiem bardzo ważne spotkania w stolicy. Kłamałem podwójnie: nie dość, że następnego dnia, podobnie jak każdego innego, nie byłem z nikim umówiony, to jeszcze pierwszy pociąg odchodził dopiero przed dwunastą, więc w najlepszym razie mogłem być w Paryżu około szóstej wieczorem. Uspokojona, że za chwilę zniknę z jej życia, niemal entuzjastycznie zaprosiła mnie na drinka „do nas do domu", jak z uporem mówiła. Jednak nie dość, że nie było to żadne „u nich", skoro ojciec nie żył, to jeszcze wkrótce nie będzie nawet „u niej" – jak wynikało z informacji od pani notariusz, żeby mnie spłacić, Sylvia musiała wystawić dom na sprzedaż.

Dom, usytuowany na zboczu doliny Freissinières, był olbrzymi: w podziemnym garażu zmieściłoby się dziesięć samochodów. Idąc korytarzem do livingu, zatrzymałem się przed kolekcją trofeów myśliwskich: jakieś kozice, muflony czy tego rodzaju ssaki, a także łatwiejszy do rozpoznania dzik.

– Może zdejmie pan płaszcz – zaproponowała Sylvia. – Myślistwo to fajna sprawa, też wcześniej nie wiedziałam. Polowali przez całą niedzielę, a później jedliśmy kolację z pozostałymi myśliwymi i ich żonami, w sumie jakieś dziesięć par; zwykle tutaj piliśmy aperitif, po czym jechaliśmy do sąsiedniego miasteczka na kolację w zarezerwowanej tylko dla nas restauracyjce.

Z tego wynikało, że ojciec f a j n i e spędził ostatnie lata życia – kolejna niespodzianka. Przez całe dzieciństwo nie poznałem ani jednego z jego kolegów z firmy; zresztą chyba z żadnym się nie spotykał poza godzinami pracy. Czy moi rodzice mieli przyjaciół? Może, ale ani jednego nie potrafiłem sobie przypomnieć. Mieszkaliśmy w dużym domu w Maisons--Laffitte, rzecz jasna mniejszym niż ten, ale jednak dość dużym. Nie przypominałem sobie, żeby ktokolwiek bywał u nas na kolacji, przyjeżdżał na weekend czy coś w tym stylu, jak to bywa wśród p r z y j a c i ó ł. Nie pamiętałem również, i to było jeszcze bardziej niepokojące, żeby ojciec kiedykolwiek miał, jak to się mówi, k o c h a n k ę; nie mogłem oczywiście być pewien, nie miałem żadnych dowodów, ale nie byłem w stanie skojarzyć pojęcia kochanki ze wspomnieniem, jakie zachowałem po ojcu. Wyglądało na to, że przeżył dwa życia, wyraźnie od siebie oddzielone i bez żadnego punktu stycznego.

Bardzo przestronny living zajmował chyba całą kondygnację; na prawo od wejścia, obok otwartej kuchni, stał wielki chłopski stół; resztę pomieszczenia zajmowały niskie stoliki i przepastne kanapy obite białą skórą; na ścianach wisiały kolejne trofea myśliwskie, a na stojaku kolekcja broni palnej: piękne przedmioty, inkrustowane połyskliwym, kunsztownie cyzelowanym metalem. Na podłodze leżały skóry zwierząt, przede wszystkim chyba baranów; wyglądało to jak scenografia niemieckiego filmu porno z lat siedemdziesiątych, którego akcja toczy się w domku myśliwskim w Tyrolu. Ruszyłem w stronę olbrzymiego okna, które zajmowało całą ścianę w głębi, z widokiem na górski krajobraz.

– Tam na wprost widać wierzchołek Meije – rzuciła Sylvia. – Bardziej na północ masyw Alp Delfinackich. Czego się pan napije?

Nigdy w życiu nie widziałem tak dobrze zaopatrzonego barku: dziesiątki butelek z owocowymi wódkami i jakimiś likierami, o których istnieniu nawet nie miałem pojęcia, ale zadowoliłem się zwykłym martini. Sylvia zapaliła stojącą na stoliku lampę. W zapadającym zmroku śnieg na szczytach masywu Alp Delfinackich nabierał niebieskawych połysków; atmosfera robiła się nieco smętna. Niezależnie od spraw spadkowych nie wyobrażałem sobie, że mogłaby chcieć nadal mieszkać w tym domu. Wciąż jeszcze pracowała na jakiejś, nie pamiętałem jakiej, posadzie w Briançon; mówiła mi podczas jazdy do kancelarii notarialnej, ale zapomniałem.

Nie da się ukryć, że nawet jeśli się przeprowadzi do pięknego mieszkania w centrum Briançon, jej życie i tak stanie się dużo mniej zabawne. Trochę niechętnie usiadłem na kanapie i przyjąłem drugi kieliszek martini; już jednak podjąłem decyzję, że będzie to ostatni, a zaraz potem poproszę, żeby mnie odwiozła do hotelu. Stawało się dla mnie coraz bardziej oczywiste, że nigdy nie zrozumiem kobiet. Sylvia była normalną, nawet przesadnie normalną kobietą, a jednak znalazła coś interesującego w moim ojcu, coś, czego ani ja, ani moja matka nigdy nie zauważyliśmy. Nie sądziłem, żeby chodziło wyłącznie, ani nawet przede wszystkim, o pieniądze; po jej ubraniu, fryzurze, sposobie mówienia widać było, że całkiem nieźle zarabia. Jako pierwsza dostrzegła w tym starym, najzwyklejszym człowieku coś, co było warte miłości.

Po powrocie do Paryża znalazłem mail, którego się od paru tygodni obawiałem; chociaż właściwie nie, raczej się go spodziewałem; zadawałem sobie tylko jedno pytanie: czy Myriam też napisze, że k o g o ś p o z n a ł a, czy użyje tego samego zwrotu.

Użyła. W następnym akapicie pisała, że jest jej bardzo przykro i że zawsze będzie o mnie myśleć z pewnym smutkiem. Przypuszczam, że pisała prawdę, chociaż prawdą było również, że zapewne nie będzie już o mnie myśleć zbyt często. Potem zmieniła temat, udając, że bardzo się niepokoi sytuacją polityczną we Francji. Było to miłe, tak jakby nasza miłość została w pewnym sensie roztrzaskana przez huragan wydarzeń historycznych; oczywiście nie było to całkiem uczciwe, ale miłe.

Odwróciłem się od ekranu komputera, zrobiłem parę kroków w stronę okna; pojedynczy obłok w kształcie soczewki, na obrzeżach pomarańczowy od zachodzącego słońca, wisiał wysoko nad stadionem Charléty, równie nieruchomy i obojętny jak statek międzygwiezdny. Czułem głuchy ból – stłumiony, ale dość silny, abym nie był w stanie jasno myśleć; zdawałem sobie tylko sprawę, że znowu zostałem sam, moja chęć życia maleje, a w perspektywie rysują się same kłopoty.

Moja dymisja z uczelni, sama w sobie prosta, wywołała szereg reperkusji administracyjnych, konieczność załatwienia spraw w zakładzie ubezpieczeń społecznych, ewentualnie w towarzystwie ubezpieczeń wzajemnych, a nie czułem się na siłach, żeby je załatwiać. Było to jednak konieczne; moja emerytura, choć wysoka, nie pozwalała mi na pokrycie kosztów jakiejkolwiek poważnej choroby; pozwalała mi natomiast na powrót do korzystania z usług panienek do towarzystwa. Prawdę mówiąc, nie miałem na to najmniejszej ochoty, a kiedy postanowiłem posurfować po ulubionych portalach randkowych, w mojej głowie błąkała się niejasna świadomość kantowskiego „obowiązku względem siebie". Po dłuższym poszukiwaniu wybrałem ogłoszenie dwóch dziewczyn, dwudziestodwuletniej Marokanki Rachidy i dwudziestoczteroletniej Hiszpanki Luisy, które proponowały, abym „dał się oczarować szelmowskiej parze diablic". Usługa była oczywiście droga, ale okoliczności zdawały się uzasadniać ten nieco wyjątkowy wydatek; umówiliśmy się na ten sam wieczór.

Zaczęło się jak zwykle, czyli raczej sympatycznie; wynajmowały kawalerkę przy ulicy Monge, w powietrzu unosił się aromat kadzidełka, z głośników leciała łagodna muzyka typu śpiew wielorybów, wchodziłem w obie dziewczyny na zmianę od przodu i od tyłu bez zmęczenia, ale też bez przyjemności. Dopiero po półgodzinie, kiedy ujeżdżałem Luisę w pozycji na pieska, zdarzyło się coś nowego; Rachida cmoknęła mnie w policzek i z łobuzerskim uśmiechem wślizgnęła się za mnie; najpierw położyła mi dłoń na pośladkach, potem zbliżyła twarz i zabrała się do wylizywania mi jąder. Powoli, z rosnącym zachwytem zacząłem odczuwać powrót zapomnianych dreszczy rozkoszy. Może to mail od Myriam i fakt, że porzuciła mnie jakby oficjalnie, coś we mnie wyzwolił, nie wiem. Oszalały z wdzięczności odwróciłem się, zdarłem prezerwatywę i zaoferowałem penisa wargom Rachidy. Dwie minuty później spuściłem się w jej usta; starannie zlizała ostatnie krople, a ja pogładziłem ją po włosach.

Wychodząc, wręczyłem im po sto euro napiwku; być może moje obawy były jednak przedwczesne, na co te dwie dziewczyny dały mi widomy dowód, nakładający się na niezwykłą przemianę, która na starość nastąpiła w życiu mojego ojca; jeśli będę regularnie widywać się z Rachidą, kto wie, czy między nami nie narodzi się prawdziwe uczucie; nic nie pozwalało wykluczyć takiego rozwoju wypadków.

Ten krótki przebłysk nadziei nastąpił w czasie, gdy Francja zaczynała odzyskiwać optymizm, jakiego nie znała od końca chwalebnego trzydziestolecia pół wieku wcześniej. Powołanie przez Mohammeda Ben Abbesa rządu jedności narodowej zostało powszechnie przyjęte jako sukces; żaden nowo wybrany prezydent republiki nie uzyskał wcześniej takiego kredytu zaufania – co do tego wszyscy komentatorzy byli zgodni. Często wracałem myślami do słów Tanneura i do międzynarodowych ambicji nowego prezydenta; z zainteresowaniem przyjąłem informację, która przeszła praktycznie bez echa, dotyczącą wznowienia negocjacji w sprawie szybkiego przystąpienia Maroka do Unii Europejskiej; jeśli chodzi o Turcję, został już ustalony konkretny kalendarz. Odbudowa Cesarstwa Rzymskiego była więc w toku, a w polityce wewnętrznej Ben Abbes działał po prostu bezbłędnie. Pierwszą konsekwencją jego wyboru okazało się radykalne zmniejszenie przestępczości, która w najgorszych dzielnicach zmalała dziesięciokrotnie. Kolejnym natychmiastowym sukcesem był spadek – i to na łeb na szyję – bezrobocia. Wiązało się to bez wątpienia z masowym odpływem kobiet z rynku pracy, co wynikało ze znaczącej podwyżki świadczeń rodzinnych, pierwszego kroku nowego rządu, o niemal symbolicznym wymiarze. Fakt, że wypłatę świadczeń uzależniono od całkowitego zaprzestania jakiejkolwiek działalności zawodowej, wywołał początkowo nieco zgrzytania zębami, zwłaszcza na lewicy, jednak upublicznienie danych dotyczących wskaźnika bezrobocia zgrzytanie owo błyskawicznie uciszyło. Zwłaszcza że deficyt budżetowy przy tym nawet nie drgnął, podwyżka świadczeń rodzinnych została bowiem całkowicie pokryta drastycznym obniżeniem wydatków na szkolnictwo, stanowiących dotychczas najwyższą pozycję w budżecie państwa. W nowo wprowadzonym systemie obowiązek szkolny kończył się na szkole podstawowej, czyli mniej więcej w wieku lat dwunastu. Przywrócono certyfikat ukończenia szkoły podstawowej jako normalne ukoronowanie procesu edukacji. Pojawiły się zachęty do nauki rzemiosła, natomiast finansowanie szkolnictwa średniego i wyższego całkowicie przeszło do sektora prywatnego. Wszystkie te reformy miały na celu „przywrócenie rodzinie, jako podstawowej komórce społecznej, jej dawnego miejsca i godności" – jak zgodnie oświadczyli nowy prezydent republiki i jego premier we wspólnej, dość dziwnej deklaracji, w której Ben Abbes przybierał tony niemal mistyczne, a François Bayrou z szerokim, głupawym uśmiechem na twarzy wcielił się w rolę Hanswursta, czyli Jasia Kiełbasy z niemieckiego teatru lalek, który w przerysowany i nieco groteskowy sposób powtarza ostatnie słowa głównego bohatera. Rzecz jasna szkoły muzułmańskie nie miały się czego obawiać – na szkolnictwo monarchie petrodolarowe nigdy nie szczędziły grosza. Co bardziej zaskakujące, wyglądało na to, że niektóre katolickie i żydowskie szkoły wyznaniowe również na tych zmianach zyskały dzięki wsparciu ze strony wielu dyrektorów przedsiębiorstw; w każdym razie oświadczyły, że ich budżet został domknięty i od następnego września będą funkcjonować normalnie.

Gwałtowne załamanie dotychczasowego, dwubiegunowego układu centrolewica – centroprawica, który od niepamiętnych czasów leżał u podstaw francuskiego życia politycznego, początkowo pogrążyło media w stanie stuporu zbliżonego do afazji. Nieszczęsny Christophe Barbier w smętnie zwisającym szaliczku łaził od studia do studia, wykazując się totalną niemocą skomentowania historycznej zmiany, której nadejścia nie potrafił przewidzieć; której nadejścia, prawdę mówiąc, nikt nie potrafił przewidzieć. Jednak stopniowo, z biegiem tygodni, zaczęły się krystalizować zalążki opozycji. Najpierw w środowiskach laickiej lewicy. Pod wpływem tak nieprawdopodobnych osób jak Jean-Luc Mélenchon czy Michel Onfray zaczęto organizować pierwsze protesty. Front Lewicy wciąż istniał, przynajmniej na papierze, i można się było spodziewać, że w dwa tysiące dwudziestym siódmym naprzeciw Mohammeda Ben Abbesa stanie godny rywal, rzecz jasna poza kandydatką Frontu Narodowego. Z drugiej strony dały się słyszeć głosy formacji typu Unia Studentów Salafickich, które piętnowały zdarzające się nadal zachowania niemoralne i żądały faktycznego wprowadzenia szariatu. Powoli pojawiały się więc pierwsze elementy debaty politycznej. Miała to być debata nowego rodzaju, zasadniczo odmienna od tych, które Francja znała z poprzednich dekad, bardziej przypominająca debaty w większości krajów arabskich, ale jednak jakaś debata. Istnienie zaś choćby i sztucznej debaty politycznej jest niezbędne dla harmonijnego funkcjonowania mediów, a może nawet dla przynajmniej formalnego poczucia u obywateli, że demokracja wciąż ma się dobrze.

Pod tym powierzchownym zamieszaniem Francja szybko się zmieniała, i to dogłębnie. Okazało się wkrótce, że Mohammed Ben Abbes, niezależnie od islamu, ma własne poglądy; podczas jednej z konferencji prasowych oznajmił, że jest pod silnym wpływem dystrybutyzmu, czym wprawił słuchaczy w osłupienie. Prawdę mówiąc, wielokrotnie już podczas kampanii prezydenckiej składał tego rodzaju deklaracje, ale ponieważ dziennikarze mają naturalną skłonność do pomijania informacji, których nie rozumieją, deklaracje te nie zostały ani zarejestrowane, ani nagłośnione. Tym razem jednak rzecz dotyczyła urzędującego prezydenta republiki, musieli więc zaktualizować swój stan wiedzy. W następnych tygodniach opinia publiczna dowiedziała się zatem, iż dystrybutyzm to filozofia ekonomiczna, która narodziła się w Anglii na początku dwudziestego wieku pod wpływem Gilberta Keitha Chestertona i Hilaire'a Belloca. Chciała uchodzić za „trzecią drogę", daleką zarówno od kapitalizmu, jak i od komunizmu, uznawanego za państwową odmianę kapitalizmu. Jej podstawowa myśl sprowadzała się do zniesienia rozdziału między kapitałem i pracą. Normalną formą gospodarki jawiło się przedsiębiorstwo rodzinne. Kiedy w pewnych dziedzinach konieczne okazywało się łączenie w większe jednostki, należało uczynić wszystko, aby pracownicy byli akcjonariuszami swojego przedsiębiorstwa, współodpowiedzialnymi za jego zarządzanie.

Dystrybutyzm, miał później uściślić Ben Abbes, jest absolutnie zgodny z naukami islamu. Uściślenie to nie było całkiem zbędne. Za życia Chesterton i Belloc zasłynęli przede wszystkim swoją zażartą aktywnością jako katoliccy polemiści. Okazało się dość szybko, że mimo jawnego antykapitalizmu samej doktryny władze w Brukseli nie mają w gruncie rzeczy czego się obawiać. Główne kroki podjęte przez nowy rząd polegały bowiem z jednej strony na całkowitym zniesieniu pomocy państwa dla dużych grup przemysłowych – a pomoc taką sama Bruksela od dawna tępiła jako zamach na zasadę wolnej konkurencji – z drugiej zaś na przyjęciu przepisów podatkowych niezwykle korzystnych dla rzemiosła i samozatrudnienia. Kroki te od razu spotkały się z gorącym entuzjazmem; od wielu już dziesięcioleci marzeniem zawodowym powszechnie wyrażanym przez młodych ludzi było „założenie własnej firmy", a przynajmniej uzyskanie statusu pracownika niezależnego. Ponadto były one idealnie zgodne z kierunkiem rozwoju gospodarki narodowej: mimo niezwykle kosztownych planów naprawczych wielkie zakłady przemysłowe we Francji wciąż zamykano, podczas gdy rolnictwo i rzemiosło świetnie dawały sobie radę, a nawet – jak to się mówi – zdobywały udziały w rynku.

Wszystkie te zmiany pchały Francję w stronę nowego modelu społecznego, tyle że ewolucja przebiegała w ukryciu – aż do dnia publikacji głośnego eseju młodego socjologa, Daniela Da Silvy, ironicznie zatytułowanego *Pewnego dnia, synu, wszystko to będzie twoje* i opatrzonego bardziej wymownym podtytułem *W kierunku rodziny z rozsądku*. We wstępie autor powoływał się na inny esej, opublikowany kilkanaście lat wcześniej przez Pascala Brucknera, filozofa, który głosił upadek małżeństwa z miłości, a jednocześnie pochwałę małżeństwa z rozsądku. Da Silva również twierdził, że więzi rodzinne, zwłaszcza między ojcem i synem, w żadnym razie nie powinny być oparte na miłości, lecz tylko na przekazywaniu wiedzy i majątku. Według niego powszechne przejście do systemu salariatu musiało doprowadzić do rozkładu rodziny i pełnej atomizacji społeczeństwa, które będzie w stanie ponownie się scalić dopiero wówczas, kiedy podstawowy model produkcji zostanie znowu oparty na przedsiębiorstwie indywidualnym. Chociaż tym antyromantycznym tezom często towarzyszyła atmosfera skandalu, przed publikacją eseju Da Silvy nie miały one szans na dłuższą obecność w mediach, gdyż w mainstreamie dominował konsensus wokół indywidualnej wolności, tajemnicy miłości i różnych takich. Będąc człowiekiem bystrym i znakomitym dyskutantem, dość obojętnym na religijne i polityczne ideologie, w każdych okolicznościach skupionym jedynie na swojej dziedzinie, czyli analizie ewolucji struktur rodzinnych oraz jej skutków dla demograficznych perspektyw zachodnich społeczeństw, ten młody socjolog potrafił jako pierwszy przełamać zaklęty krąg gęstniejącej wokół niego prawicowości i narzucić się jako jedyny dozwolony głos w debatach społecznych, które rodziły się (stopniowo, powoli, bez wielkiego hałasu i w atmosferze gnuśnej akceptacji, ale jednak się rodziły) wokół projektów społecznych Mohammeda Ben Abbesa.

Moja własna historia rodzinna stanowiła idealną ilustrację tez Da Silvy; jeśli chodzi o miłość, byłem od niej dalej niż kiedykolwiek. Cud pierwszej wizyty u Rachidy i Luisy już się nie powtórzył, a mój fiut znowu stał się tyleż sprawny, co niewrażliwy; opuściłem ich kawalerkę w stanie bliskim rozpaczy, świadomy, że prawdopodobnie więcej ich nie zobaczę, a możliwości życiowe przeciekają mi przez palce z rosnącą prędkością, pozostawiając mnie – jak by to ujął Huysmans – „obojętnym i oschłym".

Niedługo później chłodny front zapanował nad tysiącami kilometrów kwadratowych Europy Zachodniej; masy polarnego powietrza, które przez kilka dni utrzymywały się nad Wyspami Brytyjskimi i północnymi Niemcami, w ciągu jednej nocy zeszły nad Francję, a temperatura spadła wyjątkowo nisko jak na tę porę roku.

Moje ciało, które przestało być źródłem rozkoszy, nadal stanowiło źródło cierpienia; kilka dni później zorientowałem się, że po raz chyba dziesiąty w ciągu trzech lat padłem ofiarą egzemy, objawiającej się pęcherzykowatymi wypryskami. Malutkie krostki na podeszwach stóp i między palcami łączyły się, tworząc rozległe, ropiejące rany. Wizyta u dermatologa oświeciła mnie, że do egzemy dołączyła grzybica: chore obszary skóry zostały zaludnione przez jakieś parszywe grzyby, które postanowiły skorzystać z okazji. Kuracja była prosta, ale długotrwała, znaczącej poprawy można się było spodziewać najwcześniej po kilku tygodniach. Co noc budził mnie ból, godzinami drapałem się do krwi, co przynosiło tylko chwilową ulgę. Niepojęte, że moje biedne palce u stóp, pękate, absurdalne kluseczki, mogą być poddawane tak dręczącym torturom.

Pewnej nocy, po kolejnym seansie drapania, wstałem z łóżka i z krwawiącymi stopami podszedłem do okna. Chociaż dochodziła trzecia rano, na dworze – jak zwykle w Paryżu – nie było całkiem ciemno. Przez okno dawało się dostrzec kilkanaście wieżowców i setki niższych budynków. Kilka tysięcy mieszkań i kilka tysięcy o g n i s k   d o m o w y c h, które w Paryżu składają się zazwyczaj z dwóch, ale najczęściej tylko z jednej osoby. O tej porze w prawie żadnym mieszkaniu nie paliło się światło. Jak większość tych ludzi nie miałem szczególnych powodów, żeby popełniać samobójstwo. A właściwie, jeśli dobrze się przyjrzeć, miałem ich nawet zdecydowanie mniej: zaliczyłem sporo autentycznych dokonań intelektualnych, w swoim – nie da się ukryć – liczebnie ograniczonym środowisku byłem człowiekiem znanym, a nawet szanowanym. Z materialnego punktu widzenia nie miałem powodów do narzekań: przyzwoite, zagwarantowane do śmierci dochody, dwukrotnie wyższe od średniej krajowej, bez obowiązku wykonywania jakiejkolwiek pracy. A jednak czułem, że zbliżam się do granicy samounicestwienia, choć nie było

199

we mnie ani rozpaczy, ani nawet smutku; po prostu następowała powolna degradacja „całkowitej sumy funkcji, które stawiają opór śmierci", jak to określa Bichat. Najwyraźniej zwykła chęć życia już nie wystarczała, aby nadal przeciwstawiać się cierpieniom i kłopotom, które znaczą drogę życiową przeciętnego mieszkańca Europy Zachodniej; nie potrafiłem żyć dla samego siebie, a dla kogóż innego miałbym żyć? Ludzkość nie tylko mnie nie interesowała, ale wręcz mierziła; nie uważałem ludzi za swoich braci, a już tym bardziej nie uważałem za braci jakiegoś drobnego fragmentu owej ludzkości, na przykład swoich rodaków lub byłych kolegów z pracy. Chciał nie chciał, musiałem jednak uznać, że ci ludzie są do mnie podobni, choć właśnie z powodu owego podobieństwa wolałem ich unikać; w tej sytuacji przydałaby się kobieta – klasyczne, sprawdzone rozwiązanie – która bez wątpienia też jest człowiekiem, lecz reprezentuje nieco inną odmianę ludzkości i wnosi do życia lekki zapach egzotyki. Huysmans mógłby sformułować problem praktycznie w takich samych słowach, bowiem od jego czasów sytuacja niemal się nie zmieniła; może odrobinę – nieformalnie i na gorsze, przez powolne wykruszanie się, spłaszczanie różnic – choć nawet to bywało dalece przeceniane. Huysmans ostatecznie wybrał inną drogę, decydując się na bardziej radykalną egzotykę w postaci b o s k o ś c i; droga ta zawsze jednak budziła we mnie mieszane uczucia.

Minęło kilka miesięcy; w końcu egzema skapitulowała przed kuracją, tyle że niemal natychmiast zastąpiły ją gwałtowne ataki hemoroidów. Przyszło ogólne ochłodzenie, a moje wyj-ścia z domu zyskały na racjonalności: raz w tygodniu wizyta w Géant Casino w celu uzupełnienia zapasów artykułów spo-żywczych i środków czystości, raz dziennie zejście do skrzyn-ki pocztowej po zamówione na Amazonie książki.

Święta minęły mi bez szczególnego pogrążania się w roz-paczy. Rok wcześniej dostałem jeszcze kilka maili z życzenia-mi noworocznymi, od Alice i od paru kolegów z wydziału. W tym roku po raz pierwszy od nikogo.

Dziewiętnastego stycznia w nocy nagle mnie dopadł atak niepowstrzymanego płaczu. Rankiem, gdy nad Krem-lin-Bicêtre wstawał świt, postanowiłem wrócić do opactwa Ligugé, gdzie Huysmans otrzymał tytuł oblata.

Ogłoszono, że pociąg TGV do Poitiers ma opóźnienie, które może ulec zmianie; po peronach krążyli pracownicy SNCF, pilnując, żeby żadnemu z oczekujących nie wpadło do głowy zapalić papierosa; w sumie podróż zaczynała się kiepsko, a w pociągu czekały na mnie kolejne nieszczęścia. Od ostatniego razu znowu zmniejszyli miejsce na bagaż, redukując je prawie do zera; walizki i torby zawalały korytarze, wskutek czego spacery między wagonami, które niegdyś stanowiły główną atrakcję podczas jazdy koleją, stały się źródłem konfliktów i po chwili przestały być możliwe. W wagonie restauracyjnym Servair, do którego dotarłem dopiero po dwudziestu pięciu minutach, spotkało mnie kolejne rozczarowanie: większości dań z i tak skromnej karty nie było. SNCF i Servair przepraszały za niedogodności; musiałem się zadowolić sałatką z komosy ryżowej z bazylią i włoską wodą gazowaną. W dworcowym kiosku z rozpaczy kupiłem „Libération". Gdzieś w okolicy Saint-Pierre-des-Corps jeden z artykułów przyciągnął moją uwagę: wyglądało na to, że propagowany przez nowego prezydenta dystrybutyzm nie jest tak nieszkodliwy, jak na pozór wyglądał. Jednym z podstawowych elementów filozofii politycznej Chestertona i Belloca była zasada pomocniczości. Zgodnie z nią żadna jednostka (społeczna, ekonomiczna czy polityczna) nie powinna się podejmować zadań, które może zlecić instytucji podrzędnej. W swojej encyklice *Quadragesimo Anno* papież Pius XI tak ową zasadę definiował: „jak jednostkom ludzkim nie wolno odejmować i przekazywać społeczności tego, co jednostki te z własnej inicjatywy i własną mogą wytworzyć pracą, tak samo jest naruszeniem sprawiedliwości, gdy się to, co mniejsze i niższe społeczności wykonać i dokonać mogą, przydziela większym i wyższym władzom społecznym; poza tym wyrządza to szkodę wielką i podrywa porządek społeczny". W danym przypadku nowe zadanie, którego przekazanie na zbyt wysoki szczebel „podrywało porządek społeczny" – o czym Ben Abbes właśnie się przekonał – nie było niczym innym jak solidarnością społeczną. „Cóż piękniejszego – mówił wzruszony w swoim ostatnim wystąpieniu – niż solidarność w cieple ogniska domowego!". „Ciepło ogniska domowego" było chwilowo na etapie p r o g r a m u, ale w konkretach nowy projekt budżetu zakładał zmniejszenie wydatków socjalnych państwa o osiemdziesiąt pięć procent w ciągu najbliższych trzech lat.

Najbardziej zdumiewające było to, że hipnotyczna magia, którą Ben Abbes od początku wokół siebie rozsiewał, wciąż działała, a jego projekty nie spotykały się z poważniejszym sprzeciwem. Lewica miała tę cudowną cechę, że zawsze potrafiła przeforsować swoje antyspołeczne reformy, które zostałyby zdecydowanie odrzucone, gdyby były autorstwa prawicy; reguła ta zdawała się funkcjonować jeszcze skuteczniej w przypadku partii muzułmańskiej. Na stronach międzynarodowych przeczytałem, że negocjacje z Algierią i Tunezją w sprawie ich przystąpienia do Unii Europejskiej szybko posuwają się do przodu i oba kraje powinny przed końcem roku dołączyć do Maroka, które już zostało członkiem Unii; ponadto rozpoczęto wstępne rozmowy z Libanem i Egiptem.

Na dworcu w Poitiers moja podróż zaczęła wyglądać nieco korzystniej. Na postoju stało sporo taksówek, a kierowca wcale się nie zdziwił, kiedy oznajmiłem, że jadę do opactwa Ligugé. Korpulentny pięćdziesięciolatek o łagodnym, myślącym spojrzeniu z dużą ostrożnością prowadził swoją toyotę minivan. Podczas jazdy opowiadał, że każdego tygodnia ludzie z całego świata przyjeżdżają do tego najstarszego w Europie Zachodniej chrześcijańskiego klasztoru; ot, choćby w poprzednim tygodniu wiózł słynnego amerykańskiego aktora, którego nazwiska nie pamiętał, ale jest pewien, że go widział w niejednym filmie; krótkie dochodzenie pozwoliło ustalić, że zapewne, choć niekoniecznie, chodzi o Brada Pitta. Mój pobyt na pewno będzie bardzo przyjemny, oznajmił taksówkarz; miejsce jest spokojne, jedzenie znakomite. W chwili, gdy to mówił, uświadomiłem sobie, że nie tylko tak myśli, ale też tego mi życzy, należy bowiem do nader nielicznej grupy ludzi, którzy *a priori* cieszą się szczęściem bliźnich; krótko mówiąc, można go nazwać f a j n y m   f a c e t e m.

W sieni po lewej mieścił się sklepik z wyrobami klasztornego rzemiosła, chwilowo zamknięty, a po prawej recepcja, chwilowo pusta. Nieduża tabliczka informowała, żeby w razie konieczności dzwonić, ale podczas liturgii godzin raczej się od tego powstrzymać, z wyjątkiem spraw naprawdę niecierpiących zwłoki. Na tabliczce podano godziny początku modłów, jednak bez czasu ich trwania i godziny zakończenia; po żmudnym rachunku z uwzględnieniem godzin posiłków doszedłem do wniosku, że jeśli wszystko to ma się zmieścić w ciągu doby, jedno nabożeństwo nie powinno trwać dłużej niż pół godziny. Nieco krótszy rachunek uzmysłowił mi, że prawdopodobnie właśnie w tej chwili trwa przerwa między sekstą a noną, czyli mogę bez obawy nacisnąć dzwonek.

Parę minut później nadszedł wysoki mnich w czarnej szacie zakonnej, który na mój widok szeroko się uśmiechnął. Jego twarz o wysokim czole okalały ciemne, lekko siwiejące loczki i równie ciemna broda; na oko dałbym mu najwyżej pięćdziesiąt lat.

– Jestem brat Joël, to ja odpisałem na pański mail – powiedział, bez pytania zabierając mi torbę. – Zaprowadzę pana do pokoju.

Szedł wyprostowany, bez wysiłku niosąc ciężką torbę; najwyraźniej cieszył się niezłą kondycją.

– Bardzo nam miło znowu pana gościć. To było jakieś dwadzieścia lat temu, prawda?

Chyba spojrzałem na niego kompletnie baranim wzrokiem, gdyż zaraz dodał:

– Zdaje się, że dwadzieścia lat temu był pan naszym gościem. Pisał pan wtedy pracę o Huysmansie.

Było to zgodne z prawdą, ale zdziwiłem się, że mnie pamięta; jeśli o mnie chodzi, jego twarz nie nasuwała mi żadnych wspomnień.

– Brat jest furtianem?

– Nie, skądże, ale wówczas byłem. To funkcja zlecana młodszym zakonnikom, mającym krótki staż w życiu klasztornym. Furtian musi rozmawiać z naszymi gośćmi, pozostawać w kontakcie ze światem; stanowisko furtiana jest więc stanem przejściowym, powierza się je młodym mnichom, zanim złożą śluby milczenia. Osobiście byłem furtianem przez nieco ponad rok.

Szliśmy wzdłuż fasady dość ładnego renesansowego gmachu, zbudowanego na skraju parku; na usianych suchymi liśćmi alejkach lśniły promienie zimowego słońca. Dalej stał kościół, równie wysoki jak budynek klasztorny, w stylu późnego gotyku.

– To stary kościół klasztorny, jeszcze z czasów Huysmansa – powiedział brat Joël. – Gdy zakon zdołał się odtworzyć po likwidacji na skutek ustawy Combesa o rozdziale Kościoła od państwa, nie udało się nam odzyskać budynku kościelnego, w przeciwieństwie do klasztornego. Musieliśmy postawić nowy kościół, na terenie samego opactwa.

Zatrzymał się przy jednopiętrowym budyneczku, również w stylu renesansowym.

– Tu jest nasz dom pielgrzyma. I miejsce pańskiego noclegu.

W tym momencie w głębi alei zobaczyłem nadbiegającego mnicha koło czterdziestki, też w czarnej szacie zakonnej. Oko żywe, błyszcząca w słońcu łysina, ogólne wrażenie ogromnej pogody ducha i kompetencji; wyglądał jak minister finansów, może nawet budżetu, w każdym razie jak człowiek, któremu bez wahania można powierzyć obowiązki wymagające najwyższej odpowiedzialności.

– Oto brat Pierre, nasz furtian; wszystkie sprawy praktyczne związane z pańskim pobytem proszę załatwiać z nim – oznajmił brat Joël. – Ja przyszedłem tylko się z panem przywitać.

To powiedziawszy, skłonił się nisko, uścisnął mi dłoń i oddalił się w stronę klasztoru.

– Przyjechał pan TGV? – zapytał furtian, a ja przytaknąłem. – To bardzo szybki pociąg, nieprawdaż?

Najwyraźniej postanowił prowadzić rozmowę na jak najbardziej neutralnym gruncie. Wziął moją torbę i poprowadził mnie do pokoju: kwadratowego, trzy metry na trzy, wyłożonego jasnoszarą tapetą-plecionką, z szarą, średnio wyliniałą wykładziną na podłodze. Jedyną ozdobę stanowił wielki drewniany krucyfiks nad wąskim, jednoosobowym łóżkiem. Od razu zauważyłem, że umywalka nie jest wyposażona w mieszacz, a na suficie dostrzegłem czujnik dymu. Bratu Pierre'owi powiedziałem, że pokój bardzo mi pasuje, ale już wiedziałem, że to nieprawda. Zastanawiając się w powieści *W drodze*, jak zniesie klasztorny tryb życia, Huysmans przywodzi w charakterze argumentu negatywnego przypuszczenie, że wewnątrz budynków nie będzie mógł palić. Za takie właśnie zdania od zawsze go lubiłem; podobnie jak za fragment, w którym oświadcza, że jedną z nielicznych czystych radości życia na tej ziemi jest ułożyć się wygodnie na łóżku, mając pod ręką stertę dobrych książek i paczkę tytoniu. No cóż, nie miał przecież okazji poznać czujników dymu.

Na drewnianym, nieco kulawym biureczku leżała Biblia, cienki tomik Jean-Pierre'a Longeata o sensie schronienia się w klasztorze (z adnotacją: „Nie wynosić") i kartka, na której zanotowano godziny posiłków, nabożeństw i modlitw. Szybki rzut oka pozwolił mi zorientować się, że właśnie nadchodziła pora nony, ale postanowiłem, że pierwszego dnia nie będę uczestniczyć w odprawianiu brewiarza: symbolika nony nie jest powalająca; podobnie jak w tercji i sekście, psalmy nony służą „stawaniu w każdej godzinie w obecności Boga". W ciągu doby poza codzienną mszą odprawiano siedem modlitw liturgicznych; od czasów Huysmansa nic się nie zmieniło z wyjątkiem przesunięcia godziny czytań z drugiej w nocy na dwudziestą drugą. Podczas pierwszego pobytu bardzo polubiłem ten właśnie fragment liturgii, składający się z długich, medytacyjnych psalmów odmawianych w środku nocy, równie oddalonych od komplety na pożegnanie mijającego dnia, jak i od jutrzni zawierzającej nowy dzień – psalmów, które są czystym oczekiwaniem i najwyższą nadzieją bez żadnej widomej przyczyny. Rzecz jasna w zimie, w czasach, gdy kościół nie był ogrzewany, ten element liturgii musiał być dość uciążliwy.

Byłem naprawdę pod wrażeniem faktu, że brat Joël mnie rozpoznał po ponad dwudziestu latach. Chyba niewiele się w jego życiu zdarzyło od czasu, gdy odszedł z funkcji furtiana. Pracował w warsztatach klasztornych, uczestniczył w codziennych modłach. Prowadził spokojny, prawdopodobnie szczęśliwy żywot, zdecydowanie różny od mojego.

Udałem się na długi spacer po parku; paliłem papierosy i czekałem na nieszpory, które odprawiano tuż przed wieczornym posiłkiem. Słońce świeciło coraz mocniej, jego promienie skrzyły się na szronie, rzucając jasnożółte plamy na ściany budynków, szkarłatne na dywan suchych liści. Przestałem widzieć sens swojej tutaj obecności; chwilami pojawiał się i natychmiast znikał, ale w każdym razie nie miał już wiele wspólnego z Huysmansem.

W ciągu dwóch następnych dni przywykłem do kolejno odprawianych liturgii, choć nie mogę powiedzieć, żebym je polubił. Jedynym rozpoznawalnym ich elementem, jedynym punktem stycznym z dewocją – w znaczeniu, jakie jej nadano w świecie zewnętrznym – była codzienna msza. Reszta składała się z recytowania i śpiewania dobranych do pory doby psalmów, niekiedy przerywanych czytaniem krótkich tekstów świętych przez jednego z mnichów; podobne lektury towarzyszyły również spożywanym w milczeniu posiłkom. Nowy kościół, zbudowany na terenie opactwa, był skromny i wybitnie brzydki – przypominał centrum handlowe Super-Passy na ulicy Annonciation, a witraże w postaci kolorowych abstrakcyjnych plam nie zasługiwały na najmniejszą uwagę. Wszystko to jednak nie miało w moich oczach znaczenia; nie byłem estetą, a już na pewno nie takim jak Huysmans; jednolita brzydota współczesnej sztuki sakralnej nie robiła na mnie wrażenia. Głosy mnichów, czyste, pokorne i łagodne, pełne słodyczy, nadziei i oczekiwania, wznosiły się w lodowatym powietrzu. Pan Jezus miał wkrótce nadejść; ciepło jego zbliżającej się obecności już napełniało radością ich dusze – oto jedyny temat tych śpiewów, pieśni organicznego, słodkiego oczekiwania. Nietzsche ze swoim węchem starej dziwki miał w sumie rację: chrześcijaństwo jest religią kobiecą.

Wszystko to mogło mi się nawet podobać, ale sprawy wyglądały gorzej, kiedy wracałem do celi: czujnik dymu bacznie mi się przypatrywał swoim czerwonym, wrogim okiem. Niekiedy paliłem przy oknie, ale okazało się, że od czasów Huysmansa sytuacja tu również uległa pogorszeniu: linia kolejowa biegła na granicy parku, w linii prostej dwieście metrów od okna; łoskot kół pociągów pędzących po torach kilka razy na godzinę zakłócał kontemplacyjną ciszę opactwa. Z dnia na dzień robiło się chłodniej i po każdym takim seansie przy oknie przez dłuższy czas stałem przyklejony do kaloryfera. Humor mi się psuł, a proza Jean-Pierre'a Longeata, bez wątpienia doskonałego mnicha, przepełnionego miłością i dobrymi intencjami, coraz bardziej mnie drażniła. "Życie powinno być nieustanną wymianą miłosną, czy w chwilach próby, czy radości – pisał braciszek – korzystaj więc z tych kilku dni, aby w sobie rozwijać zdolność do odczuwania i dawania miłości, zarówno w czynach, jak i w słowach". Pieprzysz, baranie, kompletnie od rzeczy, nikogo tu ze mną nie ma, szydziłem z niego bezlitośnie. "Przybyłeś tu, aby odbyć podróż w głąb siebie, do tego źródła, w którym pragnienie wyraża się z całą mocą" – pisał dalej. Moje pragnienia są proste jak konstrukcja cepa; mam tylko ochotę zajarać, baranie, i to jest moje źródło, warczałem ze złości. W przeciwieństwie do Huysmansa chyba jeszcze nie miałem serca "skamieniałego i osmalonego od rozpusty", ale moje płuca, owszem, skamieniały i osmaliły się od dymu.

„Słuchaj, smakuj i pij, płacz i śpiewaj, pukaj do drzwi miłości!" – wykrzykiwał ekstatycznie Longeat. Trzeciego dnia rano zrozumiałem, że muszę wyjechać, ten pobyt okazał się porażką. Bratu Pierre'owi oświadczyłem, że wzywają mnie zupełnie niespodziewane obowiązki zawodowe, wręcz niezwykłej wagi, więc niestety jestem zmuszony skrócić swe duchowe peregrynacje. Patrząc na jego fizjonomię Pierre'a Moscoviciego, byłem pewien, że mi uwierzy; może zresztą w poprzednim życiu był kimś w rodzaju Pierre'a Moscoviciego, a wiedziałem, że między nami Pierre'ami Moscoviciami na pewno potrafimy się porozumieć, bez dwóch zdań. Kiedy się rozstawaliśmy w klasztornej sieni, wyraził jednak nadzieję, że droga przebyta wśród nich okaże się drogą ku światłu. Odparłem, że tak, oczywiście, wszystko było super, ale w tej chwili nie do końca dorastam do jego oczekiwań.

W nocy zatoka niskiego ciśnienia znad Atlantyku zawitała na południowy zachód Francji, temperatura podniosła się o dziesięć stopni, a gęsta mgła zaległa nad Poitiers. Taksówkę zamówiłem z dużym wyprzedzeniem, została mi więc godzina do zabicia; spędziłem ją w sąsiadującym z klasztorem barze Amitié, machinalnie wlewając w siebie kufel za kuflem leffe i hoegaardena. Kelnerka była szczupła i nadmiernie wymalowana, goście zbyt głośno rozmawiali, głównie o handlu nieruchomościami i wakacjach. Znajdując się ponownie wśród sobie podobnych, nie odczuwałem ani krzty satysfakcji.

„Islam będzie polityką albo nie będzie go wcale".

ajatollah Chomeini

Na dworcu w Poitiers musiałem wymienić bilet. Najbliższy TGV do Paryża był prawie pełny, dopłaciłem więc do miejsca w wagonie Pro Première. Zdaniem SNCF była to przestrzeń dla uprzywilejowanych, z gwarantowanym i bezawaryjnym połączeniem Wi-Fi, szerokimi stolikami do wygodnego rozłożenia dokumentów i gniazdkami elektrycznymi, żeby nie znaleźć się jak idiota z rozładowaną baterią laptopa; poza tym niczym się to nie różniło od normalnej pierwszej klasy.

Znalazłem sobie pojedyncze miejsce bez żadnego vis-à-vis, usytuowane w kierunku jazdy pociągu. Po drugiej stronie korytarza jakiś arabski biznesmen koło pięćdziesiątki, w długiej białej galabii i równie białej kefii, prawdopodobnie wracający z Bordeaux, rozłożył na stoliku kilka teczek z dokumentami. Naprzeciw niego dwie dziewczyny, prawie nastolatki, w długich szatach i kolorowych hidżabach, ożywione i roześmiane – zapewne jego małżonki – siedziały przed górą słodyczy i stertą czasopism z dworcowego kiosku; jedna zaczytana w komiksach z „Picsou Magazine", druga w opowieściach o celebrytach z dwutygodnika „Oops".

Biznesmen sprawiał wrażenie mocno zafrasowanego; sprawdził pocztę mailową i otworzył załącznik z licznymi tabelami w Excelu, a ich analiza najwyraźniej wzmogła jego niepokój. Wybrał jakiś numer w komórce i wdał się w długą, cichą konwersację; nie rozumiejąc, o co chodzi, próbowałem bez szczególnego entuzjazmu zatopić się w lekturze artykułu w „Le Figaro", który opisywał nowy reżim polityczny we Francji z punktu widzenia rynku nieruchomości i artykułów luksusowych. W obu tych dziedzinach sytuacja przedstawiała się nadzwyczaj obiecująco: uświadomiwszy sobie, że mają teraz do czynienia z państwem zaprzyjaźnionym, obywatele krajów Zatoki Perskiej coraz częściej marzyli o apartamencie w Paryżu lub na Lazurowym Wybrzeżu, cenowo przebijając Chińczyków i Rosjan; krótko mówiąc, rynek miał się świetnie.

Głośno chichocząc, dziewczyny pogrążyły się w grze polegającej na znajdowaniu różnic między dwoma obrazkami w „Picsou Magazine". Biznesmen uniósł wzrok znad arkusza kalkulacyjnego i uśmiechnął się do nich z boleściwym wyrzutem. Też się do niego uśmiechnęły, nie przestając szeptać i chichotać. Mężczyzna znowu złapał za telefon i wdał się w kolejną konwersację, równie długą i poufną jak poprzednia. W świecie islamskim kobieta – przynajmniej jeśli jest dość ładna, żeby wzbudzić pożądanie bogatego małżonka – praktycznie przez całe życie może pozostać dzieckiem. Wkrótce po wyjściu z lat dziecięcych sama zostaje matką i znowu pogrąża się w świecie dzieci. Jej własne potomstwo dorasta, a ona staje się babcią. I tak toczy się jej życie. Przez kilka zaledwie lat kupuje sobie erotyczną bieliznę i zamienia dziecięce zabawy na gry seksualne, co w gruncie rzeczy sprowadza się do tego samego. Oczywiście traci swoją niezależność, ale *fuck autonomy*; sam z dużą łatwością, a nawet autentyczną ulgą pozbyłem się wszelkich obowiązków zawodowych czy intelektualnych i wcale nie zazdrościłem temu biznesmenowi siedzącemu po drugiej stronie korytarza w przedziale TGV Pro Première, którego twarz – w miarę toczącej się konwersacji telefonicznej – coraz bardziej pochmurniała; najwyraźniej jego interesy mocno kulały, gdy tymczasem pociąg przejeżdżał przez stację Saint-Pierre-des--Corps. Tyle że on miał przynajmniej rekompensatę w postaci dwóch pełnych wdzięku i czaru małżonek, które mogły mu wynagrodzić trudy prowadzenia biznesu; może jeszcze jedna czy dwie czekały na niego w Paryżu; kołatało mi po głowie, że szariat zezwala na posiadanie czterech żon. Mój ojciec miał… znerwicowaną dziwkę w postaci mojej matki. Na tę myśl zadrżałem. Cóż, teraz już nie żyła, oboje nie żyli, a ja byłem jedynym – żywym, acz w ostatnich czasach nieco sfatygowanym – świadectwem ich miłości.

W Paryżu także się ociepliło, ale nie aż tak; na miasto padał chłodny kapuśniaczek; gęsty ruch samochodowy kłębił się na ulicy Tolbiac, która wydawała mi się dziwnie długa, nigdy w życiu nie szedłem ulicą równie długą, ponurą, nudną i ciągnącą się bez końca. Po powrocie nie spodziewałem się niczego szczególnego, najwyżej rozmaitych kłopotów. Jednak ku swojemu ogromnemu zdumieniu w skrzynce znalazłem list – w każdym razie coś, co nie było ani folderem reklamowym, ani fakturą, ani żądaniem udzielenia informacji administracyjnych. Zniesmaczonym wzrokiem omiotłem salon, nie potrafiąc pozbyć się przekonania, że nie sprawia mi najmniejszej przyjemności myśl o powrocie do domu, do tego mieszkania, w którym nikt się nie kochał i którego nikt nie lubił. Nalałem sobie duży kieliszek calvadosu i otworzyłem list.

Był podpisany przez Bastiena Lacoue, który kilka lat temu – najwyraźniej informacja ta musiała mi wówczas umknąć – zastąpił Hugues'a Pradiera na stanowisku dyrektora wydawnictwa La Pléiade. W pierwszych słowach nadawca zauważył, że przez jakieś niepojęte niedopatrzenie Huysmans jeszcze nie figurował w katalogu wydawnictwa La Pléiade, choć ewidentnie należał do kanonu klasyków literatury francuskiej, z czym trudno mi się było nie zgodzić. Następnie wyraził przekonanie, że jeśli wydawnictwo La Pléiade ma komukolwiek powierzyć przygotowanie edycji dzieł Huysmansa, tą osobą mogę być tylko ja ze względu na powszechnie uznaną, wysoką jakość moich prac.

Takiej propozycji się nie odmawia. To znaczy można oczywiście odmówić, ale równałoby się to rezygnacji z wszelkich ambicji intelektualnych i społecznych – krótko mówiąc, z wszelkich ambicji. Czy naprawdę byłem na to gotów? Namysł nad tym jakże ważkim pytaniem wymagał drugiego kieliszka calvadosu. Po chwili uznałem, że byłoby rozważniej zejść do sklepu po następną butelkę.

Dwa dni później bez większego trudu udało mi się umówić z Bastienem Lacoue na spotkanie. Jego gabinet wyglądał dokładnie tak, jak go sobie wyobrażałem: z premedytacją staroświecki, na trzecim piętrze, na które się wchodziło po wąskich, stromych, drewnianych schodach, z widokiem na nieco zaniedbany ogródek wewnętrzny. On sam sprawiał wrażenie typowego intelektualisty: małe, owalne okulary bez oprawek, jowialny, widocznie zadowolony z siebie, ze świata i z zajmowanej w nim pozycji.

Miałem czas, żeby się do tej rozmowy trochę przygotować; zaproponowałem podział twórczości Huysmansa na tomy, z których w pierwszym znalazłyby się dzieła od *Szkatułki z bakaliami* po *Samotnię pana Bougrana** (za prawdopodobną datę jej napisania przyjąłem tysiąc osiemset osiemdziesiąty

---

* Oryg. *La Retraite de monsieur Bougran* – nowela nietłumaczona dotąd na polski.

ósmy), a drugi byłby poświęcony cyklowi o Durtalu, od *Tam po Oblata*, przy czym oczywiście należałoby do niego dołożyć *Tłumy z Lourdes**. Ten prosty, logiczny, wręcz ewidentny podział nie powinien stwarzać żadnych trudności. Jak zwykle najbardziej wątpliwa była kwestia przypisów. W niektórych pseudonaukowych wydaniach wiele przypisów poświęcano licznym autorom, kompozytorom i malarzom, o których wspomina Huysmans. Uważałem to za kompletnie zbędne, nawet jeśli przypisy umieszcza się na końcu książki. Nie tylko bowiem mogą mocno utrudnić lekturę, ale nigdy nie wiadomo, czy się nie powiedziało za dużo – lub za mało – o Laktancjuszu, Anieli z Foligno czy Grünewaldzie; jeśli ktoś chce się dowiedzieć więcej, niech sam sobie poszuka informacji i basta. Jeśli zaś chodzi o relacje między Huysmansem a współczesnymi mu pisarzami – Zolą, Maupassantem, Barbeyem d'Aurevilly, Gourmontem czy Bloy – moim zdaniem od wyjaśniania takich spraw jest wstęp. Lacoue również z tym od razu się zgodził.

Natomiast używane przez Huysmansa trudne słowa i neologizmy zdecydowanie wymagają przypisów – według mnie raczej dolnych niż końcowych, żeby nie spowalniać lektury. Lacoue entuzjastycznie przytaknął.

– W tym zakresie wykonał pan już kawał solidnej roboty w *Oszołomieniu neologizmami* – rzucił radośnie.

Uniosłem prawą dłoń w geście protestu, zapewniając, że w opracowaniu, o którym raczył wspomnieć, zaledwie

---

* Oryg. *Les Foules de Lourdes* – powieść z 1906 roku, nietłumaczona dotąd na polski.

otarłem się o zagadnienie, omówiłem najwyżej jedną czwartą korpusu lingwistycznego Huysmansa. Lacoue gestem dla odmiany uspokajającym uniósł lewą dłoń: naturalnie, w żadnym razie nie lekceważy ogromu pracy, jaką będę musiał włożyć w przygotowanie tej edycji; nie wyznaczono zresztą żadnego terminu, więc mogę się czuć w pełni swobodnie.

– Cóż, pracujecie dla potomności... – odpowiedziałem.

– To zawsze brzmi nieco pretensjonalnie, ale tak, przynajmniej taki mamy zamiar.

Po tej deklaracji, wypowiedzianej nieco, ale nie nadmiernie namaszczonym tonem, zapadła krótka chwila milczenia; w moim odczuciu sprawy zmierzały we właściwym kierunku, łączyły nas wspólne wartości, edycja nowych tomów La Pléiade powinna pójść jak po maśle.

– Robert Rediger bardzo żałuje, że odszedł pan z Sorbony po... że tak powiem, po zmianie reżimu – podjął Lacoue nieco zbolałym tonem. – Wiem, bo to mój przyjaciel. Osobisty przyjaciel – dodał wyzywająco. – Niektórzy wykładowcy, z tych najlepszych, zostali. Inni, również z tych najlepszych, odeszli. Każde odejście, w tym pańskie, osobiście go zraniło – zakończył nieco gwałtownie, jakby wymogi kurtuazji i przyjaźni toczyły w jego duszy dramatyczną walkę.

Nie miałem na ten temat nic do powiedzenia, z czego w końcu, po minucie ciszy zdał sobie sprawę.

– W każdym razie jestem bardzo szczęśliwy, że się pan zgodził na mój skromny projekt! – wykrzyknął, zacierając ręce, jakbyśmy właśnie spłatali światu nauki sympatycznego psikusa. – Widzi pan, uważałem, że to nienormalne i pożałowania godne, aby ktoś taki jak pan… aby ktoś na pańskim poziomie nagle przestał wykładać i publikować, no w ogóle!

Po tych słowach, mając świadomość, że jego ton zabrzmiał zapewne zbyt dramatycznie, leciutko podniósł się z krzesła; ja również wstałem, choć nieco żwawiej.

Aby zawartemu właśnie porozumieniu nadać więcej blasku, Lacoue nie tylko odprowadził mnie do drzwi, ale też zszedł ze mną trzy piętra w dół („Uwaga, schody są dość strome!") i dalej korytarzami („Prawdziwy labirynt" – rzucił wesoło, co nie było prawdą: raptem dwa korytarze pod kątem prostym i dochodziło się do holu) aż do drzwi wydawnictwa Galli-mard przy ulicy Gaston-Gallimard. Na dworze znowu zrobiło się zimno i sucho; zdałem sobie nagle sprawę, że w żadnym momencie nie poruszyliśmy kwestii wynagrodzenia. Jakby czytając w moich myślach, zbliżył dłoń do mojego ramienia, choć go nie dotknął, i szepnął:

– W ciągu paru dni przyślę panu propozycję umowy. – Po czym dodał właściwie na jednym oddechu: – W przyszłą so-botę organizujemy skromne przyjęcie z okazji ponownego otwarcia Sorbony. Przyślę panu zaproszenie. Wiem, że Rober-towi byłoby bardzo miło, gdyby zechciał pan przybyć.

Tym razem poklepał mnie po ramieniu i uścisnął mi dłoń. Ostatnie zdania wypowiedział z pewnym uniesieniem, jak-by zupełnie znienacka przyszły mu do głowy, ale w tej samej chwili odniosłem wrażenie, że właśnie te ostatnie zdania wyjaśniały i uzasadniały całą resztę.

Przyjęcie rozpoczynało się o osiemnastej na ostatnim piętrze Instytutu Świata Arabskiego, które zostało na tę okoliczność wynajęte. Oddając przy wejściu zaproszenie, poczułem lekki niepokój: kogo mogę tu spotkać? Bez wątpienia Saudyjczyków, zaproszenie gwarantowało obecność pewnego saudyjskiego księcia; bez trudu rozpoznałem jego imię i nazwisko jako jednego z głównych sponsorów nowego uniwersytetu Paris-Sorbonne. Zapewne spotkam również dawnych kolegów, przynajmniej tych, którzy przyjęli pracę w nowych strukturach, tyle że właściwie żadnego z nich nie znałem z wyjątkiem Steve'a, a Steve był ostatnią osobą, którą w tym momencie miałem ochotę spotykać.

Jednego dawnego kolegę jednak rozpoznałem, ledwo wszedłem do oświetlonej żyrandolami sali; to znaczy osobiście właściwie się nie znaliśmy, rozmawialiśmy może dwa razy, ale Bertrand de Gignac był światowym autorytetem w dziedzinie literatury średniowiecznej, regularnie miewał wykłady na Columbii i Yale, był autorem wysoko cenionej pracy na temat *Pieśni o Rolandzie*. W sumie był to jedyny prawdziwy sukces rekrutacyjny, jakim mógł się pochwalić rektor nowego uniwersytetu. Ale tak naprawdę nie miałem mu wiele do powiedzenia, jako że literatura średniowieczna była dla mnie ziemią raczej nieznaną; w tej sytuacji z rozwagą poczęstowałem się kilkoma mezze – były znakomite, zarówno te na gorąco, jak i te na zimno, a towarzyszące im czerwone wino libańskie również okazało się całkiem niezłe.

Nie byłem jednak przekonany, że przyjęcie odniesie znaczący sukces. Po wspaniale udekorowanej sali krążyły trzy-, sześcioosobowe grupki – Francuzów i Arabów – z rzadka wymieniające się jakimiś uwagami. Z głośników sączyła się arabsko-andaluzyjska muzyka, przejmująca i posępna, która nie przyczyniała się do poprawy nastroju, ale nie na tym polegał problem; po trzech kwadransach krążenia po sali, po pochłonięciu kilkunastu mezze i czterech kieliszków czerwonego wina zrozumiałem wreszcie, o co chodzi: w przyjęciu uczestniczyli tylko mężczyźni. Nie zaproszono ani jednej kobiety, a podtrzymanie w miarę normalnego życia towarzyskiego pod nieobecność kobiet – bez wsparcia piłki nożnej, które w kontekście mimo wszystko uniwersyteckim byłoby raczej niewłaściwe – stanowiło wyzwanie, któremu trudno było sprostać.

Chwilę później dostrzegłem Lacoue stojącego na uboczu w nieco liczniejszej grupie, złożonej z kilkunastu Arabów i dwóch innych Francuzów. Wszyscy, z wyjątkiem jednego mężczyzny koło pięćdziesiątki, z wyraźnie orlim nosem i obrzękłą, surową twarzą, rozmawiali z dużym ożywieniem. Mężczyzna był skromnie ubrany w długą białą galabiję, ale od razu zrozumiałem, że to najważniejsza osoba w grupie, może sam książę. Wszyscy kolejno zabierali głos, jakby żarliwie się usprawiedliwiając, tylko on jeden milczał, od czasu do czasu kiwał głową, ale jego twarz pozostawała bez wyrazu; ewidentnie mieli problem, lecz mnie on nie dotyczył, cofnąłem się więc i wziąłem z tacy samosę z serem i piąty kieliszek wina.

Chudy, bardzo wysoki starszy mężczyzna z długą, rzadką brodą podszedł do księcia, który odsunął się od grupy, żeby z nim porozmawiać na osobności. Grupa, pozbawiona swego środka ciężkości, natychmiast się rozproszyła. Wędrując bez celu po sali w towarzystwie jednego z pozostałych Francuzów, Lacoue dostrzegł mnie i zbliżył się z niewyraźnym gestem powitania. Był zdecydowanie nie w sosie, prezentacji dokonał tak cicho, że nawet nie dosłyszałem nazwiska jego towarzysza; dostrzegłem tylko przylizane, starannie zaczesane do tyłu włosy i piękny trzyczęściowy garnitur z ciemnogranatowego materiału w delikatne białe prążki; lekko połyskliwy materiał wyglądał na niesłychanie miękki w dotyku, pewnie jedwab; ledwo się powstrzymałem, żeby go nie pomacać.

Problem polegał na tym, że książę był potwornie rozdrażniony, gdyż minister edukacji narodowej nie przybył na przyjęcie, chociaż oficjalnie obiecał przyjść. Nie było nie tylko ministra, ale też żadnego przedstawiciela ministerstwa, absolutnie nikogo, „nawet sekretarza stanu do spraw wyższych uczelni", jak stwierdził skonsternowany Lacoue.

– Od czasu ostatnich zmian w strukturze ministerstwa nie ma już sekretarza stanu do spraw wyższych uczelni, przecież już panu tłumaczyłem – przerwał jego towarzysz z irytacją.

Według niego sytuacja była jeszcze poważniejsza, niż sądził Lacoue: minister jak najbardziej miał zamiar przyjść, nawet to potwierdził poprzedniego dnia, ale zrezygnował na skutek osobistej interwencji prezydenta Ben Abbesa, któremu chodziło o publiczne upokorzenie Saudyjczyków. Zmierzało to w tym samym kierunku co inne, znacznie bardziej zasadnicze działania podejmowane w ostatnim czasie, takie jak powrót do cywilnego programu nuklearnego czy też wsparcie dla programu rozwoju elektrycznego samochodu; z punktu widzenia rządu chodziło o szybkie i całkowite uniezależnienie energetyczne kraju od saudyjskiej ropy; rzecz jasna nie było to na rękę islamskiemu uniwersytetowi Paris-Sorbonne, ale w moim odczuciu tym problemem powinien zająć się rektor; w tej chwili zobaczyłem, jak Lacoue obraca się w stronę wchodzącego do sali pięćdziesięciolatka, który szybkim krokiem ruszył w naszym kierunku.

– O, przyszedł Robert! – wykrzyknął z olbrzymią ulgą Lacoue, jakby witał nowego Mesjasza.

Przedstawił mnie, tym razem wyraźnie, po czym zapoznał nowo przybyłego z sytuacją. Rediger energicznie uścisnął mi dłoń, niemal ją zgniatając, i zapewnił, jak bardzo mu miło mnie poznać i że od dawna na to czekał. Wyglądał dość imponująco: bardzo wysoki, na pewno powyżej metra dziewięćdziesięciu, dobrze zbudowany, z szeroką klatką piersiową, umięśniony; prawdę mówiąc, bardziej przypominał filar młyna w rugby niż wykładowcę akademickiego. Miał opaloną, pobrużdżoną twarz i bardzo gęste, siwe włosy obcięte na jeża. Ubrany był dość niezwykle, w dżinsy i czarną skórzaną kurtkę lotniczą.

Lacoue pokrótce wyjaśnił mu problem; Rediger potrząsnął głową i warknął, że przeczuwał tego rodzaju kłopoty, a po chwili namysłu dodał:

– Zadzwonię do Delhommais'go. Będzie wiedział, co z tym zrobić.

Z kieszeni kurtki wyjął malutki, niemal kobiecy telefon komórkowy, który prawie zniknął w jego potężnej dłoni, odszedł parę metrów i wybrał numer. Lacoue i jego towarzysz spoglądali za nim, nie śmiąc się zbliżyć, sparaliżowani w pełnym lęku oczekiwaniu; ich problemy zaczynały mnie lekko wkurzać, a przede wszystkim uważałem ich za idiotów: oczywiście, że petrodolary powinny być dopieszczane, ale przecież wystarczyło wziąć dowolnego palanta i przedstawić go nie jako ministra, którego wszyscy widzieli w telewizji, tylko jego dyrektora gabinetu, nie trzeba daleko szukać, przecież ten bałwan w trzyczęściowym garniturze mógł spokojnie zagrać dyrektora gabinetu, a Saudyjczycy w niczym by się nie połapali, po co tak sobie komplikować życie, ale co tam, w końcu to ich sprawa; wziąłem ostatni kieliszek wina i wyszedłem na taras, widok na oświetloną katedrę Notre Dame był naprawdę przepiękny, zrobiło się jeszcze cieplej, deszcz przestał padać, światło księżyca odbijało się od powierzchni Sekwany.

Długo stałem na tarasie, kontemplując widok, a gdy wróciłem do sali, towarzystwo było już mocno przerzedzone, oczywiście nadal wyłącznie męskie; nigdzie nie widziałem ani Lacoue, ani trzyczęściowego garnituru. Cóż, nie przyszedłem na próżno, pomyślałem, zabierając ulotkę libańskiej firmy cateringowej; robili naprawdę świetne mezze, a do tego z dostawą do domu, miałbym wreszcie odmianę od kuchni hinduskiej. Odbierałem właśnie płaszcz z szatni, gdy podszedł do mnie Rediger. Spytał, czy wychodzę, ze smutkiem rozkładając ramiona. Ze swojej strony zapytałem, czy udało im się rozwiązać problemy protokolarne.

– Tak, w końcu to załatwiłem. Minister dzisiaj nie przyjdzie, ale osobiście zadzwonił do księcia i zaprosił go na robocze śniadanie jutro rano w ministerstwie. Obawiam się jednak, że Schrameck miał rację: Ben Abbes z premedytacją postanowił upokorzyć Saudyjczyków, wracając do swoich przyjaźni z młodych lat z Katarczykami. Krótko mówiąc, to jeszcze nie koniec naszych kłopotów. – Machnął ręką, jakby opędzając się od niewygodnego tematu, po czym położył mi ją na ramieniu. – Przykro mi, że ta drobna sprawa przeszkodziła nam w rozmowie. Proszę wpaść do mnie któregoś dnia na herbatę, będziemy mieć trochę więcej czasu…

Uśmiechnął się znienacka, a jego uśmiech był absolutnie czarujący, otwarty, niemal dziecięcy, zaskakujący u człowieka o tak męskim wyglądzie; chyba miał tego świadomość i umiał to wykorzystywać. Podał mi wizytówkę.

– Może w środę koło siedemnastej? Będzie pan wolny?
Przytaknąłem.

Siedząc w metrze, starannie obejrzałem wizytówkę nowego znajomego; na ile potrafiłem ocenić, była elegancka i w dobrym guście. Rediger miał jeden numer telefonu prywatny i dwa służbowe, dwa numery faksu (prywatny i służbowy), trzy adresy mailowe o nieznanym mi przeznaczeniu, dwa numery komórki (francuski i brytyjski) oraz konto Skype; oto człowiek, który przynajmniej stara się być dostępny. Najpierw Lacoue, teraz Rediger, zdecydowanie zaczynałem obracać się w wyższych sferach – to się stawało wręcz niepokojące.

Miał również adres zamieszkania, ulica Arènes numer pięć, co chwilowo było jedyną potrzebną mi informacją. O ile pamiętałem, ulica Arènes to czarujący zaułek wychodzący na skwer Arènes de Lutèce, jeden z najbardziej urokliwych zakątków Paryża. Mieściły się tu znakomite sklepy mięsne i serowarskie, rekomendowane w przewodnikach Petitrenauda i Pudlowskiego, nie mówiąc o wyrobach włoskich. Wszystko to wyglądało nadzwyczaj zachęcająco.

Na stacji Place Monge wpadłem na fatalny pomysł, żeby skierować się do wyjścia Arènes de Lutèce. Z topograficznego punktu widzenia decyzja była w pełni uzasadniona, wychodziłem bezpośrednio na ulicę Arènes, jednak zapomniałem, że przy tym wyjściu nie ma ruchomych schodów, a stacja Place Monge znajduje się pięćdziesiąt metrów pod ziemią; gdy wreszcie dotarłem do nietypowego wyjścia wykutego w murach okalających park, z jego masywnymi łukami, kubistycznym liternictwem i neobabilońskim stylem, który w Paryżu wygląda zupełnie niestosownie – i wyglądałby równie niestosownie w każdym innym europejskim mieście – byłem kompletnie wykończony i bez tchu.

Dochodząc do numeru pięć przy ulicy Arènes, zdałem sobie sprawę, że Rediger nie tylko mieszka na czarującej ulicy w piątej dzielnicy Paryża, ale też że mieszka w p a ł a c y k u na czarującej ulicy w piątej dzielnicy Paryża, mało tego – w h i s t o r y c z n y m pałacyku. Pod numerem piątym mieściła się niewiarygodna neogotycka budowla, ozdobiona kwadratową wieżyczką mającą przypominać narożny donżon, gdzie od tysiąc dziewięćset czterdziestego do swojej śmierci w sześćdziesiątym ósmym mieszkał Jean Paulhan. Osobiście nigdy nie mogłem go znieść – ani jego manier s z a r e j e m i n e n c j i, ani twórczości – ale trzeba mu oddać, że był jedną z najznamienitszych postaci w powojennym francuskim edytorstwie, no i że mieszkał w bardzo pięknym domu. Mój podziw dla środków finansowych, jakie Arabia Saudyjska oddała do dyspozycji nowego uniwersytetu, nie przestawał rosnąć.

Nacisnąłem dzwonek; drzwi otworzył majordomus, którego kremowe spodnie i kurtka ze stójką à la Mao nieco przypominały stroje dawnego dyktatora Kaddafiego. Podałem swoje nazwisko; skłonił się lekko na znak, że jestem oczekiwany. Wprowadził mnie do małego holu z witrażami i poszedł zawiadomić profesora Redigera.

Czekałem od jakichś dwóch, trzech minut, gdy otworzyły się drzwi po lewej i weszła dziewczyna około piętnastu lat, z rozpuszczonymi czarnymi włosami, ubrana w dżinsy biodrówki i T-shirt Hello Kitty. Na mój widok krzyknęła, niezgrabnie próbując osłonić twarz rękoma, po czym zawróciła i wybiegła. W tej samej chwili na podeście schodów pojawił się Rediger, który zszedł, żeby mnie przywitać. Był świadkiem całego zdarzenia; podał mi rękę ze zrezygnowanym wyrazem twarzy.

– To Aisza, moja nowa żona. Pewnie jest jej teraz okropnie wstyd, że widział ją pan bez zasłony.

– Bardzo mi przykro.

– Nie, proszę się nie usprawiedliwiać, to nie pańska wina; zanim wyszła do holu, powinna zapytać, czy nie spodziewamy się gościa. Jeszcze nie przywykła do tego domu, potrzebuje czasu.

– Wygląda bardzo młodo.

– Właśnie skończyła piętnaście lat.

Rediger poprowadził mnie do ogromnego salonu-biblioteki na pierwszym piętrze, wysokiego na jakieś pięć metrów. Całą jedną ścianę zajmowały regały z książkami; od razu dostrzegłem, że przeważały wśród nich stare wydania, głównie dziewiętnastowieczne. Dwie solidne metalowe drabinki na szynach pozwalały sięgnąć do najwyższych półek. Na przeciwległej ścianie umocowano wysoką do sufitu kratę z ciemnego drewna, na której wisiały rośliny w doniczkach: bluszcze, paprocie i winorośl, której pędy spływały od sufitu do podłogi, wijąc się wokół oprawionych w ramki wersetów z Koranu i dużych fotografii na matowym papierze, przedstawiających gromady galaktyk, supernowe, mgławice spiralne. W kącie ukosem stało masywne biurko z epoki Dyrektoriatu, ukierunkowane w stronę pokoju. Rediger poprowadził mnie do przeciwległego narożnika, w którym królował rozłożysty niski stół z miedzianym blatem, otoczony fotelami z podniszczonymi obiciami w czerwono-zielone pasy.

– Jeśli pan chce, może się pan napić herbaty – powiedział, zapraszającym gestem wskazując jeden z foteli. – Mam też różne trunki, whisky, porto, na co pan ma ochotę. Mogę też zaproponować doskonałego Meursaulta.

– Niech będzie Meursault – odparłem, trochę jednak zaintrygowany; wydawało mi się, że islam zakazuje spożywania alkoholu, przynajmniej na to wskazywała moja dość ograniczona wiedza o tej religii.

Na chwilę zniknął, prawdopodobnie żeby przekazać zamówienie. Mój fotel stał naprzeciw wysokiego starego okna z szybkami wprawionymi w ołowiane szprosy, wychodzącego na położoną naprzeciwko rzymską arenę. Widok był przepiękny, chyba po raz pierwszy widziałem jej stopnie w całej okazałości. Po paru minutach podszedłem do biblioteki, która też prezentowała się imponująco.

Na dwóch dolnych półkach stały oprawione kserokopie w formacie A4. Były to prace doktorskie bronione na różnych europejskich uczelniach; zerknąłem na parę tytułów, zanim mój wzrok padł na doktorat z filozofii z katolickiego uniwersytetu w Louvain-la-Neuve, autorstwa Roberta Redigera, zatytułowany *Guénon odczytuje Nietzschego*. W chwili, gdy wyjmowałem go z półki, w drzwiach pojawił się Rediger; podskoczyłem jak uczniak złapany na gorącym uczynku i pośpiesznie zacząłem go wstawiać z powrotem. Rediger podszedł do mnie z uśmiechem na twarzy.

– Spokojnie, tu nie ma żadnych tajemnic. Zresztą w przypadku kogoś takiego jak pan ciekawość wobec zawartości czyjejś biblioteki to niemal zawodowy obowiązek.

Podszedł jeszcze bliżej i spojrzał na okładkę.

– Znalazł pan moją rozprawę doktorską... – Pokiwał głową. – Tytuł dostałem, ale praca nie była zbyt dobra. W każdym razie znacznie gorsza od pańskiej. Że tak powiem, trochę naciągana. Prawdę mówiąc, Nietzsche nie wywarł znaczącego wpływu na Guénona, u którego odrzucenie współczesnego świata było równie silne, ale oparte na radykalnie innych przesłankach. W każdym razie dzisiaj na pewno bym to napisał inaczej. Pański doktorat też tutaj mam... – Wyjął z półki maszynopis. – Jak pan zapewne wie, w archiwach uczelni przechowuje się po pięć egzemplarzy każdej pracy. Cóż, biorąc pod uwagę, ile osób w ciągu roku do nich zagląda, uznałem, że mogę sobie jeden egzemplarz przywłaszczyć.

Ledwo go słyszałem, byłem na granicy zapaści. Od prawie dwudziestu lat *Joris-Karl Huysmans, czyli wyjście z tunelu* nie pojawiał się w moim świecie; praca była niewiarygodnie, wręcz żenująco gruba; w ułamku sekundy przypomniałem sobie, że liczy siedemset osiemdziesiąt osiem stron. Nic dziwnego, ostatecznie poświęciłem jej siedem lat życia.

Z moim doktoratem w ręku Rediger wrócił do foteli.

– To naprawdę znakomita rozprawa – powiedział. – Zmusiła mnie do ponownej refleksji nad Nietzschem, tym z epoki *Narodzin tragedii*.

– Bez przesady...

– Wcale nie przesadzam. *Narodziny tragedii* też były czymś w rodzaju rozprawy naukowej; w obu przypadkach mamy do czynienia z niesamowitą rozrzutnością, z natłokiem idei rzucanych na papier bez żadnego przygotowania, co sprawia, że tekst jest prawie nieczytelny; zadziwiająca sprawa, że utrzymał pan ten sam rytm na niemal ośmiuset stronach. Od *Niewczesnych rozważań* Nietzsche uspokoił się, zrozumiawszy, że nie można czytelnika obarczać zbyt dużym ciężarem idei, trzeba iść na pewne kompromisy, pozwolić czytelnikowi odetchnąć. W pańskim *Oszołomieniu neologizmami* można dostrzec tę samą ewolucję, co sprawia, że książka jest bardziej przystępna. Różnica polega jedynie na tym, że później Nietzsche wrócił do tej samej maniery.

– Nie jestem Nietzschem...

– Fakt, nie jest pan Nietzschem. Ale jest pan kimś... kimś bardzo interesującym. I – przepraszam za bezpośredniość – kimś, kogo potrzebuję. Wyłóżmy karty na stół, skoro i tak pan zrozumiał; pragnę pana przekonać do powrotu na Sorbonę, którą obecnie kieruję.

W tym momencie otworzyły się drzwi, co pozwoliło mi uniknąć odpowiedzi; pojawiła się w nich pulchna, sympatyczna kobieta koło czterdziestki, niosąca tacę z gorącymi pasztecikami i wiaderkiem lodu z obiecaną butelką Meursaulta.

– To Malika, moja pierwsza żona – powiedział Rediger po jej wyjściu. – Zdaje się, że jest panu dzisiaj pisane poznać wszystkie moje małżonki. Poślubiłem ją, kiedy jeszcze mieszkałem w Brukseli. Tak, z pochodzenia jestem Belgiem. Nadal zresztą jestem Belgiem, nigdy się nie naturalizowałem, chociaż od dwudziestu lat mieszkam we Francji.

Paszteciki były przepyszne, przyprawione na ostro, ale bez przesady; rozpoznałem smak kolendry. Wino okazało się znakomite.

– Uważam, że Meursault jest niedoceniane! – rzuciłem entuzjastycznie. – To wino stanowi syntezę, samo w sobie może zastąpić tyle innych, nie sądzi pan?

Starałem się mówić o czymkolwiek, byle nie o mojej dalszej karierze akademickiej, ale nie miałem złudzeń: Rediger w końcu musiał wrócić do tematu.

Faktycznie, po chwili milczenia wrócił.

– Dobrze, że się pan zgodził na opiekę nad tą nową publikacją La Pléiade. To zresztą oczywiste, uprawnione i po prostu w porządku. Kiedy Lacoue mi o tym wspomniał, co miałem powiedzieć? Że to normalna, właściwa decyzja i w gruncie rzeczy najlepszy wybór. Będę z panem szczery: poza Gignakiem nie udało mi się namówić do współpracy żadnego szacownego wykładowcy, uznanego w skali międzynarodowej; nie ma tragedii, nowy uniwersytet dopiero zaczął funkcjonować, ale faktem jest, że w tej rozmowie to ja jestem petentem i nie mam panu wiele do zaoferowania. To znaczy, jak pan świetnie wie, mogę zaproponować bardzo dobre warunki finansowe, a to też się liczy. Ale z intelektualnego punktu widzenia stanowisko na Sorbonie jest mniej prestiżowe niż nadzór nad publikacją La Pléiade, mam tego pełną świadomość. Jedyne, co mogę zapewnić i osobiście panu zagwarantować, to że nikt panu nie będzie przeszkadzać w wykonywaniu pańskiej pracy. Dostanie pan mało uciążliwe zajęcia dydaktyczne: wykłady w audytorium dla pierwszego i drugiego roku. Opieka nad doktorantami – wiem, do jakiego stopnia jest to męczące, wystarczająco często sam miałem z tym do czynienia – zostanie panu oszczędzona. Bez problemu mogę to panu załatwić.

Zamilkł; miałem wrażenie, że wyczerpał pierwszy pakiet argumentów. Wypił łyk Meursaulta, a ja nalałem sobie drugi kieliszek. Chyba nigdy w życiu nie czułem się tak g o d n y   p o ż ą d a n i a. Mechanizm osiągania chwały jest dość nużący; może mój doktorat był faktycznie tak genialny, jak twierdził Rediger, ale szczerze mówiąc, nie bardzo go pamiętałem; intelektualne wolty, jakich dokonywałem w latach młodości, wydawały mi się dość odległe; w każdym razie zdobyłem jakąś   a u r ę,   podczas gdy jedynym moim marzeniem było teraz położyć się o czwartej po południu z kartonem papierosów i butelką mocnego alkoholu, żeby trochę poczytać; jednak nie da się ukryć, że przy takim trybie życia mogłem umrzeć: szybko, nieszczęśliwie i samotnie; a czy faktycznie miałem ochotę umierać szybko, nieszczęśliwie i samotnie? Prawdę powiedziawszy, nie za bardzo.

Dopiłem kieliszek, nalałem sobie trzeci. Przez okno widziałem słońce zachodzące nad areną; cisza robiła się trochę krępująca. Cóż, chciał wykładać k a r t y n a s t ó ł, ja w sumie też.

– Jest jednak pewien warunek… – powiedziałem ostrożnie – który nie wydaje mi się oczywisty…

Powoli kiwnął głową.

– Czy naprawdę… Czy naprawdę pan sądzi, że mógłbym się nawrócić na islam?

Spuścił głowę, jakby się pogrążył w głębokim namyśle, po czym podniósł na mnie wzrok i powiedział:

– Tak.

W następnej chwili znowu obdarzył mnie tym swoim czarującym, a zarazem nieśmiałym uśmiechem. Za drugim razem szok był nieco słabszy, ale i tak jego uśmiech miał straszliwą siłę rażenia. W każdym razie teraz to on musiał zabrać głos. Pochłonąłem jeden za drugim dwa paszteciki, które zdążyły wystygnąć. Słońce schowało się za stopniami areny, zapadł zmrok; dziwna była myśl, że dwa tysiące lat wcześniej odbywały się tutaj pojedynki gladiatorów i walki dzikich zwierząt.

– Nie jest pan katolikiem, co mogłoby stanowić pewną przeszkodę… – podjął cichym głosem.

Faktycznie – co to, to nie.

– I chyba nie jest pan zdeklarowanym ateistą. Zdeklarowani ateiści to okazy stosunkowo rzadkie.

– Tak pan sądzi? A mnie się zawsze wydawało, że ateizm jest zjawiskiem dość powszechnym w krajach zachodnich.

– Moim zdaniem tylko powierzchownym. Jedyni autentyczni ateiści, których spotkałem, byli b u n t o w n i k a m i; nie wystarczało im chłodne stwierdzenie, że Bóg nie istnieje; oni negowali jego istnienie, podobnie jak Bakunin: „Gdyby Bóg rzeczywiście istniał, należałoby go unicestwić", byli ateistami w stylu Kiryłowa, odrzucali Boga, gdyż chcieli na jego miejscu postawić człowieka, byli humanistami, wierzyli w ludzką wolność i godność. Jak przypuszczam, pan się w tym portrecie nie odnajduje, prawda?

Faktycznie – co to, to nie; na sam dźwięk słowa „humanizm" chciało mi się rzygać, ale może z powodu paszteCików, trochę ich za dużo zjadłem; dolałem sobie wina, by łatwiej strawić.

– Prawda jest taka – ciągnął – że większość ludzi nie zastanawia się nad tymi zagadnieniami, które uważają za zbyt filozoficzne; zaczynają o nich myśleć, dopiero gdy stają w obliczu jakiejś tragedii: ciężkiej choroby, śmierci bliskiej osoby. Tak to wygląda na Zachodzie, bo wszędzie indziej to właśnie w imię tych spraw ludzie umierają, zabijają i prowadzą krwawe wojny, i to od zarania ludzkości; ludzie walczą za sprawy metafizyczne, a nie za stopę wzrostu czy podział terenów łowieckich. Lecz nawet na Zachodzie ateizm nie ma solidnych podstaw. Kiedy mówię ludziom o Bogu, zazwyczaj na początek pożyczam im podręcznik astronomii…

– Nie da się ukryć, pańskie fotografie są bardzo piękne.

– Piękno Wszechświata jest niezwykłe, a jego ogrom oszałamiający. Setki miliardów galaktyk, a każda z nich składa się z setek miliardów gwiazd – niektóre oddalone o miliardy lat świetlnych, setki miliardów miliardów kilometrów. W skali miliarda lat świetlnych pojawia się pewien porządek: gromady galaktyk zaczynają się układać w labiryntowe wzory. Pokażmy te naukowe fakty setce przypadkowych osób na ulicy: ile z nich ośmieli się twierdzić, że wszystko to jest dziełem p r z y p a d k u? Zwłaszcza że Wszechświat jest stosunkowo młody, najwyżej piętnaście miliardów lat. Ten słynny argument o małpie piszącej na maszynie: ile czasu potrzebuje szympans stukający losowo w klawisze, żeby napisać dzieła zebrane Szekspira? Ile czasu potrzeba, żeby ślepy przypadek powołał do życia Wszechświat? Na pewno więcej niż piętnaście miliardów lat!... I nie jest to tylko opinia człowieka z ulicy, ale też największych uczonych; w historii ludzkości nie było chyba umysłu bardziej błyskotliwego niż umysł Isaaca Newtona – proszę tylko pomyśleć o niesłychanym, wyjątkowym wysiłku intelektualnym, który pozwolił mu połączyć w jedno prawo upadek ciał ziemskich i ruch planet! Otóż Newton wierzył w Boga, i to wierzył niezłomnie, do tego stopnia, że ostatnie lata życia poświęcił na egzegezę Biblii – jedynej świętej księgi, do której naprawdę miał dostęp. Einstein też nie był ateistą, nawet jeśli dokładny charakter jego wiary pozostaje trudny do zdefiniowania; gdy jednak mówi do Bohra, że „Bóg nie gra w kości", w najmniejszym stopniu nie żartuje, uważa za niewiarygodne, aby prawami Wszechświata rządził przypadek. Argument o „Bogu – zegarmistrzu świata", uważany przez Woltera za nieodparty, w dwudziestym wieku pozostawał równie mocny jak w osiemnastym, a nawet jeszcze się umacniał, w miarę jak nauka tkała coraz ściślejsze więzy między astrofizyką a mechaniką cząstek. Czy nie jest odrobinę śmieszne, gdy cherlawa istota, żyjąca na anonimowej planecie, usytuowanej na odległym odgałęzieniu zwyczajnej galaktyki, wstaje na tylne łapki i proklamuje: „Bóg nie istnieje"? Przepraszam, trochę się zapędziłem…

– Nie, proszę nie przepraszać, to naprawdę ciekawe… – powiedziałem absolutnie szczerze; nie da się ukryć, że byłem lekko zawiany; kątem oka dostrzegłem, że butelka jest pusta. – Mój ateizm rzeczywiście nie spoczywa na solidnych podstawach – kontynuowałem. – Byłbym zarozumiały, twierdząc co innego.

– Zarozumiały to odpowiednie słowo: ateistyczny humanizm opiera się przecież na niewiarygodnym poczuciu pychy i arogancji. Nawet ten chrześcijański pomysł o Bogu wcielonym świadczy o trochę komicznym zarozumialstwie. Bóg stał się człowiekiem… Dlaczego nie miałby się raczej wcielić w mieszkańca Syriusza lub Andromedy?

– Wierzy pan w życie pozaziemskie? – przerwałem mu zaskoczony.

– Nie wiem, nie myślę o tym zbyt często, ale to tylko kwestia arytmetyki: biorąc pod uwagę miriady gwiazd we Wszechświecie, miriady planet, które wokół nich krążą, byłoby rzeczą zdumiewającą, gdyby życie powstało tylko na Ziemi. Ale nie to jest ważne; co chcę powiedzieć, to że Wszechświat bez wątpienia nosi na sobie piętno świadomej celowości, jest realizacją projektu opracowanego przez jakąś wyższą inteligencję. Już jako zupełnie młody chłopak zrozumiałem, że ta prosta myśl wcześniej czy później znowu zacznie obowiązywać. Cała debata intelektualna dwudziestego wieku sprowadzała się do opozycji między komunizmem, czyli wersją *hard* humanizmu, a demokracją liberalną, czyli jego wersją *soft*; to jednak strasznie ograniczające. Od bodajże piętnastego roku życia wiedziałem, że powrót religijności, o którym zaczynano wówczas przebąkiwać, jest nieunikniony. Pochodzę z rodziny katolickiej – może nie do końca, to raczej dziadkowie byli praktykującymi katolikami – więc siłą rzeczy zwróciłem się najpierw w stronę katolicyzmu. Od pierwszego roku studiów zbliżyłem się do ruchu identytarystycznego.

Musiałem wyglądać na zaskoczonego, bo przerwał i spojrzał na mnie z lekkim uśmiechem. W tej samej chwili rozległo się pukanie do drzwi. Odpowiedział po arabsku i w drzwiach pojawiła się Malika, niosąca tacę z tygielkiem kawy, dwiema filiżankami, talerzykiem pistacjowej baklawy i rożków migdałowych. Obok stała butelka tunezyjskiej figówki i dwie szklaneczki.

Rediger nalał nam kawy. Była gorzka, bardzo mocna i od razu przywróciła mi jasność myślenia.

– Nigdy nie ukrywałem swoich młodzieńczych fascynacji – podjął. – A moim nowym muzułmańskim przyjaciołom nawet nie przyszło do głowy, aby mi je wyrzucać; uważali za absolutnie normalne, że poszukując wyjścia z ateistycznego humanizmu, w pierwszym rzędzie zwróciłem się w stronę swoich rodzinnych tradycji. Nie byliśmy zresztą ani rasistami, ani faszystami – to znaczy, owszem, trochę; szczerze mówiąc, niektórzy identytaryści nie byli od tego zbyt daleko, ale ja nigdy. Wszelkiej maści faszyzmy zawsze wydawały mi się upiorną, koszmarną i fałszywą próbą przywrócenia życia umarłym narodom; pozbawione chrześcijaństwa narody europejskie są tylko ciałami bez duszy, jak zombi. Pytanie tylko, czy chrześcijaństwo może odżyć? Przez kilka lat w to wierzyłem, choć z rosnącymi wątpliwościami; coraz bliższa mi była myśl Toynbeego, według którego cywilizacje nie giną zamordowane, lecz umierają śmiercią samobójczą. Aż któregoś dnia – trzydziestego marca dwa tysiące trzynastego roku, w Wielką Sobotę – wszystko się nagle odmieniło. Mieszkałem wtedy w Brukseli i od czasu do czasu chodziłem na drinka do baru w hotelu Metropole. Zawsze lubiłem secesję, świetne jej przykłady można znaleźć w Pradze i Wiedniu, parę niezłych gmachów w Paryżu i Londynie, ale dla mnie – słusznie czy niesłusznie – najwspanialszym okazem stylu secesyjnego jest brukselski hotel Metropole, a zwłaszcza jego bar. Rankiem trzydziestego marca przypadkiem przechodziłem obok i zobaczyłem niedużą kartkę zawiadamiającą, że tego właśnie dnia wieczorem bar hotelu Metropole zostaje definitywnie zamknięty. Osłupiałem. Zadałem pytanie kelnerom, którzy potwierdzili, chociaż przyczyn zamknięcia nie znali. Pomyśleć tylko, że można było dotychczas przychodzić na kanapkę i piwo, na czekoladę po wiedeńsku i ciastko z kremem do tego arcydzieła sztuki dekoratorskiej, można było swoje codzienne życie pędzić w otoczeniu piękna, a teraz to wszystko miało nagle zniknąć, i to w samym sercu stolicy Europy!... W tym właśnie momencie zrozumiałem: Europa już popełniła samobójstwo. Jako czytelnika Huysmansa pana również musiał irytować jego uporczywy pesymizm, jego powtarzające się złorzeczenia pod adresem współczesnej miernoty. A przecież żył w czasach, gdy narody europejskie w apogeum swego rozwoju stały na czele olbrzymich imperiów kolonialnych i władały całym światem!... W czasach absolutnie niezwykłych zarówno z punktu widzenia technologii – kolej, elektryczność, telefon, fonograf, metalowe konstrukcje Eiffla – jak i sztuki: tu akurat nasuwa się zbyt wiele nazwisk, żeby je wszystkie wymienić, czy to w literaturze, w malarstwie, czy w muzyce...

Bez wątpienia miał rację; nawet z nieco bardziej ograniczonego punktu widzenia „sztuki życia" upadek był dość dramatyczny. Biorąc baklawę, którą mnie poczęstował, przypomniałem sobie książkę, którą czytałem kilka lat wcześniej, poświęconą historii burdeli. Wśród ilustracji widniała reprodukcja folderu reklamowego paryskiego burdelu z belle époque. Z prawdziwym zaskoczeniem stwierdziłem, że igraszki seksualne proponowane przez M a d e m o i s e l l e H o r t e n s e kompletnie nic mi nie mówią; nie miałem pojęcia, czym może być „podróż do ziemi żółtej" lub „mydełko rosyjskiego cara". Najwyraźniej na przestrzeni stu lat pamięć o pewnych praktykach seksualnych znikła, podobnie jak znikają umiejętności rzemieślnicze na przykład kamaszników lub ludwisarzy. I jak tu się nie zgodzić, że Europa jest w stanie dekadencji?

W pokoju było coraz ciemniej, paliła się tylko lampa na biurku.

– Tamta Europa, będąca szczytowym osiągnięciem ludzkiej cywilizacji, popełniła trwające kilka dekad samobójstwo – ciągnął ze smutkiem Rediger. – W całej Europie pojawiały się ruchy anarchistyczne i nihilistyczne, wezwania do przemocy, negowanie jakichkolwiek zasad moralnych. Kilka lat później wszystko się zakończyło niepojętym szaleństwem Pierwszej Wojny Światowej. I Freud doskonale to zrozumiał, podobnie jak Tomasz Mann: skoro dwa najbardziej rozwinięte, najbardziej cywilizowane narody świata, francuski i niemiecki, mogły sobie zgotować tak bezsensowną rzeź, Europa jest już martwa. Tak więc spędziłem ten ostatni wieczór w barze hotelu Metropole aż do jego zamknięcia. Wróciłem do domu na piechotę, szedłem przez całą Brukselę, przez dzielnicę europejskich instytucji, przez tę posępną, otoczoną slumsami fortecę. Następnego dnia pojechałem spotkać się z pewnym imamem na lotnisku Zaventem. A dzień później, w Poniedziałek Wielkanocny, w obecności kilkunastu świadków wyrzekłem rytualną formułę konwersji na islam.

Nie do końca się z nim zgadzałem co do decydującej roli Pierwszej Wojny Światowej; była to oczywiście niewybaczalna rzeź, ale wojna tysiąc osiemset siedemdziesiątego roku też była raczej absurdalna, w każdym razie w relacji Huysmansa, i już ona przyczyniła się do dewaluacji wszelkich odmian patriotyzmu; narody jako takie to morderczy absurd, z czego wszyscy w miarę przytomni ludzie zdali sobie sprawę już w tysiąc osiemset siedemdziesiątym pierwszym; stąd moim zdaniem wziął się nihilizm, anarchizm i wszelkie tego rodzaju niegodziwości. Na temat cywilizacji dawniejszych nie miałem wiele do powiedzenia.

Noc zapadła nad placem, ostatni turyści dawno już sobie poszli, nieliczne latarnie rzucały mdłe światło na stopnie areny Lutecji. Rzymianie tuż przed upadkiem imperium bez wątpienia też sądzili, że ich cywilizacja będzie trwać wiecznie; czy oni również popełnili samobójstwo? Cywilizacja rzymska była brutalna, z wojskowego punktu widzenia nad wyraz sprawna, ale również okrutna – do ulubionych rozrywek tłumu należały śmiertelne pojedynki gladiatorów lub walki między ludźmi a dzikimi zwierzętami. Czy Rzymianie też odczuwali pragnienie samobójstwa? Czy u nich też wystąpiła jakaś sekretna skaza? Rediger na pewno czytał Gibbona i jemu podobnych autorów, których ja znałem tylko z nazwiska, nie czułem się więc na siłach, aby podtrzymywać konwersację.

– Za dużo mówię… – powiedział Rediger z przepraszającym gestem.

Nalał mi szklaneczkę figówki i podsunął talerz z ciasteczkami; były znakomite, ich słodycz świetnie kontrastowała z goryczą alkoholu.

– Późno już – oznajmiłem z wahaniem, nie mając jeszcze ochoty wychodzić.

– Chwileczkę!

Wstał i podszedł do biurka, za którym na półce stały słowniki i encyklopedie. Wrócił z cienką książeczką swojego autorstwa, zatytułowaną *Dziesięć pytań na temat islamu*, wydaną w ilustrowanej kolekcji kieszonkowej.

– Od trzech godzin zanudzam pana swoimi poglądami religijnymi, chyba prozelityzm wszedł mi w krew. A przecież napisałem na ten temat książkę; może pan o niej słyszał?

– Oczywiście! Świetnie się sprzedawała, prawda?

– Trzy miliony egzemplarzy – powiedział z lekkim zażenowaniem. – Zdaje się, że nieoczekiwanie odkryłem w sobie talent popularyzatorski. To oczywiście bardzo schematyczne omówienie, ale przynajmniej da się szybko przeczytać.

Sto dwadzieścia osiem stron, w tym sporo ilustracji, przede wszystkim reprodukcje sztuki islamskiej; faktycznie lektura nie zabierze mi wiele czasu. Wsunąłem książkę do plecaka.

Nalał nam jeszcze po szklaneczce figówki. Wzeszedł księżyc, jego blask oświetlał stopnie areny znacznie silniej niż światło latarni; dopiero teraz zauważyłem, że każda z fotografii wersetów Koranu i galaktyk, wiszących wśród zieleni na ścianach, jest podświetlona własną lampką.

– Ma pan piękny dom.

– Wiele lat mi zajęło, zanim go zdobyłem; może pan wierzyć, łatwo nie było… – Rozsiadł się wygodnie w fotelu i po raz pierwszy od przyjścia odniosłem wrażenie, że jest rozluźniony i teraz zacznie mówić o rzeczach naprawdę dla niego ważnych. – Przecież Paulhan nic mnie nie obchodzi; kogo w ogóle obchodzi Paulhan? Dla mnie prawdziwe szczęście to możliwość mieszkania w domu, w którym Dominique Aury napisała *Historię O*, a przynajmniej w którym mieszkał kochanek, dla którego napisała tę opowieść. Zgodzi się pan chyba, że to fascynująca książka?

Podzielałem jego zdanie. W zasadzie *Historia O* miała w sobie wszystko, czego nie znosiłem: brzydziło mnie eksponowanie fantazji erotycznych, a całość wydawała mi się koszmarnie kiczowata – mieszkanie na Wyspie Świętego Ludwika, pałacyk na Faubourg-Saint-Germain, Sir Stephen – wszystko razem do wyrzygania. Jednak w książce tej czuło się prawdziwą namiętność, szeroki, górujący nad całą resztą oddech.

– Chodzi o uległość – powiedział cicho Rediger. – Oszałamiająca, a zarazem prosta myśl, nigdy dotychczas niewyrażona z taką mocą, że szczytem ludzkiego szczęścia jest bezwzględna uległość. Miałbym pewne opory przed zaprezentowaniem tej myśli swoim współwyznawcom, którzy mogliby ją uznać za bluźnierczą, ale ja dostrzegam wyraźny związek między bezwzględną uległością kobiety wobec mężczyzny jak w *Historii O* a uległością człowieka wobec Boga, o której mówi islam. Widzi pan, islam akceptuje świat, akceptuje go w jego integralności, świat j a k o t a k i, używając języka Nietzschego. Według buddyzmu świat to *dukkha*, niedopasowanie, cierpienie. Co do chrześcijaństwa, nie ma w nim już takiej pewności – czyż Szatan nie jest nazywany księciem tego świata? Dla islamu dzieło boże jest doskonałe, to wręcz arcydzieło absolutne. Czym w gruncie rzeczy jest Koran, jeśli nie mistyczną pieśnią pochwalną? Pochwałą Stwórcy i uległości wobec Jego praw. Ludziom, którzy chcą poznać islam, nie polecam zazwyczaj rozpoczynania od lektury Koranu, chyba że są skłonni zrobić wysiłek: nauczyć się arabskiego i zagłębić w tekst pierwotny. Proponuję im raczej, aby posłuchali sur, aby je powtarzali, wczuli się w ich oddech i rytm. Islam to jedyna religia, która zabroniła używania przekładów dla celów liturgicznych, bowiem Koran w całości opiera się na rytmie, rymach, refrenach, asonansach. Na podstawowej zasadzie poezji, na połączeniu dźwięku i znaczenia, które pozwala opowiedzieć świat.

Znowu zrobił przepraszający gest, chyba trochę udając skrępowanie własnym prozelityzmem, ale przecież z pełną świadomością, że identyczną przemowę zaserwował już wielu wykładowcom, których pragnął przekonać; przypuszczam, że uwaga o zakazie przekładania Koranu musiała zrobić znakomite wrażenie choćby na Gignacu, jako że specjaliści od literatury średniowiecznej często patrzą złym okiem na próby przekładu obiektu ich uwielbienia na współczesny język francuski; ale cóż – lepiej czy gorzej przećwiczone, jego argumenty zachowywały całą swoją moc. Poza tym nie byłem w stanie przestać myśleć o jego trybie życia: jedna żona, czterdziestolatka, do gotowania, druga, piętnastolatka, do innych spraw... Pewnie miał jeszcze jedną czy dwie w wieku pośrednim, ale nie bardzo wiedziałem, jak mu zadać pytanie. Tym razem podniosłem się z fotela ze szczerym zamiarem wyjścia, podziękowałem za pasjonujące popołudnie, które zresztą przeciągnęło się na wieczór. Powiedział, że też miło spędził czas; na progu nastąpiła wylewna wymiana uprzejmości, ale jestem przekonany, że obaj byliśmy w tym momencie szczerzy.

Po powrocie do domu wierciłem się w łóżku ponad godzinę, aż w końcu do mnie dotarło, że już nie zasnę. Nie miałem nic do picia poza butelką rumu, co mogło się kiepsko połączyć z figówką, ale naprawdę musiałem się napić. Po raz pierwszy w życiu zacząłem myśleć o Bogu, poważnie zastanawiać się nad samą ideą Stwórcy Wszechświata, czuwającego nad każdym z moich czynów, ale moja pierwsza reakcja była absolutnie jasna: po prostu lęk. Powolutku, przy niejakiej pomocy alkoholu zacząłem się uspokajać, powtarzając sobie, że jestem istotą mało znaczącą, Stwórca ma na pewno coś lepszego do roboty, jednak gdzieś tkwiła przerażająca myśl, że nagle zda sobie sprawę z mojego istnienia, postanowi mnie u k a r a ć i dostanę na przykład raka żuchwy, jak Huysmans; to częsty przypadek u palaczy, Freud też to złapał; tak, rak żuchwy wydawał się całkiem prawdopodobny. Jak będę żyć po wycięciu żuchwy? Czy będę mógł wychodzić na dwór, robić zakupy w supermarkecie, znosić spojrzenia pełne współczucia i odrazy? A jeśli nie będę mógł robić zakupów, kto je zrobi za mnie? Noc była długa, a ja czułem się dramatycznie samotny. Czy przynajmniej pozostanie mi elementarna odwaga do popełnienia samobójstwa? Nawet to nie było pewne.

Obudziłem się koło szóstej rano z potwornym bólem głowy. Czekając na kawę, zacząłem szukać *Dziesięciu pytań na temat islamu*, ale po kwadransie sprawa stała się jasna: plecaka nie było, musiałem go zostawić u Redigera.

Po dwóch aspirynach znalazłem w sobie dość siły, żeby zajrzeć do słownika żargonu teatralnego z tysiąc dziewięćset siódmego, gdzie udało mi się znaleźć dwa rzadkie słowa używane przez Huysmansa, które bez trudu mogły ujść za neologizmy. To była ta zabawna i stosunkowo łatwa część mojej pracy; najtrudniejsza będzie przedmowa, miałem tego pełną świadomość. Wcześniej czy później będę musiał wrócić do własnego doktoratu. Te osiemset stron przerażało mnie, wręcz przygniatało; o ile pamiętałem, postawiłem sobie za cel odczytanie całej twórczości Huysmansa w świetle jego późniejszego nawrócenia. Sam autor do tego zachęcał, a ja dałem się zmanipulować – jego własna, napisana dwadzieścia lat później przedmowa do *Na wspak* była dość symptomatyczna. Czy *Na wspak* nieuchronnie prowadziło do powrotu na łono Kościoła? Ów powrót w końcu nastąpił, szczerość Huysmansa nie budziła wątpliwości, a jego ostatnia powieść, *Tłumy w Lourdes*, była książką autentycznie chrześcijańską, w której ten esteta, mizantrop i samotnik, przełamując awersję, jaką w nim budziła odpustowa bigoteria rodem z Saint-Sulpice, nareszcie pozwolił się unieść gorącej wierze tłumu pielgrzymów. Z drugiej strony, z czysto praktycznego punktu widzenia, ów powrót nie zmusił go do zbyt znaczących ofiar: jego status oblata w opactwie Ligugé zezwalał mu na życie poza murami klasztoru, na posiadanie własnej służącej,

przyrządzającej mu wyszukane potrawy z kuchni mieszczańskiej, które odgrywały tak dużą rolę w jego życiu, na korzysta-
nie z własnej biblioteki, na palenie holenderskiego tytoniu.
Uczestniczył we wszystkich nabożeństwach i bez wątpienia
znajdował w tym przyjemność; jego estetyczne i niemal cielesne zamiłowanie do katolickiej liturgii pojawia się na każdej stronie jego ostatnich książek, lecz ani razu Huysmans
nie wspomina o metafizycznych zagadnieniach, które poprzedniego dnia poruszył Rediger. Nieskończonych przestrzeni, które taki lęk budziły u Pascala, które Newtona i Kanta
pogrążały w takim zachwycie i wywoływały taki szacunek,
Huysmans ani razu nie zauważył. Bez wątpienia był kon-
wertytą, ale nie na modłę Péguyego czy Claudela. Dokładnie w tej właśnie chwili pojąłem, że mój własny doktorat
w niczym mi nie pomoże, podobnie jak deklaracje samego
Huysmansa.

Koło dziesiątej uznałem, że o tej porze mogę już pojawić się
pod numerem piątym na ulicy Arènes; z uśmiechem powitał
mnie ten sam majordomus w tym samym kremowym uni-
formie ze stójką à la Mao. Poinformował mnie, że profesora
Redigera nie ma w domu, a ja faktycznie coś poprzedniego
dnia zostawiłem. Po kilkunastu sekundach przyniósł mi mój
plecak Adidasa, który już od rana musiał na mnie czekać. Był
uprzejmy, sprawny i dyskretny; w pewnym sensie majordomus Redigera zrobił na mnie większe wrażenie niż jego małżonki. Wszystkie sprawy administracyjne musiał załatwiać
w ułamku sekundy, jednym pstryknięciem palcami.

Idąc ulicą Quatrefages, bezwiednie znalazłem się przed Wielkim Meczetem. Moje myśli nie obróciły się w stronę ewentualnego Stwórcy Wszechświata, ale, dość mało wzniośle, w stronę Steve'a; nie da się ukryć, pomyślałem, że poziom nauczania znacznie się ostatnio obniżył. Nie byłem równie sławny jak Gignac, ale mimo wszystko, jeśli zdecyduję się na powrót, mogłem być pewien gorącego przyjęcia.

Natomiast już całkiem świadomie ruszyłem ulicą Daubenton w kierunku Sorbony Paris III. Nie miałem ochoty wchodzić do środka, a tylko przespacerować się przed bramą, ale bardzo się uradowałem na widok znajomego ciecia z Senegalu. On także bardzo się ucieszył.

– Miło pana widzieć! Tak się cieszę, że pan do nas wraca!

Nie miałem serca wyprowadzać go z błędu, więc wszedłem na dziedziniec. W końcu spędziłem na tej uczelni piętnaście lat i było mi przyjemnie spotkać chociaż jedną znajomą osobę. Zastanawiałem się, czy on również musiał przejść na islam, żeby utrzymać pracę, ale może po prostu był muzułmaninem jak wielu Senegalczyków – przynajmniej tak mi się wydawało.

Przez kwadrans spacerowałem pod arkadami z metalowych prętów, trochę zaskoczony własną nostalgią, choć w pełni świadomy szpetoty otaczających mnie gmachów, zbudowanych w najgorszych latach modernizmu, ale nostalgia nie ma nic wspólnego z poczuciem estetyki ani nawet nie musi być związana ze szczęśliwymi wspomnieniami; nostalgia łączy się po prostu z miejscem, w którym spędziło się kawałek życia – wszystko jedno, dobry czy zły; przeszłość

zawsze jest piękna, przyszłość zresztą również, tylko te-
raźniejszość zadaje ból, który nam towarzyszy jak ropieją-
cy wrzód między dwiema nieskończonościami beztroskiego
szczęścia.

W miarę jak szedłem pod metalowymi prętami, nostalgia zaczęła się rozpływać; w pewnym momencie przestałem
myśleć o czymkolwiek. Przechodząc obok baru, w którym
się poznaliśmy, przez krótką, bolesną chwilę pomyślałem
o Myriam. Teraz wszystkie studentki były oczywiście okryte
hidżabami, najczęściej białymi; spacerowały pod arkadami
w grupkach po dwie, trzy; przypominały zakonnice, a przynajmniej nadzwyczaj pilne uczennice. Zastanawiałem się, jak
to wygląda na uczelni starszej, czyli Sorbonie Paris IV, czy odnosi się tam wrażenie powrotu do czasów Abelarda i Heloizy.

Dziesięć pytań na temat islamu było faktycznie książką prostą, o bardzo klarownym układzie. Z rozdziału pierwszego, odpowiadającego na pytanie „Jaka jest nasza wiara?", właściwie niczego się nie dowiedziałem. Tyle, co mi poprzedniego dnia po południu powiedział Rediger: ogrom i harmonia Wszechświata, doskonałość celu i takie tam. Dalej były krótkie opisy kolejnych proroków, kończące się na Mahomecie.

Zapewne jak większość mężczyzn pominąłem rozdziały poświęcone obowiązkom religijnym, filarom islamu i nakazowi postu i przeszedłem bezpośrednio do rozdziału siódmego pod tytułem *Dlaczego poligamia?* Prawdę mówiąc, argumentacja była nad wyraz oryginalna: aby realizować swoje wzniosłe cele, wyjaśniał Rediger, Stwórca Wszechświata w stosunku do nieożywionego kosmosu stosował prawa geometrii (nieeuklidesowej i niekomutatywnej, ale jednak geometrii). Jeśli chodzi o świat ożywiony, cele Stwórcy realizują się poprzez selekcję naturalną, dzięki której istoty żywe osiągają maksimum swojego piękna, żywotności i siły. U wszystkich gatunków zwierząt, do których człowiek również się zalicza, rządzi to samo prawo: tylko niektóre osobniki zostały powołane do przekazania swojego nasienia i spłodzenia następnych istot, od których z kolei zależy los nieskończonej liczby przyszłych pokoleń. W przypadku ssaków, biorąc pod uwagę czas trwania ciąży u samic i niemal nieograniczoną zdolność do reprodukcji samców, presji rozrodczej podlegają przede wszystkim te ostatnie. Nierówność praw samców – z których jedne mogą się rozkoszować łaskami wielu samic, a inne siłą rzeczy będą ich pozbawione – nie powinna więc być uważana za przewrotny skutek poligamii, lecz za jej faktyczny cel. W ten oto sposób spełnia się przeznaczenie całego gatunku.

Te dziwaczne dywagacje prowadziły prosto do rozdziału ósmego, mniej kontrowersyjnego, zatytułowanego *Ekologia a islam*, w którym przy okazji była mowa o diecie halal, uważanej przez autora za doskonalszą wersję diety ekologicznej. Rozdziały dziewiąty i dziesiąty, poświęcone gospodarce i instytucjom politycznym, wyglądały jak uszyte na miarę kandydatury Mohammeda Ben Abbesa.

W książeczce tej, przeznaczonej dla szerokiej publiczności – i rzeczywiście powszechnie przez nią czytanej – Rediger zwracał się do czytelnika humanistycznego, wielokrotnie porównując islam do sielskich lub brutalnych cywilizacji, które go poprzedziły. Podkreślał, że islam nie wynalazł poligamii, a tylko uregulował sposób jej praktykowania, nie stworzył ani kary kamienowania, ani obyczaju wyrzezania, że prorok Mahomet uważał wyzwalanie niewolników za słuszne i godne pochwały, a ustanowiwszy równość wszystkich ludzi wobec ich Stwórcy, położył kres wszelkiej dyskryminacji rasowej w krajach znajdujących się pod władaniem islamu.

Wszystkie te argumenty były mi znane, słyszałem je tysiące razy, co w niczym nie umniejszało ich prawdziwości. Co mnie jednak uderzyło podczas naszej rozmowy, a jeszcze bardziej podczas lektury tej książeczki, to s p r a w n o ś ć w żonglowaniu argumentami, nieuchronnie zbliżająca Redigera do świata polityki. Podczas naszego popołudniowego spotkania w jego domu przy ulicy Arènes ani chwili nie rozmawialiśmy o polityce, a jednak wcale się nie zdziwiłem, kiedy tydzień później na skutek jakiejś minirestrukturyzacji ministerialnej został mianowany na specjalnie dla niego odtworzone stanowisko sekretarza stanu ds. wyższych uczelni.

Znacznie mniejszą ostrożnością wykazał się w artykułach przeznaczonych dla bardziej niszowych czasopism, takich jak „Przegląd Badań Palestyńskich" czy „Umma". Brak ciekawości ze strony dziennikarzy okazuje się prawdziwym błogosławieństwem dla intelektualistów; w dzisiejszych czasach wszystko jest przecież łatwo dostępne w internecie, a dogrzebanie się dziennikarzy do niektórych artykułów Redigera mogłoby go sporo kosztować. Lecz cóż, mogłem się mylić; w dwudziestym wieku tylu intelektualistów wspierało Stalina, Mao czy Pol Pota i nie spotkało się z tego powodu z żadnymi poważnymi zarzutami; francuski intelektualista nie musi być o d p o w i e d z i a l n y, nie leży to w jego naturze.

W artykule dla „Ummy", zastanawiając się, czy islam został powołany do zdominowania świata, Rediger udziela odpowiedzi twierdzącej. Niemal nie zajmuje się cywilizacjami zachodnimi, które ewidentnie uważa za skazane na zagładę (o ile liberalny indywidualizm mógł triumfować, gdy ograniczał się do rozpuszczania struktur przejściowych, takich jak ojczyzny, korporacje i kasty, o tyle musi przypieczętować swoją własną klęskę, jeśli ośmieli się zaatakować najwyższą strukturę społeczną, jaką jest rodzina, czyli demografia – a wtedy, logiczne, nadejdzie czas islamu). Chętniej rozwodzi się nad Indiami i Chinami: gdyby kraje te zdołały zachować swoją tradycyjną cywilizację, mogłyby się uchronić przed islamską dominacją, o ile by się przy tym trzymały z dala od monoteizmu; jednak od chwili, gdy dały się zarazić zachodnimi wartościami, również skazane są na zagładę. W dalszej części Rediger szczegółowo opisuje cały proces i przedstawia kalendarz zdarzeń. Artykuł, jasno napisany i dobrze udokumentowany, wyraźnie wskazuje na wpływ Guénona, jego zasadniczego rozróżnienia między cywilizacjami tradycyjnymi a cywilizacją nowoczesną.

W innym artykule Rediger jednoznacznie wypowiada się na rzecz nierównego rozdziału dóbr. Chociaż nędza jako taka powinna być wykluczona z autentycznej społeczności muzułmańskiej (jałmużna stanowi przecież jeden z pięciu filarów islamu), należy zachować wyraźną różnicę między muzułmańskimi masami, żyjącymi przyzwoicie, ale bardzo skromnie, a grupką jednostek nieprzyzwoicie bogatych, mogących sobie pozwolić na najbardziej szalone, ekstrawaganckie wydatki, gwarantujące przetrwanie luksusu i sztuki. Ta z gruntu arystokratyczna postawa pochodzi prosto od Nietzschego – w sumie Rediger pozostawał zdumiewająco wierny myślicielom swojej młodości.

Jego sarkastyczna i raniąca wrogość wobec chrześcijaństwa, które jego zdaniem opiera się jedynie na dekadenckiej i marginalnej postaci Jezusa, ma również głęboko nietzscheańskie korzenie. „Założyciel chrześcijaństwa lubił przebywać w towarzystwie kobiet i t o s i ę c z u j e. Jeśli islam pogardza chrześcijaństwem – stwierdza Rediger za autorem *Antychrysta* – ma ku temu tysiąc powodów; w islamie najważniejszy jest bowiem c z ł o w i e k". Idea boskiej natury Chrystusa to błąd podstawowy, nieuchronnie prowadzący ku humanizmowi i „prawom człowieka". O tym Nietzsche też mówił, w jeszcze ostrzejszych słowach, podobnie jak również by się zgodził, że misją islamu jest oczyszczenie świata poprzez uwolnienie go od zgubnej doktryny inkarnacji.

Z wiekiem sam coraz bardziej zbliżałem się do Nietzschego, czego zapewne nie da się uniknąć, jeśli człowiek ma problemy z instalacjami hydraulicznymi. I bardziej mnie interesował Elohim – boski stwórca konstelacji – niż jego mało strawny potomek. Jezus za bardzo kochał ludzi, oto cały problem: to, że dał się za nich ukrzyżować, świadczy co najmniej o b r a k u g u s t u, jak by powiedział ten stary drań Nietzsche. A i pozostałe jego postępki też nie świadczą o nadmiernym rozumie, na przykład wybaczenie kobiecie cudzołożnej przy użyciu argumentów typu „niech ten, który nigdy nie zgrzeszył" i tak dalej. A przecież sprawa była prosta: wystarczyło zawołać siedmioletniego gówniarza, który by spokojnie przywalił pierwszym kamieniem.

Rediger miał dobre pióro, pisał jasno i syntetycznie, czasem z odrobiną humoru, gdy na przykład szydził z jednego ze swoich kolegów, zapewne konkurencyjnego intelektualisty muzułmańskiego, który w jakimś artykule wprowadził

pojęcie i m a m ó w 2 . 0; chodziło o tych, którzy podjęli się
zadania rekonwersji młodych Francuzów, potomków muzułmańskich imigrantów. Zdaniem Redigera należałoby teraz
mówić o i m a m a c h 3 . 0, którzy nawracają Francuzów
o czysto francuskich korzeniach. Ale żarty nie trwały u niego zbyt długo, szybko zastępowane poważniejszymi rozwa-
żaniami. Sarkastyczne uwagi rezerwował przede wszystkim
dla swoich kolegów należących do islamistycznych lewaków;
i s l a m o l e w a c t w o, pisał, to rozpaczliwa próba gnijących,
rozkładających się marksistów w stanie śmierci klinicznej,
którzy usiłują się wygrzebać ze śmietnika historii, podcze-
piając się pod wschodzące siły islamu. Na poziomie pojęcio-
wym, ciągnął, są równie żałośni jak sławetni „nietzscheańscy
lewicowcy". Najwyraźniej Rediger miał obsesję na punkcie
Nietzschego, ale jego artykuły o nietzscheańskiej inspiracji
wkrótce mnie znużyły – zapewne sam przeczytałem zbyt wiele dzieł Nietzschego, zbyt dobrze go znałem i rozumiałem,
więc urok tych rozważań szybko przestał na mnie działać.
O dziwo, znacznie bardziej mnie pociągały jego guénonizmy;
nie da się ukryć, że czytanie Guénona *in extenso* jest raczej
nudne, a Rediger serwował go w wersji *light*, znacznie straw-
niejszej dla czytelnika. Podobał mi się zwłaszcza jego artykuł
Geometria powiązań, który ukazał się w „Przeglądzie Badań
Antropologicznych". Jeszcze raz wracał w nim do porażki komunizmu – który w sumie stanowił pierwszą próbę walki
z liberalnym indywidualizmem – i podkreślał, że w sporze ze
Stalinem rację miał jednak Trocki: rewolucja może zwyciężyć
tylko pod warunkiem, że będzie rewolucją światową. Jego

zdaniem ta sama zasada obowiązuje w przypadku islamu: będzie on religią powszechną albo nie będzie go wcale. Lecz *clou* artykułu sprowadzało się do nadzwyczaj ciekawej refleksji na temat grafów, niepozbawionej pewnej dozy spinozjańskiego kiczu, ozdobionej scholiami i całym tym majdanem. Jedynie religia jest w stanie stworzyć totalną relację między jednostkami. Jeśli rozważymy graf powiązań, wywodził Rediger, czyli jednostki (punkty) połączone osobistymi więziami, nie sposób zbudować grafu płaskiego łączącego wszystkie jednostki zbioru. Jedynym rozwiązaniem jest przejście do płaszczyzny wyższej, zawierającej tylko jeden punkt zwany Bogiem, z którym wszystkie jednostki są połączone, a zarazem, za jego pośrednictwem, pozostają połączone między sobą.

Wszystko to bardzo przyjemnie się czytało, choć z geometrycznego punktu widzenia wydawało mi się fałszywe; no, ale przynajmniej odrywało mnie na chwilę od problemów hydraulicznych. Natomiast moje życie umysłowe znalazło się w martwym punkcie: posuwałem się do przodu z przypisami, ale wciąż brakowało mi wstępu. Co ciekawe, poszukując w internecie informacji o Huysmansie, wpadłem na jeden z lepszych artykułów Redigera, opublikowany w „Przeglądzie Europejskim". Huysmans był tam wspomniany tylko mimochodem, jako autor, u którego impas naturalizmu i materializmu ujawniał się w najpełniejszej krasie, natomiast cały artykuł był potężnym, acz dyskretnym wezwaniem skierowanym do dawnych towarzyszy. To tragiczne, grzmiał Rediger, że bezrozumna wrogość wobec islamu nie pozwala tradycjonalistom i identytarystom na przyjęcie oczywistej prawdy:

w sprawach zasadniczych niczym się nie różnią od muzułmanów. Odrzucenie ateizmu i humanizmu, podporządkowa-
nie kobiety mężczyźnie, powrót do patriarchatu – w każdym
aspekcie prowadzą jedną i tę samą walkę. Walka ta, niezbędna do wdrożenia nowego, organicznego etapu rozwoju cywilizacji, nie może już być prowadzona w imię chrześcijaństwa; dzisiaj to islam, religia siostrzana, ale młodsza, prostsza
i prawdziwsza (dlaczego na przykład Guénon przeszedł na
islam? Guénon przede wszystkim był umysłem ścisłym i właśnie dlatego wybrał islam, ze względu na oszczędność po-
jęciową, a także po to, by uniknąć pewnych marginalnych
i irracjonalnych wierzeń, takich jak wiara w rzeczywistą obecność Boga w Eucharystii), tak więc to właśnie islam prze-
jął dzisiaj pałeczkę. Przymilając się i zawstydzająco wdzię-
cząc do postępowców, Kościół katolicki utracił zdolność do
przeciwstawienia się upadkowi obyczajów. Utracił zdolność
do jednoznacznego i energicznego odrzucenia małżeństw
homoseksualnych, prawa do aborcji i pracy kobiet. Spójrzmy
prawdzie w oczy: Europa Zachodnia doszła do tak odrażają-
cego stanu rozkładu, że sama siebie nie jest w stanie urato-
wać, nie bardziej niż starożytny Rzym w piątym wieku naszej
ery. Masowy napływ imigrantów, których tradycyjna kultu-
ra jest nadal naznaczona naturalną hierarchią, podporząd-
kowaniem kobiety i szacunkiem dla starszych, stanowi historyczną szansę na moralne i rodzinne odrodzenie Europy,
otwierając perspektywę nowego złotego wieku dla Starego
Kontynentu. Niektórzy z przybyszy są chrześcijanami, ale
najczęściej – powiedzmy to sobie szczerze – muzułmanami.

On, Rediger, jako pierwszy gotów jest przyznać, że średnio-wieczne chrześcijaństwo było wielką cywilizacją, której osiąg-nięcia artystyczne na zawsze pozostaną w pamięci ludzi; stopniowo jednak traciło ono grunt pod nogami, zawierało kompromisy z racjonalizmem, odżegnywało się od podpo-rządkowania sobie władzy świeckiej, tym samym skazując się na zagładę, a dlaczego? Prawdę mówiąc, stanowi to abso-lutną zagadkę; tak zdecydował Bóg.

Niedługo później otrzymałem *Słownik współczesnego języka potocznego* Rigauda, wydany przez Ollendorffa w tysiąc osiemset osiemdziesiątym pierwszym, który już dawno zamówiłem, a który pozwolił mi na rozwianie pewnych wątpliwości. Tak jak podejrzewałem, słowa „zamtuz", które oznaczało dom publiczny, nie wymyślił Huysmans, „lupanar" zaś było słowem bardziej ogólnym, oznaczało miejsce uprawiania prostytucji. Relacje seksualne Huysmans nawiązywał niemal wyłącznie z prostytutkami, a w jego korespondencji z Arijem Prinsem można znaleźć bardzo wyczerpujący opis europejskich domów publicznych. Przeglądając te listy, poczułem nagłą potrzebę udania się do Brukseli. Bez żadnych konkretnych powodów. Oczywiście Huysmans publikował w Brukseli, ale prawdę mówiąc, wszyscy ważni autorzy drugiej połowy dziewiętnastego wieku musieli w jakimś momencie, chcąc uniknąć cenzury, korzystać z usług wydawców belgijskich. Nie inaczej Huysmans. Jednak w czasie, gdy pisałem doktorat, podróż do Brukseli wcale mi się nie wydawała niezbędna; pojechałem tam kilka lat później, chociaż bardziej z powodu Baudelaire'a; uderzył mnie wówczas brud i smutek tego miasta, a także nienawiść – znacznie bardziej wyczuwalna niż w Paryżu lub Londynie – między różnymi

265

społecznościami; w Brukseli, bardziej niż w którejkolwiek innej stolicy europejskiej, czuło się, że miasto jest na skraju wojny domowej.

Całkiem niedawno doszła tam do władzy Muzułmańska Partia Belgii. Większość komentatorów uznała to wydarzenie za ważne z punktu widzenia europejskiej równowagi politycznej. Co prawda krajowe partie muzułmańskie należały już do koalicji rządzących w Wielkiej Brytanii, Holandii i Niemczech, ale Belgia była drugim po Francji krajem, w którym partia muzułmańska miała pozycję większościową. W wypadku Belgii ta druzgocąca porażka prawicy dawała się łatwo wytłumaczyć: podczas gdy nacjonalistyczne partie Flandrii i Walonii, główne ugrupowania polityczne w tych regionach, nigdy nie potrafiły się porozumieć ani nawet rozpocząć rzeczywistego dialogu, partie muzułmańskie tychże regionów z łatwością zawiązały koalicję na bazie wspólnej religii.

Zwycięstwo Muzułmańskiej Partii Belgii zostało natychmiast powitane niezwykle ciepłymi słowami ze strony Mohammeda Ben Abbesa; warto zresztą wspomnieć, że biografia jej sekretarza generalnego, Raymonda Stouvenensa, miała wiele punktów wspólnych z biografią Redigera: on również był swego czasu członkiem ruchu identytarystycznego, a nawet należał do jego kierownictwa – choć nigdy nie paktował z frakcjami jawnie neofaszystowskimi – zanim nawrócił się na islam.

W wagonie restauracyjnym pociągu Thalys proponowano teraz wybór między menu tradycyjnym a halal. Była to pierwsza, a zarazem jedyna widoczna zmiana: ulice były równie brudne, a hotel Metropole, nawet z zamkniętym barem, zachował swój dawny splendor. Koło siódmej wieczorem wyszedłem z hotelu; było jeszcze zimniej niż w Paryżu, chodniki pokrywała warstwa szarego śniegu. Siedziałem w restauracji przy ulicy Montagne-aux-Herbes-Potagères, wahając się między waterzooi z kurczaka a węgorzem na zielono, gdy nagle do mnie dotarło, że rozumiem Huysmansa lepiej, niż on rozumiał samego siebie, i że w końcu mogę napisać brakujący wstęp; musiałem natychmiast wrócić do hotelu, żeby sporządzić notatki, wyszedłem więc z restauracji, nie złożywszy nawet zamówienia. Room service proponował waterzooi z kurczaka, co definitywnie rozstrzygnęło mój dylemat. Przywiązywanie nadmiernej wagi do „życia rozwiązłego", łaskawie wspominanego przez Huysmansa, byłoby błędem; chodziło tu przede wszystkim o naturalistyczny odruch, ówczesny stereotyp wynikający z potrzeby skandalizowania, szokowania burżuja, a w sumie z chęci zrobienia kariery, wprowadzona zaś przez niego opozycja między cielesnymi apetytami a rygorami życia klasztornego też nie miała większego znaczenia. Czystość obyczajów ani wówczas, ani w żadnej innej epoce nie stanowiła problemu – ani dla Huysmansa, ani dla nikogo innego – co mój krótki pobyt w Ligugé tylko potwierdził. Wystarczy mężczyznę poddać pokusie erotycznej (choćby najbardziej banalnej; dekolty i minispódniczki zawsze działają, *tetas y culo*, jak mówią obrazowo Hiszpanie), a zacznie odczuwać chuć; pozbawcie go tej pokusy, a w ciągu kilku miesięcy – ba! tygodni – przestanie ją odczuwać, utraci wręcz wszelkie wspomnienia o seksualności; ta sprawa nigdy nie stanowiła najmniejszego problemu ani dla mnichów, ani zresztą dla mnie; od czasu, gdy nowy reżim islamski narzucił skromniejsze stroje dla kobiet, mój popęd zaczął się wyciszać; czasem całymi dniami nie dochodził do głosu. Sytuacja kobiet była chyba nieco odmienna, ich popęd jest bardziej rozproszony, a więc trudniejszy do zwalczenia, ale nie miałem czasu na wchodzenie w szczegóły wykraczające poza mój temat, gorączkowo robiłem notatki, po waterzooi zamówiłem talerz serów, nie tylko seks nie miał dla Huysmansa znaczenia, jakie mu przypisywał, śmierć także, egzystencjalne niepokoje nie zakłócały mu snu; tym, co tak bardzo go uderzyło w *Ukrzyżowaniu* Grünewalda, było nie tyle ukazanie agonii Chrystusa, ile jego fizycznego cierpienia, i w tym również Huysmans był nadzwyczaj podobny do zwykłych ludzi, których ich własna śmierć zazwyczaj pozostawia obojętnymi, a jedyne zmartwienie, jedyna prawdziwa troska, to jak uniknąć fizycznego bólu. Nawet w dziedzinie krytyki sztuki postawa Huysmansa była zwodnicza. Zdecydowanie stanął po stronie impresjonistów w ich sporze z akademikami, napisał wiele słów uznania i podziwu pod adresem takich malarzy jak Gustave Moreau czy Odilon Redon, ale w swoich powieściach mniejsze okazywał przywiązanie do impresjonizmu i symbolizmu niż do dawniejszej tradycji malarskiej, tej z epoki flamandzkich mistrzów. Oniryczne wizje w *Z prądem*, które faktycznie mogły przywodzić na myśl pewne udziwnienia malarstwa symbolicznego, były raczej nieudane, pozostawiały po sobie mniejsze wrażenie niż jego pełne ciepła, intymistyczne opisy posiłków w rodzinie

Carhaix, które można znaleźć w *Tam*. Nagle zdałem sobie sprawę, że zostawiłem *Tam* w Paryżu, musiałem więc natychmiast wracać; wszedłem do internetu, pierwszy pociąg miałem o piątej rano, o siódmej byłem już w domu i ponownie czytałem te fragmenty, w których Huysmans opisuje kuchnię „mamy Carhaix", jak ją nazywał; jedynym jego prawdziwym tematem było mieszczańskie szczęście, zgoła niedostępne dla osoby żyjącej w stanie kawalerskim, przy czym nawet nie chodziło mu o szczęście wyższych warstw burżuazji, gdyż kuchnię wychwalaną w *Tam* można spokojnie uznać za dobrą, uczciwą kuchnię domową, a tym bardziej nie chodziło o szczęście arystokracji, bowiem dla „głupców herbowych", potępionych w *Oblacie*, żywił li tylko pogardę. W jego oczach prawdziwym szczęściem był radosny posiłek w towarzystwie artystów i przyjaciół, sztukamięs w sosie chrzanowym z uczciwym winem, potem śliwowica i cygaro przed buzującym kominkiem, podczas gdy podmuchy zimowego wiatru świszczą wokół wież kościoła Saint-Sulpice. Tych prostych radości życie Huysmansowi odmówiło i doprawdy trzeba być równie nieczułym brutalem jak Bloy, żeby dziwić się jego łzom po śmierci w tysiąc osiemset dziewięćdziesiątym piątym Anny Meunier, jedynej kobiety, z którą się związał na stałe, z którą wprawdzie krótko, ale prowadził wspólne życie, zanim choroba psychiczna Anny, w owych czasach nieuleczalna, nie skazała jej na długotrwały pobyt w szpitalu psychiatrycznym.

W ciągu dnia wyszedłem kupić pięć kartonów papierosów, wygrzebałem wizytówkę libańskiej firmy cateringowej, a dwa tygodnie później wstęp był gotowy. Nad Francję nadpłynął niż znad Azorów, powietrze było wilgotne i wiosenne, podejrzanie ciepłe. Jeszcze zeszłego roku w takich warunkach meteorologicznych na ulicy pojawiłyby się pierwsze minispódniczki. Doszedłem do alei Choisy, skręciłem w Gobelins i dalej w ulicę Monge. W kawiarni koło Instytutu Świata Arabskiego jeszcze raz przeczytałem czterdzieści stron wstępu. Znalazłem parę błędów interpunkcyjnych, kilka przypisów wymagało uściślenia, ale nie da się ukryć: było to moje najlepsze dzieło, a zarazem najlepszy tekst kiedykolwiek napisany o Huysmansie.

Wróciłem na piechotę do domu, powolnym krokiem staruszka, stopniowo zdając sobie sprawę, że oto nadszedł kres mojego życia intelektualnego, a jednocześnie kres mojego długiego, bardzo długiego związku z Jorisem-Karlem Huysmansem.

Oczywiście nie miałem zamiaru o niczym informować Bastiena Lacoue; wiedziałem, że minie przynajmniej rok, może nawet dwa lata, zanim zacznie się zastanawiać nad stanem zaawansowania naszej umowy; będę mieć czas, żeby spokojnie dopieścić przypisy; tak czy owak, zaczynał się wyjątkowo komfortowy okres w moim życiu.

Po prostu komfortowy, poprawiłem się, po raz pierwszy od powrotu z Brukseli otwierając skrzynkę na listy; nadal wisiały nade mną sprawy administracyjne, a administracja, jak wiadomo, „nigdy nie śpi".

Na razie nie miałem odwagi otworzyć żadnej z kopert; w pewnym sensie na dwa tygodnie d a ł e m s i ę p o r w a ć d o k r a i n y i d e a l n e j, na swój skromny sposób t w o r z y ł e m; nagły powrót do statusu zwykłego obywatela wydawał mi się nieco trudny. Znalazłem jedną kopertę nie do końca administracyjną, nadaną przez Sorbonę Paris IV. Ha, pomyślałem.

Moje „ha" nabrało jeszcze mocy, kiedy odkryłem zawartość koperty: zostałem zaproszony na odbywającą się następnego dnia uroczystość związaną z objęciem stanowiska profesora przez Jean-François Loiseleura. Oficjalne przyjęcie wraz z przemówieniami miało się odbyć w audytorium imienia Richelieu, po nim koktajl w sąsiedniej sali.

Świetnie pamiętałem Loiseleura, który wiele lat wcześniej zarekomendował mnie w „Przeglądzie Dziewiętnastowiecznika". Swoją karierę uniwersytecką rozpoczął od napisania oryginalnej rozprawy doktorskiej na temat ostatnich wierszy Leconte'a de Lisle. Uważany wraz z Heredią za lidera parnasistów, de Lisle bywał z tego powodu pogardliwie nazywany „solidnym rzemieślnikiem bez krztyny geniuszu", by użyć języka autorów antologii poetyckich. W późnych latach życia, pod wpływem jakiegoś mistyczno-kosmologicznego kryzysu napisał jednak kilka dziwnych wierszy – zupełnie niepodobnych do jego wcześniejszej twórczości ani do tego, co inni pisali w owych czasach; prawdę mówiąc, niepodobnych do niczego – o których na pierwszy rzut oka można było powiedzieć, że są k o m p l e t n i e   s z u r n i ę t e. Loiseleur, po pierwsze, zasłużył się ich odgrzebaniem, po drugie, powiedzeniem o nich paru słów więcej niż ktokolwiek inny, chociaż nie zdołał ich przypisać do żadnego istniejącego prądu literackiego – jego zdaniem zbliżały się do niektórych ówczesnych zjawisk intelektualnych, które mogły zainteresować starzejącego się parnasistę, takich jak teozofia lub spirytyzm. Tym sposobem w dziedzinie, w której nie miał żadnych konkurentów, dobił się pewnej sławy i choć nigdy nie dorósł do rangi takiego powiedzmy Gignaca, bywał regularnie zapraszany na serie wykładów na Oksfordzie lub w St. Andrews.

Wyglądem Loiseleur znakomicie pasował do obiektu swoich badań; nigdy w życiu nie widziałem kogoś tak przypominającego postać uczonego Cosinusa: długie szpakowate strąki, okulary z grubymi szkłami, części ubrania kompletnie niedobrane, niechlujne na granicy przyzwoitości – wzbudzał zaledwie szacunek zabarwiony litością. Na pewno nie miał zamiaru u p o d a b n i a ć   s i ę   d o   s w o j e j   p o s t a c i; po prostu taki był i nic się na to nie dawało poradzić; skądinąd należał do najżyczliwszych, najłagodniejszych ludzi na świecie, bez śladu próżności. Nauczanie, wymagające jednak pewnego rodzaju kontaktu z różnymi typami ludzi, zawsze go przerażało; w jaki sposób Rediger zdołał go przekonać? Ze zwykłej ciekawości postanowiłem pójść na ten koktajl.

Sale bankietowe Sorbony, noszące delikatny rys historyczny i położone pod naprawdę prestiżowym adresem, nie były za moich czasów używane na rauty uniwersyteckie, ale dość często wynajmowane za niebotyczne pieniądze na pokazy mody i inne imprezy c e l e b r y c k i e; może nie było to zbyt zaszczytne, jednak wydatnie przyczyniało się do domknięcia budżetu uczelni. Nowi saudyjscy właściciele skończyli z tym obyczajem i pod ich wpływem miejsce to odzyskało swój dawny akademicki splendor. Wchodząc do pierwszej sali, z radością dostrzegłem banery libańskiej firmy cateringowej, która mi towarzyszyła przy redagowaniu wstępu. Jej menu znałem już na pamięć, więc bez wahania skomponowałem swój zestaw. Zgromadzone towarzystwo było zwyczajową mieszaniną francuskich profesorów i arabskich dygnitarzy, ale tym razem pojawiło się stosunkowo dużo Francuzów; odnosiłem wrażenie, że przybyli wszyscy wykładowcy. Było to dość zrozumiałe: ugięcie się pod jarzmem reżimu saudyjskiego wielu uważało za raczej wstydliwy akt k o l a b o r a c j i, ale spotkanie we własnym gronie sprawiało, że wszyscy poczuli się silni swoją liczebnością, dodawali sobie wzajemnie odwagi i z satysfakcją przyjmowali możliwość powitania nowego kolegi.

Gdy tylko wziąłem talerz z mezze, wpadłem na Loiseleura. Zmienił się; może jeszcze nie prezentował się do końca przyzwoicie, ale jego wygląd wyraźnie zmienił się na lepsze. Włosy, nadal długie i brudne, były niemal uczesane, spodnie i marynarka z grubsza w tym samym kolorze, bez plam tłuszczu i śladów po papierosach; czuło się, przynajmniej takie odnosiłem wrażenie, kobiecą rękę.

– Owszem – oznajmił, choć z mojej strony nie padło żadne pytanie – p r z e k r o c z y ł e m R u b i k o n. Co ciekawe, nigdy przedtem nie przyszło mi to do głowy, a w gruncie rzeczy okazało się całkiem przyjemne. Miło pana widzieć. Jak się pan miewa?

– Czyżby się pan o ż e n i ł?

– Właśnie, właśnie, ożeniłem się. Dziwne, prawda, jedno ciało, dziwne, ale miłe. A u pana co słychać?

Równie dobrze mógł mnie powiadomić, że został ć p u - n e m lub zaczął uprawiać surfing; wydawało mi się, że ze strony Loiseleura nic nie może mnie zdziwić, a jednak przeżyłem szok, więc ze wzrokiem utkwionym w baretce Legii Honorowej, ozdabiającej jego paskudną jaskrawoniebieską marynarkę, bezmyślnie powtórzyłem:

– O ż e n i ł? Z k o b i e t ą?

Chyba uważałem, że w wieku sześćdziesięciu lat nadal jest prawiczkiem; właściwie czemu nie.

– Właśnie, z kobietą, znaleźli mi kandydatkę – potwierdził, energicznie kiwając głową. – Studentkę drugiego roku.

Z wrażenia odebrało mi głos, a uwagę Loiseleura odwrócił tymczasem jakiś kolega, ekscentryczny staruszek w podobnym stylu, choć zdecydowanie bardziej schludny, bodajże specjalista od siedemnastowiecznej burleski, autor książki o Scarronie. Po chwili w drugim końcu sali, w której odbywał się bankiet, dostrzegłem stojącego w małej grupce Redigera. Pogrążony w pracy nad wstępem, nie poświęcałem mu ostatnio wiele uwagi i nagle dotarło do mnie, że naprawdę cieszę się ze spotkania. Przywitał mnie bardzo ciepło.

– Chyba powinienem się teraz zwracać do pana per panie ministrze – zażartowałem. – No, jak tam w polityce? Ciężko? – zapytałem bardziej poważnie.

– Owszem. Pogłoski na temat działalności politycznej nie są przesadzone. Byłem przyzwyczajony do walki o władzę w kontekście uniwersyteckim, ale tutaj przeskoczyłem o szczebelek wyżej. Natomiast nie da się ukryć, że Ben Abbes to świetny facet i jestem dumny, że z nim współpracuję.

Przypomniałem sobie słowa Tanneura, jego porównanie Ben Abbesa do cesarza Augusta podczas kolacji, na którą mnie zaprosił do swojego domu w departamencie Lot; porównanie to zainteresowało Redigera i dało mu do myślenia. Powiedział, że negocjacje z Libanem i Egiptem posuwają się do przodu, że zostały nawiązane pierwsze kontakty z Libią i Syrią, gdzie Ben Abbes odnowił swoje osobiste przyjaźnie z miejscowym Bractwem Muzułmańskim. Najwyraźniej prezydent próbował za jednego pokolenia wyłącznie środkami dyplomatycznymi odtworzyć to, co Cesarstwu Rzymskiemu zajęło kilka wieków – dodatkowo, jako że nie napotykał żadnych trudności, zamierzał zająć rozległe obszary Europy Północnej po Estonię, Skandynawię i Irlandię. Ponadto, mając znakomite wyczucie symboliki, chciał złożyć propozycję dyrektywy europejskiej, aby siedzibę Komisji przenieść do Rzymu, a Parlamentu do Aten.

– Budowniczowie imperiów to rzadkie zjawisko – ciągnął Rediger. – Utrzymanie jedności narodów różniących się i językiem, i religią, włączenie ich do realizacji wspólnego projektu politycznego to bardzo trudna sztuka. Poza Cesarstwem Rzymskim widzę tu tylko Imperium Osmańskie, choć na mniejszą skalę. Napoleon na pewno posiadał niezbędne cechy – sprawę żydowską potrafił załatwić znakomicie, a podczas wyprawy do Egiptu pokazał, że umie również porozumieć się z islamem. Ben Abbes, cóż... Niewykluczone, że Ben Abbes jest człowiekiem tego samego kalibru.

Entuzjastycznie skinąłem głową, chociaż odniesienie do Imperium Osmańskiego nieco mnie przerosło; dobrze się jednak czułem w tej eterycznej atmosferze, prowadząc pełną niedomówień, uprzejmą konwersację z ludźmi wykształconymi. Jak można się było spodziewać, po chwili zaczęliśmy rozmawiać o moim wstępie; nie potrafiłem się oderwać od swojej pracy nad Huysmansem, której poświęciłem tyle lat; moje życie w sumie nie miało innego celu, pomyślałem z pewną melancholią, ale nie podzieliłem się tą refleksją z rozmówcą, uważając ją za zbyt napuszoną, chociaż całkowicie prawdziwą. Rediger słuchał mnie zresztą z uwagą, nie okazując śladu znudzenia. Przechodzący obok kelner ponownie napełnił nam kieliszki.

– Przeczytałem pańską książkę – powiedziałem.

– Ach... Cieszę się, że znalazł pan na nią czas. To drobne ćwiczenie popularyzatorskie było dla mnie czymś niecodziennym. Mam nadzieję, że wszystko wydało się panu jasne.

– O tak, absolutnie jasne. Chociaż nie powiem, mam parę pytań.

Zrobiliśmy kilka kroków w stronę okna, niewiele, ale wystarczyło, aby oderwać się od krążących po sali gości. Za pociętą szprosami szybą można było dostrzec zalane białym, zimnym światłem kolumnadę i kopułę kaplicy zbudowanej przez Richelieu; pamiętałem, że tam jest przechowywana jego czaszka.

– Richelieu, również wielki mąż stanu... – powiedziałem bez szczególnego namysłu, ale Rediger natychmiast podjął temat.

– O tak, w pełni się zgadzam, Richelieu wiele dla naszego kraju uczynił. Królowie Francji byli czasami dość przeciętni, takie są prawa genetyki; jednak wielcy ministrowie nie mogli sobie na to pozwolić. Co ciekawe, żyjemy dzisiaj w ustroju demokratycznym, a rozziew nadal pozostał ogromny. Mówiłem już, jak wysoko cenię Ben Abbesa; Bayrou natomiast to autentyczny kretyn, zwierzę polityczne bez żadnej treści, nadaje się tylko do przybierania korzystnych póz przed kamerami; na szczęście prawdziwą władzę sprawuje Ben Abbes. Powie pan, że mam obsesję na punkcie Ben Abbesa, ale pańska uwaga o Richelieu przypomniała mi go z jeszcze jednego powodu: Ben Abbes, podobnie jak Richelieu, może mieć ogromne zasługi dla języka francuskiego. Wraz ze wstąpieniem krajów arabskich do Unii europejska równowaga językowa przesunie się na korzyść Francji. Wcześniej czy później pojawi się projekt dyrektywy narzucającej język francuski, obok angielskiego, jako język roboczy instytucji europejskich. Ale przepraszam, wciąż mówię tylko o polityce… Wspomniał pan, że ma jakieś pytania na temat mojej książki?

– Cóż… – podjąłem po dłuższej chwili milczenia. – To trochę krępujące, ale naturalnie czytałem rozdział o poligamii i, jak by tu powiedzieć, z trudem mogę samego siebie uznać za dominującego samca. Myślałem o tym nawet dziś wieczorem, już tu, na przyjęciu, kiedy spotkałem Loiseleura. Szczerze mówiąc, wykładowcy uniwersyteccy…

– Powiem wprost: myli się pan. Selekcja naturalna to zasada powszechna, odnosząca się do wszystkich istot żywych, ale przyjmująca bardzo różne kształty. Istnieje nawet w świecie roślinnym, choć tam jest związana z dostępem do substancji odżywczych zawartych w glebie, do wody, do światła słonecznego… Człowiek natomiast należy do świata zwierzęcego, bez dwóch zdań, ale nie jest ani pieskiem preriowym, ani antylopą. Tym, co mu zapewnia pozycję dominującą, nie są ani zęby, ani pazury, ani szybki bieg; tym czymś jest inteligencja. Stwierdzam więc z pełną powagą, że nie ma niczego dziwnego w fakcie, iż wykładowcy uniwersyteccy należą do samców dominujących.

Znowu się uśmiechnął.

– Tamtego popołudnia, które spędził pan w moim domu, rozmawialiśmy o metafizyce, o stworzeniu Wszechświata i tak dalej. Zdaję sobie sprawę, że nie są to tematy, które zazwyczaj ludzi interesują; te najbardziej ciekawe są, jak pan to ujął, krępujące. Nawet w tej chwili rozmawiamy o selekcji naturalnej, starając się utrzymać konwersację na w miarę wysokim poziomie, bo oczywiście niełatwo jest zadać wprost pytanie: ile wyniesie moja pensja? do ilu żon będę mieć prawo?

– Jeśli chodzi o pensję, to mniej więcej wiem.

– Cóż, liczba żon w pewnym stopniu jest tego konsekwencją. Prawo islamskie wymaga, aby wszystkie żony były traktowane w równy sposób, co już narzuca pewne ograniczenia, choćby związane z warunkami mieszkaniowymi. W pańskim wypadku wydaje mi się, że bez większego problemu będzie pan mógł sobie pozwolić na trzy żony, choć oczywiście nie ma takiego obowiązku.

Rzecz była warta zastanowienia; ale miałem jeszcze jedno pytanie, nieco bardziej krępujące; zanim je zadałem, rozejrzałem się szybko, by sprawdzić, czy nikt nas nie usłyszy.

– Poza tym... To naprawdę delikatna sprawa... Powiedzmy, że islamski strój ma pewne zalety, ogólna atmosfera społeczna stała się spokojniejsza, ale on jednak sporo zakrywa, prawda? Kiedy człowiek ma dokonać wyboru, stwarza to trochę problemów...

Rediger uśmiechnął się jeszcze szerzej.

– Proszę się nie krępować, możemy o tym porozmawiać! Nie byłby pan mężczyzną, gdyby się pan nad tym nie zastanawiał... Ale zadam pytanie, które może się panu wydać zaskakujące: czy naprawdę ma pan ochotę wybierać?

– Cóż... tak. Wydaje mi się, że tak.

– Czy nie jest to rodzaj iluzji? Można zauważyć, że wszyscy mężczyźni postawieni w takiej sytuacji dokonują dokładnie takich samych wyborów. Co doprowadziło większość cywilizacji, zwłaszcza cywilizację muzułmańską, do stworzenia instytucji swatki. To bardzo ważny zawód, zarezerwowany dla kobiet o dużym doświadczeniu i dużej mądrości. Jako kobiety mają one rzecz jasna prawo do oglądania dziewcząt bez zasłony, do przeprowadzania swego rodzaju oceny, do zestawiania ich wyglądu ze statusem społecznym przyszłego małżonka. W pańskim wypadku mogę zagwarantować, że nie będzie pan mieć powodu, by się skarżyć...

Milczałem. Szczerze mówiąc, stałem z rozdziawioną gębą.

– Tak przy okazji – ciągnął Rediger – jeśli gatunek ludzki jest zdolny do jakiejkolwiek ewolucji, zawdzięcza to jedynie intelektualnej elastyczności kobiet. Mężczyźni są beznadziejnie niezdolni do zmiany podejścia. Każdy mężczyzna, czy to wielki językoznawca, matematyk, czy kompozytor muzyki do seriali telewizyjnych, zawsze i nieuchronnie opiera swoje wybory reprodukcyjne na kryteriach czysto fizycznych, niezmiennych od tysiącleci. Zasadniczo kobiety również kierują się kryteriami fizycznymi, ale właściwa edukacja może je przekonać, iż nie to jest najważniejsze. Może choćby sprawić, że będą je pociągać mężczyźni bogaci, a przecież umiejętność bogacenia się wymaga sprytu i inteligencji powyżej przeciętnej. W pewnym stopniu można nawet sprawić, że docenią wysoką wartość erotyczną wykładowców akademickich…

Uśmiechał się od ucha do ucha, aż się zastanawiałem, czy sobie ze mnie nie kpi, ale chyba jednak nie.

– Cóż, można też wykładowcom zaoferować wysoką pensję, co bardzo upraszcza sprawę – dodał na zakończenie.

W pewnym sensie otwierał przede mną szerokie perspektywy; zadałem sobie pytanie, czy Loiseleur skorzystał z usług swatki, ale w samym pytaniu była już zawarta odpowiedź: czy potrafiłem sobie wyobrazić swojego dawnego kolegę p o d r y w a j ą c e g o studentki? W przypadku kogoś jego pokroju aranżowane małżeństwo było ewidentnie jedynym rozwiązaniem.

Przyjęcie dobiegało końca, wieczór był zaskakująco ciepły; wróciłem do domu na piechotę, nie myśląc o niczym, w stanie nieokreślonego rozmarzenia. Nie ulegało wątpliwości, że moje życie intelektualne było już zakończone; pewnie miałem jeszcze uczestniczyć w jakichś konferencjach, odcinać kupony od dotychczasowych osiągnięć, ale zaczynałem sobie zdawać sprawę – i była to autentyczna nowość – że zapewne co innego czeka mnie teraz w życiu.

Zgodnie z elementarnym poczuciem przyzwoitości minie jeszcze kilka tygodni – w tym czasie temperatura podniesie się i nad Paryżem zapanuje wiosna – po czym oczywiście zadzwonię do Redigera.

On z czystej delikatności przesadnie wyrazi swoją radość, chcąc okazać zaskoczenie i dać mi poczucie, że dokonałem w o l n e g o w y b o r u; będzie autentycznie szczęśliwy, że przyjąłem jego propozycję, choć dobrze wiem, że jest mojej zgody pewien, i to od dawna, może nawet od owego popołudnia, które spędziłem w jego domu przy ulicy Arènes – w najmniejszym stopniu nie kryłem wówczas wrażenia, jakie zrobiły na mnie uroda Aiszy i paszteciki na ciepło Maliki. Muzułmańskie żony są bez wątpienia uległe i oddane, zostały przecież tak wychowane, a to zazwyczaj wystarcza, żeby mężczyźnie dać rozkosz; co do kuchni, nie bardzo mi zależy, w tym zakresie jestem mniej wymagający niż Huysmans, ale tak czy owak otrzymały stosowne wychowanie i chyba rzadko się zdarza, by nie okazały się w miarę dobrymi gospodyniami.

Ceremonia przejścia na islam będzie bardzo prosta; prawdopodobnie zostanie zorganizowana w Wielkim Meczecie

Paryża, co dla wszystkich będzie nader praktycznym rozwiązaniem. Biorąc pod uwagę mój status, weźmie w niej udział rektor lub przynajmniej jeden z jego bliskich współpracowników. Rediger oczywiście też się pojawi. Liczba osób towarzyszących nie jest zresztą z góry narzucona; zapewne będzie też paru zwykłych wiernych, przecież meczet nie zostanie z tej okazji zamknięty; moją rolą będzie dać świadectwo wobec moich nowych braci muzułmanów, którym stanę się równy przed Bogiem.

Rankiem specjalnie dla mnie zostanie otwarty hammam, zazwyczaj zamknięty dla mężczyzn; ubrany w szlafrok przejdę długim korytarzem z biegnącymi po obu stronach arkadami i kunsztownymi mozaikami na ścianach; później znajdę się w mniejszej sali, również ozdobionej pięknymi mozaikami, zalanej niebieskawym światłem, gdzie letnia woda długo, bardzo długo będzie obmywać moje ciało, aż zostanie całkiem oczyszczone. Następnie włożę przygotowane na tę okazję nowe szaty i wejdę do dużego pomieszczenia, przeznaczonego na czynności rytualne.

Wokół mnie zapadnie cisza. Przez głowę przemkną mi obrazy konstelacji, supernowych, spiralnych mgławic; obrazy źródeł, kamienistych pustyń nietkniętych stopą człowieka, rozległych, niemal dziewiczych lasów; z wolna ogarnie mnie ogrom kosmicznego porządku. A potem spokojnym głosem powtórzę formułę, której nauczę się fonetycznie na pamięć: „lā ilāha illā-llāh, mu ammadun rasūlu-llāh". Co oznacza dokładnie: „Nie ma boga prócz Boga, a Mahomet jest jego

Prorokiem". I na tym koniec; od tej chwili będę muzułmaninem.

Przyjęcie na Sorbonie będzie znacznie dłuższe. Rediger, który coraz więcej czasu poświęca swojej karierze politycznej,
a ostatnio został mianowany ministrem spraw zagranicz-
nych, nie ma go zbyt wiele na wykonywanie obowiązków
rektora; będzie jednak chciał osobiście wygłosić mowę powi-
talną na moją cześć (wiedziałem, byłem pewien, że przygo-
tuje znakomitą mowę i z wielką przyjemnością ją wygłosi).
Na przyjęciu pojawią się wszyscy koledzy; wieść o mojej
współpracy z wydawnictwem La Pléiade rozeszła się szeroko
po środowisku akademickim, wszyscy już o tym wiedzieli, na
pewno stałem się osobą, z którą warto utrzymywać kontakty; wszyscy będą w togach – saudyjskie władze przywróciły
obowiązek noszenia tego odświętnego stroju.

Przed wygłoszeniem swojej mowy (która zgodnie z trady-
cją powinna być krótka) na pewno po raz ostatni pomyślę
o Myriam. Wiedziałem, że prowadzi własne życie w warunkach znacznie trudniejszych od moich. Będę szczerze prag-
nąć, żeby jej życie było szczęśliwe, choć za bardzo nie będę
w to wierzyć.

Koktajl będzie sympatyczny i potrwa do późna.

Kilka miesięcy później znowu zacznę prowadzić zajęcia
i oczywiście spotykać studentki – ładne, nieśmiałe, z zasło-
niętymi twarzami. Nie wiem, w jaki sposób informacje o znaczeniu wykładowców krążą wśród studentek, ale krążyły od

zawsze i nieuchronnie, nie sądzę więc, żeby cokolwiek miało się w tym zakresie zmienić. Każda z tych dziewcząt, choćby najładniejsza, będzie szczęśliwa i dumna, jeśli mój wybór padnie właśnie na nią, i będzie się czuła zaszczycona, mogąc dzielić ze mną łoże. Wszystkie będą godne miłości, a ja na pewno zdołam je pokochać.

Podobnie jak kilka lat wcześniej w wypadku mojego ojca, otworzy się przede mną nowa szansa: szansa na drugie życie, niemające większego związku z poprzednim.

I niczego nie będę żałować.

Podziękowania

Nie ukończyłem studiów uniwersyteckich i wszystkie moje informacje o uczelniach wyższych pochodzą od Agathe Novak-Lechevalier, wykładowczyni na uniwersytecie Paris X – Nanterre. Jeśli moja opowieść brzmi choć trochę wiarygodnie, to tylko dzięki niej.

Przekład: Beata Geppert
Redakcja: Jan Koźbiel
Korekta: Małgorzata Kluska, Katarzyna Pawłowska

Ilustracja wykorzystana na okładce: Marta Frej
Projekt okładki i stron tytułowych: Krzysztof Rychter
Zdjęcie autora: Philippe Matsas © Flammarion

Skład i łamanie: Dariusz Ziach
Druk i oprawa: TZG Zapolex
Książkę wydrukowana na papierze Creamy 80 g/m^2, vol. 2.0,
dostarczonym przez

ZiNG

Grupa Wydawnicza Foksal Sp. z o.o.
00-372 Warszawa, ul. Foksal 17
tel./faks (22) 646 05 10, 828 98 08
biuro@gwfoksal.pl
www.gwfoksal.pl

ISBN 978-83-280-2120-4